臺南作家作品集 第14輯

司馬遷凝目注視

周志仁 著

市長序

綿延如溪，潤物無聲

臺南，一座歷經漫長歲月的城市，自歷史的洪流中沉澱出豐厚的人文氣息。從先民篳路藍縷、拓墾立業，到今日巷弄街市間依然可見的傳統風華，這裡的一磚一瓦、一草一木，皆蘊藏著故事，也孕育著靈感。臺南的文學，正是在這樣的土地上生根、抽芽、茁壯，代代相傳，生生不息。

今年「臺南作家作品集」第十四輯隆重出版，每一部作品都是作家心血的結晶，也像是城市脈動的縮影，凝聚了地方記憶與當代情感。自二〇一一年首度發行以來，「作品集」持續擴展與深化臺南的文學風景，也見證了書寫者與讀者之間溫暖的交流。

臺南文學的可貴之處在於兼容古今，包納多元。不論是書寫歷史歲月的悠遠回聲，還是描摹當下人們生活的細膩觸感，這些文字如同溪流，涓涓細潤，悄悄滋養著城市的靈魂。臺語與華語交織，散文、小說、劇本、評論並陳，正是這種豐富而自在的創作活力，使臺南文學在臺灣文學版圖上綻放獨特的光采。

長年以來，臺南市民之珍愛土地、歷史與文化素享盛名，作家亦以筆為橋，連結古今，將府城的光影、街巷的聲音、市井的喜怒哀樂，化作動人的篇章。他們的作品不僅記錄時代，也撫慰人心，讓人在文字間感受土地的溫度與城市的呼吸。

我始終相信，一座城市之所以動人，不僅在於它的建築與風景，更在於它蘊藏的故事，以及代代書寫這些故事的人。今日，「臺南作家作品集」第十四輯問世，正是這份城市記憶與精神的延續與祝福，我們藉此向過去致敬，也替未來播下希望的種子。

願「臺南作家作品集」第十四輯的六部作品如春雨潤物，於無聲之中滋養更多心靈；也願臺南文學如溪河，繼續綿延長流，在這一片文化的沃土上世代傳揚。

臺南市 市長 黃偉哲

局長序

文學，讓城市發聲——在臺南的光與影中書寫時代

如果說一座城市的靈魂可以被看見，那一定是在她的文字裡。文學，總能在日常中挖掘出不尋常的閃光，在時間縫隙裡留下誠實的聲音。

對臺南來說，文學不是裝飾，而是與我們生活緊緊交織的氣息，是從廟埕到市場、從巷弄到書桌，一路延伸出來的生命紋理。

「臺南作家作品集」第十四輯，是對這份紋理新鮮且精彩的一次描繪。這一輯收錄六位作家的作品，不同的書寫語言，不同的創作形式，但都帶著同樣的熱度與真誠。他們筆下的臺南，或溫柔、或犀利、或懷舊、或實驗，無論題材或語感，都讓人讀來驚喜不斷。

我們看到龔顯宗教授回望知識旅程的沉穩與通透，看到蔡錦德以細膩幽默寫下臺南人情的光與影，也看到陳正雄、鄭清和、周志仁三位作家，讓臺語文學在小說中活蹦亂跳、不拘一格。陸昕慈則用劇場語言與歷史對話，創造出具當代意識的舞臺文本。這些作品證明，臺南的文學場域從來不是一條單線，而是如同城市本身，有著無數交錯豐富的可能。

這樣的多樣性，是臺南文學最迷人的地方。它既扎根於本土，也敢於張望世界；既珍惜語言的脈絡，也不害怕形式的突破。在這些作品中，我們聽見臺語的節奏、看見歷史的縫隙，也遇見過去不曾想像的臺南——不只是古老的，也可以是摩登、甚至前衛的。

文化局推動「臺南作家作品集」，不是為了將文學「典藏」，而是希望讓它成為流動的能量，走進書店、進入學校、走進社區，在各種日常中被閱讀、被討論、被喜歡。我們更期待，它能激起更多創作者投入文字的創造，讓寫作成為臺南文化生命的日常運動。

讓文學繼續發聲，讓臺南被更多人看見、讀懂。這是一座城市送給自己的情書，也是一場永不止息的文化行動。

臺南市政府文化局 局長

黃雅玲

主編序

文學長河

王建國．臺南大學國語文學系教授

臺南，向來是臺灣文學與文化的首善之地：人文薈萃，作家輩出；老幹新枝，生生不息；古往今來早已匯聚成一道文學長河。夏日午後，豔陽高照，文化局召開臺南作家作品集編輯會議，巧合的是，七月十六日，也是一個很有歷史性及紀念性的日子：一九二〇年的這一天，《臺灣青年》雜誌在東京正式發行，後來即便迭經不同經營形態及更名：《臺灣》、《臺灣民報》（半月刊、旬刊、週刊）、《臺灣新民報》（週刊、日刊）……，都是當時臺灣文學與文化的重要園地，而本年度「臺南作家作品集」，繼往開來，也將成為臺南文學長河中，一道波光瀲灩的美麗風景。

本屆「臺南作家作品集」推薦與徵選作品共計九冊，一致獲得評審委員肯定與青睞，只是，受限於結集冊數，不免有所割捨，最後在評審委員一一表達意見及充分交流後，極具共識地——異口同音！——選出推薦作品：《拾遺集》與徵集作品：《每個晨讀都是簡樸的邀請》、《毋-捌-ê》、《再來一杯米酒》、《司馬遷凝目注視》、《拾萃》共六冊；深具文類（含括：散文、小說、劇本、評論）及語體（中文與臺語）的代表性與多元性。

龔顯宗先生《拾遺集》：龔教授集作家與學者於一身，出入古今，著作極為豐厚而多元，同時也是臺南文學與文化重要推手，曾獲第十三屆府城文學特殊貢獻獎。〈自序〉稱述學思歷程及說明各文來源，同時有得意門生許惠玟研究員對其學術之詳實評介，內容主要分成三卷及附錄，收錄早年罕見的文藝創作與學術研究彙編（沈光文的相關研究、梳理《池上草堂筆記》、〈西灣語萃〉選錄經典人生話語集錦並附上個人解析……）、出國講學、首屆世界漢學會議紀實等珍貴成果，見證其從文藝青年一路走來，成為桃李滿天下、卓然有成的學者專家；而不論其角色身分如何轉變，始終鍾情於文字、文學與學術。

蔡錦德先生《每個晨讀都是簡樸的邀請》：當中篇章多為副刊發表之作，質量均佳。內容分「寶島家園」、「心儀人物」與「海外旅情」三輯，係對個人生活周遭人、事、物（包括：文學經典的反芻、旅遊名勝的感懷、人類文明的思索……）的諸多體驗、觀照與省思，閱讀廣泛，且閱歷豐厚，整體而言，文筆流暢、雋永可讀，加以內容幽默詼諧、溫馨真摯，可謂現代小品文。

陳正雄先生《毋-捌--ê》：共收錄十篇臺語小說，包含三篇文學獎得獎作品。內容多取材個人成長經驗及鄉里故事，具個人傳記暨家族敘寫之意義，同時呈現一定地方色彩，語言流暢，故事動人。

鄭清和先生《再來一杯米酒》：題材內容質樸，或「寫市井小民生活的悲苦與無奈」，或「寫女性，為苦命的女性發聲」，多呈現臺灣早年生活經驗，作者擅長敘寫鄉里小人物的情感及生活點滴，其中，〈無垠的黑〉以華語為主調，間亦融入生活化臺語語彙，情節緊湊，可讀性高。

周志仁先生《司馬遷凝目注視》：內容分中編：「眾生的年輪」與乙編：「回歸質樸的所在——鄉土篇」，為歷來獲獎暨刊登作品之結集。小說技巧純熟，行文敘寫及創作內容，多帶有《莊子》、《金瓶梅》、唐傳奇……等古典文學色彩，且能從中翻出新意。〈司馬遷凝目注視〉猶如一闋臺灣史詩，與臺南也有深厚地緣關係，就題旨而言，作者或有意以史家之眼、之筆，鳥瞰與書寫臺灣歷史發展。

陸昕慈女史《拾萃》：主要收錄曾獲文化局及國藝會委託或補助之六部轉譯／改編臺南歷史文化劇本（含三部布袋戲劇本），並於二〇一五至二〇二三年間實際演出，題材內容多元，裨益地方文化發展，尤其，此間搭配作品影音連結（QR Code），更有助於案頭戲與舞臺演出之相得益彰。

去年，「臺南四〇〇」在大街小巷熱鬧展開，當時結集成冊，正好躬逢其盛趕上這波文化熱潮，而今年付梓面世則又恰逢「府城城垣三〇〇年」；其實，不論四百年抑或三百年——不能不說，也不得不說，臺南文化確實底蘊豐厚——這次出版各冊作品裡面也富含其元素，有興趣的讀者，不妨隨著作品裡的文字細細尋覓，相信定當有所收穫，而亞里士多德（Aristotle，三八四 B.C. 至三二二 B.C.）稱「詩（文學）比歷史更真實」，說不定也能從中發現更具本質與意義的內涵，同時享受閱讀與思考帶來的諸多樂趣。

自序

雙目炯炯？

科班出身的寫手，最容易陷落的寫作陷阱是賀求主題，而且是嚴肅的。歲月遞嬗、馬齒孳乳，鋪辭摛藻之際，卻愈發心虛。文學作品寫的是人，賀求主題，是為生命作註腳，然則誰能擁有足夠的生命高度，雙目炯炯，為別人的生命下註腳？於是，面對生命際遇難測，人生漂泊，漸漸地，筆者期盼自己只是客觀的觀察者、敘述者。通常，越是單純的人，越是執著的性靈，必須揹負的傷痛越多。筆者無能解決傷痛，但至少要能夠描寫出來。描寫出來，讓讀者閱讀文字時，能夠透過文字，解讀出一個個活生生的生命，能同理他們的悲酸。這是筆者對自己的期許，也是本集作品簡約的註腳。

本集作品類分二編，編排上先古典後現代，最後編入鄉土作品。

甲編名「生命的年輪」

前三篇小說皆取材自耳熟能詳的傳統酒釀，並發酵成新酒液。〈盡頭〉是突破性的嘗試，以武俠小說詮釋老莊思想。歷來敷演《金瓶梅》總是由西門慶、潘金蓮入手，〈烙一塊燒餅〉則著墨於刻劃武大郎的心路歷程。唐代傳奇〈離魂記〉是歷世離魂創作的源頭，總是拘泥於女主角為愛還魂，〈徘徊於生命的縫隙〉則翻轉視角，著墨於男主角的悲愁。

第四篇〈司馬遷凝目注視〉屬歷史小說，半寫實半魔幻寫實，大抵采風、紀錄日據時代福佬（Hok-ló）族群、西拉雅 (Siraya) 族群的生命辛酸。

五、六兩篇描繪的是都會生活，特別是愛情，感性卻具備反浪漫的特質。愛情是文學亙古不變的主題，卻易寫而難工，如若當中闕欠人性與時代脈動的話。執此概念著墨，〈月夜猿嗥〉寫的是情與慾、人性與獸性；〈醃漬〉寫的是愛情與權力慾望的糾葛，與知識分子面對價值混亂時代的無奈心聲。

乙編名「回歸質樸的所在——鄉土篇」

本編作品描述的是臺灣中南部我故鄉那些面目黧黑的鄉民，他們溽暑勞瘁、窮冬暴露，一整年辛劬卻祇能過著勉強溫飽的生活。從事耕稼是最樸質無爭的，可相較於工商繁華、網路周遍的生活樣態，自然而然成為弱勢。寫作如此篇章，多少帶點兒知識份子對鄉土的眷念、尋根的意識，乃至贖罪的心情吧！〈搭火車〉是以意識流手法模擬罹患阿茲海默症的鄉間老婦，間接敘寫她的一生。〈回家〉的對話比較特別，直接使用閩南語，一則真實反映村民的口語，二則敘寫他們內心的辛酸，與背後的尊嚴。〈嶄雞頭〉則直接跨越語言，全篇採用臺語寫作。

越是單純的人，越是執著的性靈，揹負的傷痛越多，他生命的光輝就越璀璨！作家的「癡」，是只要能夠挖掘社會某個角落裡勞瘁卻勇敢的眾生，就絕非滿紙荒唐言！筆者這樣告訴自己。

目次

甲編　眾生的年輪

盡頭

1

長戈快逾電閃，迫逼咽喉。不假思索，那全然是直覺，莊周內縮喉結；卻又猝然歎息。屏佇的一口氣遂洩了，戈尖逕直剟肉剜骨。不覺得特別痛，覺得熱而黏膩，鼻腔隱隱嗅聞令人作嘔的羶腥氣味。

人類的血和畜生的血——廣場中二百餘頭牛的——，畢竟不同！然則自己的血與別人的血是否也相異呢？莊周想著，卻又決然阻遏自己去想。他閉上眼睛，感覺自己漂浮了起來。

2

朔風野大，高高懸於廣場四角落的竹篙頂的旃旗，被吹掠得啪啦啪啦。旃旗墨底布幅上白絲刺繡的虎形圖騰愈發精神了，風一吹，就縱腿而躍，似要躍出旗面、躍下竿頭，撲向廣場上一頭頭垂首喪氣的牛。

廣場正中建有高臺，底座縱橫六十尺，層層階梯而上，頂層方四十尺，搭有棚帳。臺下站立一圍荷刀帶劍的貔貅武士，雄赳赳、氣昂昂，目光如電，監視著廣場。廣場以高臺為中心，輻射出許多直徑廿尺的圓。圓，分別以黑、白、黃色石灰灑繪地面而成，並且以顏色區隔成三環狀區域，內環四十個圓，中環八十，外環又加倍。圓的軸心皆樹立五尺木樁，繫有粗繩，繩尾拴住一隻牛，垂頭喪氣的、眼露慌懼的牛。偶或有一頭牛發出嗯哞的低吟，廣場上立即此起彼落傳來眾牛的長嘯。

長嘯是悲鳴。

討饒似的悲鳴止不住各個石灰圓中手持鋼刀的壯漢殘忍的目光。

咚咚……！陡然高臺上傳來一陣鼓聲。聲息未落，壯漢們身形已動，亮晃晃的刀齊沒入牛的咽喉。悲鳴旋即轉為呻吟，且短暫得有如歎息。

血光乍現！瑟縮的牛墨墨的頸，激射出紅紅的血宛如彎彎的虹影，灑落在綠綠的草皮。

動作並无稍止，或是半圓的橫磨的剁刀、或是細長的薄刃的割刀、或是雙鋒刃的尖如扁鑽的刺刀，一一向屍體招呼。嘸了氣的牛不過是一具具屍體，任憑千割萬剮，也無能抗議被支解的命運。

這是一場活生生的屠宰競賽！每一環狀區塊中只能選出一人，分別授與甲級、乙級、丙級廚師證照，配發至不同爵位的侯爵府中任職。「牛的死亡是有價值的，那是成就我的價值，必要的犧牲！」每位壯漢都如此告訴自己，因此面對牛求饒的眼神，觳觫的雙腿，他們絕不手軟。

誰手軟，誰就被淘汰！

在廣場上，在冷風中，方流溢出管道的血是紅的、熱的，壯漢的血也是紅的，卻是冷的。體內流動著冷血的壯漢卻個個心頭充滿了熱情，瞳眼裡充滿了熱情，他們已殺紅了眼。

可解牛的情狀、技藝，判若雲泥。

最外環的壯漢根本不是在支解牛，是在虐待、褻瀆。只因君王愛熱鬧，宣布，只要參賽，被宰殺的牛隻就歸屠夫所有，所以他們之中倒有大半不是為了取得丙級廚師證照而來的。「宰牛還需技巧嗎？吃下肚子還不是圖個飽？」是他們共通的想法，遇骨則斫、遭肉則剁，是他們一貫的伎倆，哪管得了血沫橫飛、骨跳肉爛？

中環的壯漢長進多了。口中喝叱連連，刀落骨斷的聲響遂接續不斷。他們臉露猙獰，仿若牛隻是不共戴天的讎敵；他們質求速度的快與力度的豪邁，絕不讓身旁的對手有絲毫得以媲美的餘地。他們落刀快、狠、準，多一刀則太躁、減一刀則太緩，是以效率奇佳，眨眼功夫已支解完畢。然則地表卻紅淫淫！大片的血漿小絲的血線，碎骨、細肉，將翠綠草葉淋淋漓漓染污成血腥之繽紛。

內環的壯漢則是安靜的。他們目光炯炯盯視牛，並不急著下手。他們是最慢有動作的，可一旦開始了，刀至血現，牛已一刀斃命。他們分解牛，動作輕微、緩慢，先是以手觸撫軀體、捏準分寸，而後下刀，刀刃總能落在骨、筋、肉的關鍵處，倒彷彿是替病牛治療痼疾，唯恐戕傷牠的肌理似的。地面上血沫少，濺灑的範圍小，因為他們懂得如何偃刀進刃以避開大小血管。經過他們細心的料理，呈現在地面上的不再是血黏黏的屍體，而是臟雜、骨排、里肌齊齊整整分類了的食材。

莊周，早在震天鼓聲播響之前，咻——縱身跳躍，藏身在廣場外環之外一棵高聳的白楊樹巔。居高臨下，他的視野遍及廣場任何角落，卻不時閉上眼睛。廣漠平原上的宰殺大會，即便是最內環競爭甲級證照的壯漢的屠解巧藝，都引不起他的驚訝。他不明白自己為何會在這裡，不覺睏倦起來。

乍然，廣場上揚起一陣騷動。莊周睜眼，恰見外環區域內一頭左奔右突的牛，與一個手持剁刀追趕著的細瘦漢子。細瘦漢子汗墮如雨，草鞋都跑掉了，卻怎麼也追不著。其他正在宰牛的壯漢，先是慌張的避開狂奔的牛，繼之發現比牛還喘的瘦漢，有笑的，也有罵的，嘈雜成一片。一位赤腳漢子朝瘦漢喊：「黎民，祇想給老婆一頓好吃的！糗了吧！」黎民繼續追牛，沒空回嘴。奔竄的牛當然不會自己停下，偶或被三兩壯漢擋慢了速度，就矮身、屈膝、垂首，以頭頂蜷曲的尖角衝撞出一條去路。

混亂的場面無法遏止，眼看再不收拾，比賽大受干擾，公平性要受質疑了。高臺上忽然飛下一隻大鵬，方著地，足尖一點，身軀又向前滑出。那當然不是鵬鳥，而是穿著斗蓬的大漢；滑行倒是真的，遒健的腿運勁猶如驥騄，斗蓬迎風飛揚，遂身輕如燕、如影、如無足而飄浮的鬼魅。趕赴撒野的牛，他手攫黑角、肩壓頸項、膝抵腹肚，張掌如刀，猛然劈向後腦，牛就不動了。他雙掌分按牛身頸椎、薦椎，喝！嘿聲吐氣，緩緩推出一股柔勁，牛仍然八風不動。眾人正覺疑惑，霎時間牛身微微一晃，而後嘩一聲整架身軀伊如無骨般鬆垮下來。大漢更不怠慢，不見伸手，雙手已握有白刃，刃鋒直戳咽喉；頓時血噴如注，噓——，牛頹然嚥氣。白刃順勢而下，批導大郤微窾，離析盤筋錯節，舉動或倏或緩、似犇，莫不恰到佳處，眨眼間一頭活衝亂撞的蠻牛已被宰解完成。

「好！」莊周忍不住讚美。

大漢由懷中取出雪白絲絹，輕柔而細緻地抹拭白刃，彷彿正在洗去愛了渾身的髒穢。然後轉頭朝向白楊樹，淡淡的說：「朋友看得夠久了吧！何不移駕，讓庖丁得以就教？」

3

莊周踩著橫生的枝枒不疾不徐躍下白楊。方躍下，就大喫一驚。

「你就是庖丁？你是瞎子？」莊周說。

「對！我是瞎眼庖廚，丁級。」

「丁級比甲級高明。」

「不！丁級屬不入流。」

「不入流？還是不願入流？」

「咦？……」

「剛才那是什麼手法？」莊周問。

「那手法沒什麼特別。牛一咽氣，肉就開始發酸，所以，要延遲牛氣絕的時間，支解的速度也要快。」

「血就能大部分留在血管裡？骨、肉才能保持鮮美甘甜？」

「對！那是製成油肥、鮮瘦、肋眼等上等食材最基本的要求，甲級廚師都知道。」

「知道，卻辦不到！你解殺牛，不用刀，卻能讓牛骨由筋節處一一斷折，整隻牛如塵土般委落地面，尋常廚師辦不到。」

「他們當然辦不到。」

「你怎麼辦到的？顯然你使用的不是技藝。」

「咦？……」庖丁再度訝然，「盯」著莊周一會兒，才緩緩說：「你一定是四處看人解牛的莊周了？那你應該知道我是怎麼辦到的。」

「我曾觀人殺牛數以千計，明白訣竅：牛的高矮碩羸相異，是以解牛之際，廚師身體的姿態、步履的位置，一定要不同，下刀緩急、動刀鉅微，都不得馬虎。……然而那是尋常的技巧罷了，我名之曰武功。它並不高明，頂多可以拿來宰牛，或是戰場上屠戮敵人！」莊周說。

「對！所以武功沒什麼了不起。」

「所以，一定還有什麼是比武功高明的。……是什麼呢？」

「嘿！莊周，你已知道答案，為何問我？」

「你知道我知道答案？」

「你的嘴角噙著一抹微笑。」

「瞎子看得見別人在微笑？」

「眼睛不一定能讓人看見。」庖丁平靜的說。

「意思是，……眼睛沒看見的，也不一定不存在？」莊周說，心頭一跳。

「對！世人往往以眼見為憑，可是他們能看見的多麼有限啊！」

「所以，當真有一種境界是超越武功的，是無法用眼睛看見的，是尋常廚師、武師，達不到的吧？」

「當然！那是……，嗯，姑且稱之為道吧。」庖丁微笑。

莊周的臉也微笑，一種莫逆於心時滿足的笑，可是心並不。他看見一支百人軍隊朝向他和庖丁奔來，當然也猜測到隊伍中雙抬軟轎內坐著的是誰。他的心開始皺眉。

4

爽朗的笑聲讓莊周的眉也忍不住皺起來。

笑聲一直延續到回返至高臺上，還包括宏亮的說話聲。說話聲喋喋不休，可莊周只聽見一句：「莊周，我惠施的好朋友啊。」

第一回聽見那樣朗暢的笑聲，是在濠梁之上。

莊周說：魚很快樂。惠施說：你不是魚，如何知道？莊周說：你不是我，怎知我不知道？惠施說：我不是你，不瞭解你；你不是魚，你不知道魚！

爽朗的笑聲就是在惠施說完話時，如同霹靂爆裂開來，全然是勝利者放肆的聲調。關於名學，關於辯證，莊周不如惠施，因為他經常一下子就掉進去惠施語言邏輯的陷阱中。只是，莊周講的不是分辨名實的名學，而是人與魚心靈的交通。那種形而上的體會，惠施不懂。

不懂！可他笑得多暢快呀！兩人的談論總是風馬牛，可莊周只有他一個朋友！

莊周是反智的，可是與目不識丁的下里巴人交談，多無趣呀！

惠施至少是個有智慧的朋友！

這個朋友前許時日還派遣兵馬圍堵他，不讓他前來梁國！

「你的部隊善戰驍勇，可惜不擅於堵人。」拾級而上中央高臺，莊周說。

「嘿，……莫提舊事，先拜見君王！」惠施尷尬的叉開話題。

棚帳下黑木檀椅內，梁惠王乜斜身軀躺著。惠施屈膝而拜，莊周直身不動。

梁惠王識趣的說：「莊夫子乃世外高人，俗禮就免了。……夫子怎會見識到朕強盛的軍隊呢？」

莊周說：「因為……，我講個故事好了。那是一則動物奇觀，發生在我前來君王侯國的路途上。一隻鴟鴞低頭津津有味吃著地面一隻腐鼠，天空恰有一隻鵷鶵飛過。鴟鴞馬上抬起頭，大聲斥喝鵷鶵：滾！」

「這則故事與朕的軍隊有何關係？」

「那一聲滾，就是鴟鴞命令軍隊喊的。」

「？」惠王還是不懂。

庖丁噙嘴而笑。

惠施突然插嘴：「您所賜爵位即是腐鼠！這就是莊周的意思。」

惠王聽信了惠施的挑撥，變臉，冷峻的說：「那你來這裡做什麼？」

莊周指了指廣場，說：「來欣賞良廚解牛，可現在後悔了。」

「後悔了？」

「不值一哂！除了那人。」

「誰？」

「庖丁。」

惠王轉頭問庖丁：「你和莊周剛才談論什麼？」

「道。」

「道？是什麼？」

「道是無形的，難以言詮。」

「是什麼？」惠王堅持要答案。

「是力量。」

「力量？」

「對！力量。力量看不見、摸不著，但感受得到。」

惠王轉頭問惠施：「惠丞相，庖丁講的是你訓練行伍的方法麼？沙場上廝殺、械鬥，需要武器精良、拳腳有格套。就是那種力量嗎？」

「臣……不清楚。」惠施低下頭去。

「甩棍舞劍耍拳腳，是武功。道不是武功。」庖丁接著說。

「道到底是什麼？」惠王不耐煩了。

「是人體潛在的力量。……」庖丁說：「人體除去骨肉筋血，還有一種看不見的東西叫做經絡。經絡可以蓄積力量，如果懂得鍛鍊的話。……道本是大自然運行的能量，人如果積極去修鍊經絡，經絡就宛如磁石，能夠吸納大自然的能量，而將能量內化、儲存起來，那麼他的力量必定磅礡如濤濤江河！」

「對！……」莊周接口：「從武功的層面說，道就是內力。內力發展至顛峰，則飛簷走壁，甚至長生不老，有何難哉？」

「長生不老？……」惠王眼睛發亮：「惠丞相，他二人所言當真？」

「這個……」惠施囁嚅地，眼神閃爍著不安。陡然，他眸眼中懾人的兇光一閃旋逝，建議：「君王，何不讓二人演練一番？」

「練武，乃用以養生，不是耍猴戲。」莊周拒絕。

庖丁不置可否。

惠王忽然笑了，說：「這樣好了，惠施既然什麼都不懂，你二人比試一下，誰贏了就取代他的相位。」

「君王？……」惠施大吃一驚。

「草民不敢搶奪惠丞相的權位。」庖丁說。

「我不需要權位。」莊周說。

「那你需要什麼？」惠王問莊周。

「我不需要什麼。」莊周說。

「不可能！人不可能什麼都不需要。」惠王斷然說。

5

人，的確不可能什麼都不需要。莊周聽得忍不住心底嘆息。

他想起他的妻，還想起那個墳場的女子。

有一日，約莫在一年前，深夜，他踩著疲乏的步履回家。很累了，他總是做同樣的夢，午休夜寐，一閉眼，就陷入相同的夢境。很累了，因此抄小路回家。

小徑經過墳場。墳場裡都是死人。死亡是自然的一部份，並不可怕，所以他循著村民送葬的小徑回家。

卻嚇得腳發軟、頭皮發麻。

一身白衣的女鬼，不！是女人，披麻帶孝卻又薄施脂粉的的女人！瑩瑩月光下，膚白勝雪、鬓鬟似緇，很有幾分風情，手持蒲扇，赫然由墳壙挺腰站起。

「多麼大膽呀！怎會出現在這裡？」莊周狐疑。

女人睜水汪汪眼眸，伸纖纖蔥指，指濕土新墳，說：「我答應丈夫，在他屍骨未寒之前絕不改嫁。」

「所以妳來搧墳？」莊周嘆息。

莊周把這樣的嘆息告訴自己的妻。

妻沈默，乍然濤濤垂淚。

「你終日在深山窮林裡修練，好不容易回家，卻杜撰這樣的故事來懷疑我的貞潔嗎？」妻說。

「人確實不可能什麼都不需要！我來會會你吧，莊周。」庖丁走向莊周，打斷了他的思緒。

「庖丁？你是我提拔的！你覬覦我的官位？」惠施吃驚、不悅。

「不是。我需要證明。」庖丁說。

「你是我的貼身侍衛長，是舉國第一良庖，還需要證明什麼？」惠施不信。

庖丁不語。

他脫卸斗蓬，一股氣流猛然自體內漲起，如刀，碎裂外衣成千片萬片，露出插滿一整排解牛用的形狀各異的短刀短劍的貼身皮革。他左手抽出尺許短刀，忽然翻轉刀面，鏡映日光射向莊周，趁著光芒閃瞎莊周瞳孔之際，右手刷一聲抽出腰間軟劍，劍尖直刺莊周心肺。

莊周不想比武，庖丁已動手；莊周皺眉，猶豫，不期然一線白光掠過臉頰，視野旋即黑壓壓。驚覺利刃襲胸，他後退、速退，退至高臺邊，乍然躍起，騰空向前飛過庖丁頭頂，回到中央。尚未站穩，嘶嘶破空聲連續不絕，宛如千頭萬口的螣蛇朝他昂首吐信。他的瞳眼仍舊黑影幢幢，揣測那是庖丁以解牛利器充當暗器。每人解牛方式不一，刀具互異，他不敢硬接，仰身後倒。倒地之際，右手一撐、左足一蹬，硬生生橫挪、翻轉了軀體。再度站起，他長衫的下擺已撩起紮入腰際，手中多了一支麈尾。

「那是什麼招式？」惠王問惠施。

「沒有招式。」惠施說。

「沒有？」

「尋常武夫才需要招式。有招式就有破綻。」惠施解釋。

兩人對峙。莊周不主動攻擊，兀立如嶽。庖丁亦巍然矗立。

「庖丁膽怯了嗎？」惠王問。

「不！謀定而後動。庖丁瞎眼，對莊周手中之物感到迷惑。」惠施說。

「那是一支拂麈！」惠王忽然宏聲向庖丁喊。

話聲方落，庖丁身形猝變，右手長劍點向莊周右肩。莊周右腕抖動，麈尾捲向庖丁右肱。庖丁卻已變招，右肘轉動，劍鋒橫削向莊周咽喉，同時左手刀刃向麈尾尾端削去，意圖削斷毛束。

很少人以軟性的物品充當武器。對付這樣的敵手，對一個瞎子而言，特別是一項致命的挑戰。握持拂麈的短棒使出硬底子功夫，砸、打、揮、舂，講究勁力；毛束卻是軟綿綿的，隨著棒頭甩出一個個圓，可稍一扭動，抽、捲、拉、甩，從圓的任一位置皆可攻出。於是，軟硬兼施、攻守交替，自然形成莫大的威脅。庖丁深明此理，右劍為虛、意在惑敵，左刀是實、務求截斷麈尾。

莊周當然也深諳此理，更明白庖丁的企圖。他氣落雙足，或快或慢繞著庖丁繞圈，手中拂麈東畫一個圓，西繞一個圈，內力灌注處，毛束尾端霹啪連響。庖丁只覺身體周遭躍跳著數不清的直豎、橫平、斜向的圓，早已迷失了莊周的位置。

惠王手一揮，五位穿甲戴盔荷斧武士加入戰局。庖丁張口欲阻止，忍住了，刀劍齊施一輪猛攻。「武士能限縮莊周移位的空間，庖丁若能準確聽風辨位，即可使出致勝一擊。」惠王想。

誰知那是錯估了形勢！莊周一受箝制而步形凝滯，猛一吸氣，雙腳交錯划步，法式萬變，手中拂麈則舞起更大的圓，幻變也更急。五戰士本已阻其去向，眨眼又不見其蹤影；以為可以撂倒敵手，手中斧頭揮出，卻發現是斬向戰友，慌得立刻鬆手。五人全亂了方寸，失了進退的規矩，庖丁反而覺得絆手絆腳。

「這是什麼緣故？」惠王問。

「沒想到他的武功已臻如此境界！」惠施沮喪的說，眼中盡是妒疾的光芒。

「住手！」庖丁乍然大喊，斂收兵器。

五戰士趕緊也收起斧頭，暗自慶幸沒有出糗。

6

「我輸了。」庖丁黯然。

「對！你輸了。」莊周說。

「唉！早在武士加入時，我就輸了。我只是想測試你的功力到達何種境地。」

「我知道。……不過你不算輸！就一個尋常的瞎子來說，你的武功已登峰造極。」

「我不是尋常的瞎子！……」庖丁斷然拒絕這樣的讚美，再度吁嗟：「唉！所以我獲得證明了：瞎眼，畢竟是練武的障礙。」

「那不是廢話麼！」惠王嗤然。

莊周與庖丁皆沈默。

「那不是廢話，君王。」惠施說。

「怎麼不是？」

「對尋常武夫來說，瞎眼是障礙，但是上乘武功倚靠的不是感官的眼睛，而是精神的力量。就譬如庖丁解牛，可以目無全牛，因為他不需要眼睛，需要的是人與牛心靈的交通。」

人與牛心靈的交通？莊周聽得心頭猛一跳。原來在濠梁之上，惠施是懂的！

惠施有意無意看了莊周一眼。

「既然如此，庖丁為何嘆息？」惠王問。

「比武之際，速度比鋒銳的武器、完美的招式，都來得重要。只要夠快，手裡只是一支竹筷，使的是笨拙的招式，依然能致勝。因為敵人尚未出手，你已經逼近身旁，掐住他的經脈，他哪裡還能出手？」惠施說。

「所以五名武士牽制不了莊周？」

「當然！……速度可以決定空間的大小。比如五輛競馳著的牛車，由於速率相近，後面的牛車是很難超越的，因為車與車的間隙必須夠大而且維持夠久，否則後車無法穿越。但是，如果後車是一部馬車呢？馬車速率宛如電光石火，相形之下，急馳的牛車倒好像是靜止的，馬車自然能穿梭自如。這就是游刃有餘的道理。」

「朕了解了！五名武士就是那五輛牛車，而莊周是可以自在地穿梭的馬車。……問題是，人乃血肉之軀，如何能夠擁有像馬車一樣疾如飄風的速度？」

「靠內力。」

「如果內力相近呢？」

「這就是庖丁的意思了！……解牛終究不同於比武。牛只能垂頭喪氣，頂多是竄逃，敵手則有鬥志，能躲避攻擊，還能還擊。因此，當雙方各方面都勢均力敵時，再微渺的條件，都會是決定勝負的關鍵，比如瞎不瞎眼。」惠施說。

「唉！到底是障礙啊。」庖丁再度嗟嘆。

「我的看法不同。」莊周突然說。

眾人咸感意外。

「其實早在動手之前，在你說『我需要證明』時，你就輸了。」莊周對庖丁說。

「什麼意思？」庖丁皺眉。

「你太注意你的瞎眼了，一直以為是缺陷。」

「瞎眼不是缺陷嗎？」

「是！問題是，你一直很在意它，它就佔據你的心靈，成為你的心魔，削弱了你心靈的視力。庖丁，你的自卑使你劃地自限而成為尋常的瞎子了。」

「自卑？……唉呀！是了！我太刻意要超越我的缺陷了，總想要證明我能夠勝過明眼人，反而喪失了自然之道。」庖丁恍然大悟。

「正是！」莊周說：「道就是自然。瞎眼或明眼，都是天生的；人惟有順從軀體上天生的樣貌，精神生命才能解脫而逍遙。刻意去有所作為想要超越，就乖違了自然之道，那麼肉體的缺陷已是苦，精神更要受折磨！可惜呀！庖丁，你為何始終陷溺於『看見或看不見』的泥淖裡呢？」

「可是惠施說得很有道理啊！當雙方各方面都平分秋色時，『看見或看不見』就會是決定勝敗的關鍵了，不是嗎？」惠王突然插嘴。

「的確會是關鍵！……」莊周說：「然而，在雙方鏖戰千百招數之後，誰勝誰敗相差多少呢？那時明眼人縱使贏了一招半式，值得驕傲嗎？那時又有誰會認定那位敗戰的瞎子是尋常的武夫？……是不是呢，庖丁？」

庖丁沉默，有些頹喪，又有些興奮。

「理解是一回事，能否體會、割捨又是一回事呵！」惠施忽然接口。

莊周悚然。

「剛才走上高臺時，他不是還不理解什麼是道嗎？怎麼一下子彷彿就能體會了？他是本就無法體會，還是假裝的？他會不會是因為滿足於智者的形象，而刻意罔視心靈的體會呢？那麼，什麼是他難以割捨的？」莊周想。

正想著，眼神竟流露出欣喜。他的鼻竇隱隱嗅聞到一陣香氣。

7

熟悉的香氣，是妻子衣飾的迷迭香、是唇間的胭脂味，是多少濃情蜜意的午夜，許久許久以前的夜晚，妻纏綿婉孌時誘人的體香。

香氣由遠而近，似緩，卻一下子就漫漶至身前。

香氣怎會在這裡？

埋怨丈夫假借墳場女人來懷疑自己貞節的妻連墜的珠淚，並未祛除莊周的懷疑。

經由墳場返家後隔日，莊周寫信給生平最要好的朋友，有智慧又風流倜儻的朋友，邀請他來家裡作客。

然後他去訂製棺材、自製輓聯、布置靈堂，還寫了自輓文。他平日言談即不在乎生死，妻早習慣了他言行的怪異，也不去管他，倒是看他突然順應民俗大費周章去籌辦自己的喪事，覺得不可思議。

喪葬之物馬上就派上用場了。一場急驚風，讓莊周謝世了，在朋友到達那日。

朋友義無反顧為莊周發喪，小殮、大殮、尋墓地；妻張羅家中瑣細，編結喪服、招呼來弔唁的親友、焚香祭拜。兩人一內一外，庶務繁冗，屢屢見面。

莊周當然非真死亡，那不過是演練剛剛練就的龜息大法。大殮當晚，他就醒了，由特製的機關棺木中脫身，化身為專治疑難雜症的郎中。

郎中在自家井中下毒，一種讓年輕男子、動情的男子，夜半心悶鬱、頭絞痛，痛得滿地打滾的毒。郎中向寡婦說，醫治該男子的奇症，需以喪亡七七期限內的死屍的腦髓，當作藥引。然後郎中又躲回棺材。

他在等待。他的心忐忑的、焦慮的盼望，盼望他能夠根本不需要等待。

等待很漫長，直至七七。

「過了子時，死屍的腦髓就一無是處了！我懸著的心就可以放下了。」

「妻很意外吧？難免悲傷吧？面對我的死。」

「辦理喪事是忙碌的，是需要常常磋商的。妻與朋友在慌忙之時軀體必然無法男女授受不親，他們眼中原本衹是寡婦感激、朋友慰喪的神采應該不會因此而變得濃烈吧？否則喪期可就變得無比漫長了！猶如墳場女子對於『屍骨未寒』四字苦苦的煎熬與等待。」

那夜，窩身於棺槨中，莊周腦中千思萬慮，緊張得全身發抖。

午夜，變天了！雷電交加，風暴雨急。他躺在棺中，數著牆外打綁敲更的聲音。聲音幾乎被風雨聲淹沒了。

腳步聲也是，如果不是因為步伐凌亂的話。

斧頭侵犯槨木的聲音則異常清晰，一斧一碎、一斫一裂，將莊周、一個詐死的丈夫，悲戚的心碎裂成千片肉萬滴血。

多麼希望真的死去啊！他閉上了眼睛。

棺蓋這時被掀開來，他只好挺身坐起。

妻的神情瞬息萬變：驚嚇、訝疑、羞愧、悽惻，然後是憤怒。

莊周的表情則單純多了，顧自不發一語。

「果真不可靠啊！人。不可靠啊！世人所倚靠的愛情。」莊周證明了他的假設，卻絲毫也不歡喜。

場面這時有了戲劇性的變化。妻忽然捧心蹙顰，咚一聲軟身倒下。她的情人，莊周的朋友，翻手接住她搖搖欲墜的玉體。

急怒攻心、剛嘸氣的妻的屍首竟然委身在別的男人的懷裡！不發一語的莊周，愈發緘口不語。

接著嚎啕大哭。

他走出屋外，拾起風雨刮落的殘枝，捧起掉落簷下的瓦盆，敲呀敲呀，敲出沒有高低的音符，沒有節奏的旋律。「死得好啊！死得真好！人世間啊……」他咿咿嗚嗚唱著。

鄰居都說莊周瘋了，朋友則深深凝視他。

那個朋友就是惠施。

8

沒有發瘋的莊周站在朋友惠施身旁，一起嗅聞著誘人的迷迭香由遠而近。

香味比以前濃郁，散發香味的女人比以前更標緻。

能散發香氣的標緻的女人當然不是死人。

莊周能夠詐死試妻，妻為何不能如法炮製？

聞到妻的香氣而欣喜的莊周的眼神，並沒有得到同樣的回應。妻對他視而不見。

妻風姿綽約，輕挪蓮步，每一步都撩逗著高臺上每一位男人的神經。

「咋！莊夫子，如果我是你，一定不去山林裡修道了。」惠王毫不掩飾色瞇瞇的眼。

「對！湘君就是我一輩子的道。」惠施贊同。

被稱作湘君的女人，如湘水般婉孌浪漫的女人，聽見讚美，只是自信的、矜持的輕笑。

「所以，嘿！……」惠王對惠施說：「你派遣朕的軍隊去圍堵莊周，不是怕他來搶奪你的相位，是擔心他搶回妻子吧！」

「當然！湘君是我的女人。」惠施說。

「惠相公，如果莊周硬是要搶走奴家呢？」湘君突然輕啟貝齒，輕描淡寫地問。

「他沒有這個能耐！」惠施斬釘截鐵說。

「你有這個能耐嗎？你願意施展所有能耐搶回奴家嗎？」湘君楚楚可憐對莊周說。

莊周沉默。

他不清楚湘君的意思。她是懷疑我沒有能耐？還是情意款款在鼓勵我呢？如果我答應了，是代表我要搶回她？還是挽回夫妻之情呢？變了心的女人，以及她的愛情，值得再付出努力嗎？

「我只是來觀賞解牛大賽。」香氣引發的欣喜已跌落谷底，莊周冷洌的說。

「我知道我對不起你！可是，若不是你……」湘君陡然泫然欲滴。

湘君的淚，讓莊周想起她聽見墳場女子的故事時委屈的淚，更想起許許多多暗夜裡她的空閨獨守。「我果真太耽溺於求道，以致於忽視了妻的美麗、妻的空虛？……我是睜眼的瞎子？」不禁問自己。

「我希望只是來觀賞宰牛大賽而已。」莊周嘴硬地，卻感覺身體內某種已經死掉的東西似乎悠悠甦醒了。

「哈！……」湘君乍然縱聲大笑，說：「我也是來觀賞解牛大賽的。……臺下二百多位廚師也是！他們正引頸盼望臺上也有一場精采絕倫的屠宰大賽哩！在生命的舞臺上，誰是主角？誰又不是主角？你觀賞別人的時候，別人也正觀賞著你呢！」

「什麼？」莊周怵然。

卻無餘裕去細想了。

湘君的淚、狂笑，刺激著一雙眼睛。那雙眼睛猛一閉，一睜，射出閃電。

右手隨即也奔瀉出一波波閃電，握著吳戈的手，惠施的手。

吳人擅製戈。戈刃銀白、三稜而尖，戈柄石榴木所製，硬實而有彈力；刃可戳、可摺、可捌，柄可擊、可截、可仆。善使者以腰力舞柄，雙腕瞬間改換攻擊方式、方位，制敵於五呎之外，敵人根本難以近身。

莊周倉皇應戰。

操戈的手充滿敵意，彷彿擊潰讎敵就能擄獲女子的芳心，奪得男人的尊嚴。

卻處處露出破綻。

武藝是雕蟲末技，內力是正道；心平才能氣和，氣和則內力運行方得以綿密不斷。若是沾黏於勝敗榮辱如庖丁，或是陷溺於悲喜情緒如惠施，心有所偏，身心無法渾然一體，運拳進刃、前趨後退之際就容易岔了呼吸。呼息岔分不勻，一鼓作氣猶可，久攻不下，氣就洩了，難免自亂陣腳。

莊周長劍左擋右削，進退總在一尺內，可惠施長戈攻掠不進一吋。莊周也不搶攻，好整以暇等候惠施喘息、技窮的時候。

可心頭猛然轟一聲如泰山壓頂！他看見，眼睛的餘光瞥見，湘君臉上的憂戚。

看來，變質了的女人的心，即便是付出努力，終究難以挽回。莊周想。

他更覺莫名。搶奪朋友妻子的奸夫，光天化日之下竟然冠冕堂皇、殺氣騰騰欲殲殺那位丈夫！更弔詭的是，離開我，湘君變得愈有女人味了，那麼我搶回她有何意義？我已經表明不想搶回了啊，可惠施滿臉猙獰，湘君眼露哀悽，為什麼？

只因為我是他們姦情的印記！沒有殺掉我，他們永遠無法抹滅闇夜劈棺取髓的記憶、無能抹煞喪期中乾柴烈火的艷情，以及背後的羞愧與蜚短流長！

莊周幡然醒悟，忍不住深深惋惜：到底是名家啊，惠施！被名實相副的觀念所苑囿，也擺脫不了人世的眼光和禮教。

呀——，惠施乍然獅吼，旋動戈柄，戈纓晃動眩人眉目，戈尖圈繞在莊周上身，卻覷不出搠往哪一方位。莊周側身，凝聚內力於雙手，右手長劍橫格開長戈，突然吸氣前縱、近身，左手揮掌拍向惠施肩膀。

當然不可能輕易就傷了惠施，然而近身格鬥，長戈已成累贅，惠施只可守不能攻。他瞳孔內恨意更熾，愈發焦躁，涔涔汗液流落雙頰。

「殺了他吧！我也不想活了。」湘君忽然發瘋似的朝莊周嘶喊。

莊周皺眉；一種整顆心揪在一起似的皺眉。

他忽然覺得惠施與湘君好可憐！

人，慾望的動物呵！要不到所要的，很痛苦！護衛已得到的，很辛苦！

他忽然覺得臺上許多人，以及聚集在臺下的兵卒和廚師，也很可憐！

每個人都為自己設定了一個目標，可能是黎民般簡單的「獲得一頭牛肉」的渴望，可能是一紙廚師證照，可能是超越瞎眼痼疾的自我肯定，可能是為了情、為了慾……。他們認為倚恃這個目標，生命可以獲得豐富與滿足，於是為了這個目標，人人都瞎了眼，忘了生命應有的姿態與美感。

我自己呢？莊周不由得惴慄起來，醒覺自己更可憐！

長久以來，我與世界總是隔著一層看不見的藩籬，我永遠是個觀察者，與周遭人事物皆扞格不入。為了成就生命應有的美感與姿態，我捨棄塵世一切目標，自以為能高蹈於世俗之外，能體會道的玄妙。然而，什麼都不需要，都不作為，固然最接近自然之道！但是，什麼都不需要，生命要倚靠什麼活下去？

莊周心中思緒翻攪，一股寂寞的意緒宛如傾盆暴雨兜頭砸下，砸得他全身發冷！

小丑！在這座人生舞臺上，人人都是自以為能得道的小丑！

我們這群人，不！這群小丑，不！這一群牛，該如何面對明日？

唉！天地不仁啊，以萬物為芻狗！

9

就這麼恍神了，莊周；而長戈快逾閃電，刺痛喉頭肌膚。他下意識後撤、縮喉、屏氣。「哀呀！天地不仁，……」腦海再度閃過這個念頭，屏住的一口氣遂洩了。

人的血與畜牲的血雖然不同，卻一樣溫熱、黏膩、令人作嘔！至於自己的血與別人的血是否也相異，莊周則無暇去臆想了，利戈已刺穿他的後頸。

他感覺自己飄浮了起來。

果真化為蝴蝶了嗎？

這一輩子他總是做著同樣的夢。夢境中，他化身為蝴蝶，白日在花叢裡翩躚飛舞，晚間休憩於花蕊上。蝴蝶累了，睡了，做了個夢，夢見牠變成了莊周。

每回總也就這麼驚嚇地醒了過來！枯坐床頭，不明白當下坐在床頭的是莊周，還是蝴蝶？

這一回再也醒不過來了吧！莊周吒出最後一口氣，悠悠忽忽，不清楚自己將漂浮去哪裡。

生命的盡頭在哪裏？

他覺得好累。

——二〇一〇年溫世仁短篇武俠小說獎、佳作

烙一塊燒餅

喀嚓，喀嚓——，點不燃火。咳！咳！——唉！我拚命擦磨手中的打火石，手都瘦了。是妻子忘了晾曬木柴，抑或是我大病初癒，體力未克恢復呢？我早已用長鐵勺耙清了灶孔，正使勁打擦手中的火石呀。昨夜妻子擦拭的手多麼溫柔，軟軟的言語充滿濃情蜜意，身為大丈夫的我，焉能不劬勞勤勉，盡瘁養家活口？

昨晚一夜好睡。酣眠後醒來，通體舒暢日渾身清涼。滲透過肌膚、凍縮入筋骨的冰冷，澆熄胸臆中伊如地獄不止息的熊熊燃炙的烈火，五臟六腑遂無一處不舒泰伏貼。挪身下床，走進廚房，從缸甕內舀出麥粉，灑水，我開始揉揉壓壓要將粉末和成麵團。可奇怪得很，終夜好睡，我精靈亢奮，手足卻乏力，搓搓甩甩，許久，麵粉依然是麵粉、水仍然是水，鋪墊於灶臺的木板上面，渾渾濁濁，東一撮，西一團，盡是漿糊。和不成如膠似漆揉合圓滿的麵團，燃不起火，就做不成燒餅；做不成燒餅，將養不了生活，我算什麼大丈夫？

我好恨！每回看見妻子注視市廛裡鶯鶯燕燕身穿綾羅綢緞而目不轉睛的臉孔，我就恨。恨自己，也埋怨上蒼。怨祂為何將花容月貌的妻子匹配給我為妻室，怨祂生我為男人卻未曾賜予我男人的能力。沒有能力搆燃灶孔內柴火，我長長吁一口氣，輕輕推開木門，緩緩走出去，去尋找乾燥的易燃的蘆荻。

走著，走著，竟走到河堤邊錢員外家的觀霧別墅來了。春季的清晨，清河縣內並不清澈的溪河潺潺湲湲軟弱地流著，多霧的河畔上落盡白花的蘆荻在勁急的風中撲簌簌顫抖。我擎舉厚重寬刃之柴刀朝顫抖著的乾黃蘆荻攔腰砍下，蘆荻猝然慘聲哀嚎，「不要呵——」劇痛驚心下求饒的聲音，我陡然停手。旭日未昇的河岸邊杳無人跡，已在冬季拚命散飄花籽燃盡生命青春如今空心且乾燥而易燃的蘆荻當然不可能哭號，那麼……，我瞠眼環視霧茫茫莖節參差錯亂且無際無邊的蘆叢，沒有隱藏任何生物生命氣息的蘆叢，禁不住背脊冷颼颼頭皮發麻。陡然，一簇暈黃的火光起自身後，觀霧別業西側僻靜角落處僕廝進出的小門打開了，開口處，錢員外刺繡復鑲邊的錦色袞袍歪歪斜斜，菊黃色澤飾金鑲玉的員外帽搋在手上。大紅燈籠微明的燭光映照下，祇見他胖墩墩的影子屈騰右腳，一踹，肥圓的臉上扁細的唇綻放一絲咬牙切齒的聲音，「滾！……賤貨！」他說。被踐踹的身體，青春酡麗的女體，披頭散髮、衫裾被撕裂。被踐踩時並無求饒呻吟，方才慘聲悲喊「不要啊——」的豐實溫潤的唇緊緊抿著，斜著身軀坐於地面，雙掌撐地，叉開的指尖隱隱殘留鮮紅血滴。女子倔強的忍受屈辱的模樣益發撩撥錢員外禽獸般野性的殘忍的手段，手摭門栓往秀麗的容顏就要砸下，「住手！」一句斷然阻止的宏亮聲音忽然響起。女子與錢員外一齊轉頭朝向蘆葦叢。聽見自己中氣十足的聲音，我嚇一跳，趕緊縮身隱入蘆叢深處。「誰？……」錢員外意外而憤怒的質問。我再度挪身後退，小心翼翼，唯恐發出一丁點兒聲響。「誰？」女子嬌脆而渴求援救的聲音。「……」我猶豫再三，「我」字終究不敢出口，卻也不敢躲藏，挺直身軀站起，走出迷霧濛濛蘆叢外，走入亮晃晃燈籠光影中。「是你？武大？」錢員外很是不信，「方才是你喝止我麼？」錢員外問。「是！……不是。」我承認又否認。「到底是或者不是？」錢員外大聲責問。「不是！」我說，艱難的嚥下一嘴口水。「諒你也不敢！……」錢員外說：「今天不買燒餅。滾！」我原本想解釋自己並非來賣燒餅，或者，更明確點兒說，是想解釋，想道歉，為自己不小心撞見他凌虐婢女的行為而道歉，卻不敢開口，掉頭就走。轉身之際，竟發覺婢女，那一位美麗的婢女，儘管落難也無視於我的離去。才舉起腳步，「站住！」錢員外忽然出聲制止，看看我，又看了看蜷縮於牆腳的女婢，幸災樂禍的語氣說：「挺相配哪，你和她……」接著又轉頭朝向我，說：「你來，武大，天亮後你來我家。我吃虧點兒賠些嫁妝，把她嫁給你。」我完全相信錢員外所說的話，婢女則當然不信，「不要啊——」我清楚聽見她哀哀切切軟弱的拒絕。

　　我完全相信錢員外將婢女嫁我為妻的決定。眼前的女子，釵斷髮散，衣衫不整，卻依然無法遮掩她的美麗。打從成長到無法再發育的年紀，發現自己果然高不逾四尺肥可抵門扉，我就明白，我注定娶美麗為妻。是的，我堅信不疑，因為那是我與天神的約定，是我哀哀懇求後神明與我訂定的契約。懂事以來，每回因著醜陋而遭受嘲弄而自卑，我就詳詳細細記憶起契約內容，並十分安慰且滿足。什麼時候訂立的契約呢？彷彿是童稚時純真的夢境中，又彷彿是童稚之前懷胎之前靈魂悠遊於天庭之時甚至是生死輪迴之際，恍恍惚惚，神明手指一方銅鏡，說：「瞧！那就是你的妻。」鏡面中影像極清晰，矮、肥、平板臉、稀疏幾撮短髮。我默然，內心既感恚怒，又覺憐憫。「偉大的天神！生為女人已是不幸，生為那樣『不平凡』的女人將是悲劇！……」注目銅鏡中完全不像女人的女人，我接著說：「神啊！懇求您的憐憫，祈求您的應允！……請將美貌賜予妻子，她所有的不幸，……讓我來承擔。」神明沒有答應也沒有不答應，只是微笑，問：「你知道不幸的意涵嗎？」這當然是懷疑我的意思，於是我更加肯定的說：「我願意承擔。」禁不起我的悃悃衷誠，神明終於頷首，淡淡的說：「那麼，……紅顏薄命四字，你多多體會吧。」我身長未滿四尺卻腦滿腸肥不是一種不幸嗎？沉魚落雁的姿色卻出身貧寒淪為侍婢不是紅顏薄命嗎？凝視角落裏漂亮但落寞的容顏，我乍然憶起髣髴是投胎轉世前天命的允諾，對於錢員外嫁婢的決定，自是深信不疑。

遵照吩咐，午時未到，八抬大轎，鑼鼓喧天，我至錢府迎親，沾沾自喜、洋洋得意，地方人士則瞠大了眼睛。誰也沒想到矮冬瓜也能娶親，還如此風光！可想不著的事多著呢。孰能想像新婚之夜新娘遍體鱗傷？能相信三十好幾不曾親近女人不曾嗅聞脂粉香味的我，面對裸露女了所做的只是以紗布以藥酒輕輕揩拭她玉體上腰骨間令人心疼的瘀青？呵，女子，玲瓏的曲線，柔膩光滑的肌膚，在我天天揉搓麵團的手指指尖或重或輕按摩下，輕緩的，若有似無的呻吟。我乍然停止按撫的指掌，「痛嗎？對不起。」我說。女人，我的妻子，我前世今生的新娘，緩緩搖頭，翻轉身體面向我。我抽筋似的猛然吸氣，再吸氣，凝視，喔，不，我只敢瞥視，只敢羞慚的瞇起眼偷瞄，偷瞄她勻稱而豐盈的胴體。看見我臉紅耳赤傻呼呼的模樣，妻子噗哧一聲甜甜的笑了，眼珠子開始水汪汪起來。我畏怕她水汪汪的眼，更不敢盯視她漸次浮現紅靨的臉，「閉起眼睛吧，請妳！」我說。妻子聽話的緊閉雙眸，我揉擦療傷的手才敢再觸摸她肉體的傷痛。「知道妳不願意嫁給我，……」按摩著按摩著，我幽幽的說：「不要瞧不起我，給我一點時間，我可以證明，向妳證明，我是不折不扣的男子漢。」妻子並沒回答，我也不期盼她回答，要一個豆蔻年華宛如紅花初綻蓓蕾的娟麗女子，相信三寸丁般矮胖的男人，是堂堂正正的偉碩男子漢，並不容易。我繼續細心的斟藥酒於掌心，以掌肉撫按肌體的青紫，而後，取布面較不粗糙的衿被，我臥房櫃櫥內質地最柔軟的衿被，慢慢遮蓋她纖細的身軀，並起身離開床榻。「好好睡。」我說，轉身離開。不在她情緒上未接納我之前莽撞唐突佳人，包括疼惜她，終其一生且生生世世！這是我娶她進門交拜天地時所許下的決心。我要讓左鄰右舍怎樣猜測也料想不到，我武大雖然其貌不揚，羅鍋著背，卻是個篤實的男人，是可靠的丈夫。就在轉身之際，眼角餘光的短暫視野裡，我讀得妻子汪汪淚眼中滿滿的意外與感激。

可我千思萬慮也料想不著，要妻子接納我，竟然那麼困難。與身材高挑體態窈窕顧盼風流的妖嬈女子培養感情是多麼困難呦，我，一個又老又醜又矮，沒知識沒才情沒地位的窮光蛋。妻子曾對我心懷感激，可感激有何用呢？感激並不等於感情，而闕欠感情的婚姻是蛻去蟬身的乾殼，被留置在黝暗森林中不知名的樹幹上，風一吹就化了，無煙、無味、毫無痕跡。我真恨，恨自己的貧窮。我每日早出晚歸，早也烙餅晚也烙餅，可炙烤再多的燒餅總得有人買啊。連吃三天烙餅，妻子咬崩了潔白的貝齒磨疼了紅絨般的牙齦，嬌倩的臉龐失去了笑容。於是我買了青菜磨了豆腐加薑加蔥加辣椒勾芡熬一鍋酸辣湯，但晌午也酸辣宵夜也酸辣，妻子的臉自然愈來愈酸辣。「這就是你的證明嗎？」兩行珠淚流落臉頰，妻子怨幽幽說。而日月穿梭、光陰遞嬗，穿舊了磨破了錢員外家雖不華麗卻也是輕柔的棉質的婢女制服，春節大清早我拿出掘罄積蓄才從當舖內購得的淡籃半新裙褲，興沖沖的，甚至是涎著臉撒嬌獻寶似的遞向妻子眼前，妻子媚汪汪的大眼不復有感激，拒絕伸手來接，「現在才明瞭錢員外為什麼讓我嫁給你！」妻子恨幽幽說。望著妻子絕望的容顏，日漸褪去柔膩與光澤的容顏，因為心疼，更因為愧疚，我口齒結巴，「給我時間，……」我說。「給你時間？還要給你多少時間？我的青春啊……」妻子說，說話聲卻被鞭炮聲所遮掩。新春燃放的鞭炮，震天嘎響，崩轟——崩轟——，一飛沖天的煙火在空中炸開、碎裂，尾音悠長，歷久不絕。

我曾想，這樣描述妻子會不會過於刻薄？貧賤夫妻百事哀原本就是互古不易的真理啊！妻子是午夜的薔薇，是春日最絢麗的玫瑰，需要陽光、水分、養料，需要費心灌養。是我這個園丁不稱職，怎能反過來責怪花朵要求太多呵護？然而啊，新年轟隆隆炮竹聲中，在一句句一串串恭賀新禧的道賀聲中，回顧十數月婚姻生活，我垂首唏噓，胸膛內惆悵悔恨猶如瘋狗浪濤猝然洶湧，一陣緊似一陣，久久不得平息。欠缺感情的婚姻是承不住風吹的空殼，那麼從未敦倫燕好的夫妻關係是什麼呢？性愛與狂歡難道真是玫瑰花不可或缺的陽光？我恨，恨自己的無能。如此嬌妻美眷，清麗伊如浣紗西施，婉孌還勝洛水宓妃，而嫩媚勾魂吶狐狸精化身足以傾國傾城的妲己都要自嘆不如。可如此美眷嬌妻，與我同被共枕，我就是不能勾引起她的情慾，也無能讓自己像個男人。新婚之夜滿懷感激情懷的妻子在瘀紫猶未全然消褪之隔夜，在我替她擦抹藥酒之際，口吐嗯哼，身軟如蛇，我親吻她火熱的唇，充滿性慾的焦急卻和緩的撫摸她每一吋吹彈即破似的皮膚，可一旦除去衣衫裸露身體，我變成侏儒。不！我原本就是侏儒，且無能。妻皺眉，說：「你嫌棄我嗎？嫌棄我是個婢女嗎？」我搖頭。妻子自憐似的接著娓娓述說：「那麼，你認為我是個淫婦？……你錯了。你一定不知道吧？……不願教老色鬼玷污，我忍痛用手指奪取自己的貞操。」妻子溫柔的眼神中有堅毅的眸光乍湧旋逝。我不禁想起濃霧罩江蘆荻雜生的河畔，妻子遭錢員外猥褻未遂那日，她手指的血跡。我覺得心悸，既可憐她不幸的遭遇，復心疼地個性的剛烈，更擔心這般烈焰般的性格有朝一日會燒痛她自己。我舉手娑撫她鬒黑滑亮的長髮，溫柔的，希望漸漸能孳乳欲念，可我還是無能。一日，一日，又一日。妻子起初是自憐的淒淒切切的傾訴，繼之以懷疑的不安的諮詢：「不美麗嗎？不夠嫵媚嗎？我不是你心目中理想的女人？」等到她整副身體纏綿伏貼於我身上，用撥弄琴弦般輕巧的葇荑，用濕潤溫熱的唇舌，再三試探的，企圖點燃我胸腹的慾火，「你到底是不是男人？」她終究在失敗之餘滿口憤忿，披衣急衝出臥房，甩房門的聲音震得整幢樓屋簌簌作響。

我好恨，恨自己沒用！可我也不願意啊，每回裸裎相向，美女與野獸——羸弱而貌寢的野獸——那樣的畫面立即浮現眼前、滲穿腦海，揮也揮不走。可妻子的言辭多麼犀利呀，全然不顧慮我男性的自尊！就在那天晚上，我第一回興起休妻的念頭。在這個男人是女人的天的社會中，在一夫一妻多妾制的婚媾遊戲規則裡，休書是女人最羞恥的烙印，最絕情的遺棄，終其一生，被休的女子將在世人異樣的眼光中羞愧度日，在不得拋頭露面公然謀生的社會制約下貧寒至老死。我要讓她，不修口德的女人，嚐一嚐棄婦的痛苦。我出門去找縣城地保官，陪他喝三盅酒，賄賂他兩吊錢，當面要了休妻文書，但回轉家門後卻馬上將休書棄扔灶孔內。我突然想起錢員外將婢女許配給我時，他臉上陰冷的微笑，我一下子完全理解了他的笑意，遂決定私底下陪著他奸笑。春節熱鬧的氣氛在鞭炮聲中眨眼間即消失殆盡，我口袋寒酸，一、二串銅錢祇剩幾個子兒，我得趕緊煎餅烙餅，認認真真去賣燒餅，賺銀兩好養活自己。不，我不休妻！初嫁從父再嫁從己是約定俗成的慣例，豈能教她輕易逃脫婚姻枷鎖？我要她難耐寂寞，卻必須空閨獨守。

可這樣的想法不久即被顛覆，理由則極其簡單。那一日，上元節新穎爭奇的花燈尚未燃起，因著節慶的緣故，燒餅提早賣光了，我挑著擔子興高采烈回家。才轉身走進巷口，遠遠瞧見妻子從隔鄰王大娘家出來，顛顛倒倒腳步紊亂先我一步踏入家門。我緊步追上，扶持她在八仙桌旁長條板凳上坐下，倒給她一杯溫開水。妻子滿臉幸福，醉酒的臉容未染塗胭脂卻已紅殷殷火艷艷。我心頭霎時黯淡起來，我明白，我即將失去眼前的女人了！女子飲酒已是不該，更何沉喝得醉醺醺！王大娘，不！王虔婆是縣城內登記無案卻家喻户曉的地下老鴇，專門替譬如錢員外那樣的有錢老爺少爺物色清純可愛的少女或是獨守空房的少婦，最是壞人名節。不免十分生氣，「不准去王虔婆家！」我惡狠狠說。「唷——，要罵人哩！」妻子卻笑吟吟地：「你擔心什麼呢？王大娘不過請我幫忙趕製幾套衣服，也值得你大驚小怪！」我為之語塞，會不曾反應過度呢？我心底想，「反正王虔婆不是好人。」撒賴似的說。「不是好人？不是好人！整個清河縣就只有你是好人！……」妻子卻陡然憤怒起來，長袖一甩，說：「我知道你在想什麼。你想把我關起來，不跟左右鄰居、不跟任何人來往，免得我被搶走。……你關得住嗎？做夢！趁早收了那份心，讓我……離開這個家。」被覷破了心機，我有些惱羞成怒，可妻子的言語教人震驚。這是酒後吐真言嗎？「妳醉了！」我囁嚅說。「是啊，醉了！能夠喝醉了才真是福氣呢。」妻子說，站起身，左顛右跌搖搖晃晃一步步上樓去。

我當然想把她關起來，如果可以的話；我當然擔心她被槍走，更擔心一個不小心我就成了王八。於是，我想起了鄆哥，那個老是藏身西市場內扒人荷包的小賊。我給了他幾角碎銀子，他說了感謝，然後我就能安心的去賣燒餅。花費些須錢子兒就可買通一個小癟三替我通風報信，為自己的聰明才智，我很覺得意。日子就這樣一天一天踩著平靜而無變化的步履緩緩過去，鄆哥始終沒有消息。不免揣測：擔憂妻子紅杏出牆會不會是我無能行為背後衍生的多餘的疑惑？這樣思考的同時，腦海中第一個浮現的念頭是，每三日付一串銅錢多麼浪費！甚至於想，付費如斯高昂，至少總要有一、二回戲劇性的場面吧，譬如說，鄆哥急衝衝左躍右跳避開路旁攤販跑至眼前，因為著急反而說不出話來，然後是我擱下燒餅攤子，狂奔回家。當然啦，這樣的想像，結局總得是虛驚一場才妥當。可也沒有，因此也就更加教我感覺每三天得剝一串心頭肉多麼捨不得。唯一值得安慰的是，妻子每日出入王虔婆家倒好像真是幫襯著縫製衣服，而且備受禮遇，因為她每天回家臉龐總是紅通通的，神情疲憊，不愛理人，偶或會扔給我幾塊碎銀，說是裁縫衣裳的工資。我左盤右算，與付給鄆哥的工貸勉強可以收支平衡，也就開始不甚在意。

就這般日昇日落，時光無聲無息到來又悄悄遠走，已近中秋。當天，我一早起床清灶燒火，卻沒有真的煎餅。今天不賣燒餅，今天要去買禮物。因為僱請鄆哥偵探，我每日可以放心多做多賣幾塊餅，再加上妻子縫衣服的工錢，這許多日子來，奇蹟似的，口袋裡竟攢積了不少錢兩。我今天要去購買禮物，大清早燒灶炊煙，然後挑起燒餅攤子出門，祇是要掩妻子耳目。我要去選購贈送妻子的秋節禮品，買清河縣城內名氣最響亮的采花坊脂粉舖的玫瑰紅胭脂；不讓妻子發覺，我要教她驚喜，讓她喜極而泣。一出巷口，將餅擔子擱置於轉彎角落，「女娃兒十八勒——，」我唱起民謠情歌，腳步雀躍。「張嫂，早啊！」「李老爹，身子骨還硬朗吧？」我逢人就打招呼。遠遠的，我看見不老齋藥舖門口用腳輪輾藥材的夥計與三兩位串門打雜的傭人閒談，熱熱絡絡的，說得眉飛色舞，還比手畫腳。「王虔婆是條老母蟲，抓這帖藥當然不是自己吃。」我聽得其中一人說。「王虔婆？不！不可再無端辱罵人家。王大娘買啥藥？自己不煎不服，買它幹嘛？」我心中想，有些好奇。可他們一群人一看見我，動靜一致，一齊噤聲，我自然也不好探問。一走過藥鋪子，背後傳來囂天轟地的笑聲。因著詭奇的長相，這種背後的指指點點，我早已習慣，根本毫不在意，更何況，今日我有正經事要辦哩！遂顧自朝采花坊走去。

買完胭脂回家，妻子倒不在了。怎麼將胭脂交給妻子呢？煮一桌料理，與她喝兩盅酒，然後交給她，還是……？我心想，拿捏許久，最後決定將胭脂偷偷塞藏在她繡花枕頭底下。走上樓，走進臥房，我愉悅的嘆了口氣。能夠養家活口還贈送節慶禮物給妻子，讓我覺得驕傲，覺得自己像個男子漢。「呵——」就在這時候，隔鄰王大娘家臥室裡傳來女人舒服的吐息聲。「舒爽麼？」然後是男人喘氣但溫柔的呵護聲。王大娘真不知羞，多大歲數了，大白天還……，我心想，卻不免臉紅心動，突然瞧見臥房妝臺上小圓鏡，便取在手上，窩低身軀。才放矮身軀，心中就笑罵自己無聊；如此身高，當個偷窺賊，便當得很哪，怕啥？想歸想，我還是佝僂著身子，藏藏躲躲鑽落陽臺角落，慢慢將銅鏡伸出牆緣，轉向王大娘家臥室。熟悉的身影，我妻子的身影，我祈求天神所賜予的美麗妻子的身影，裸露著，騎坐在男人身上，赤條條且壯碩的男人。在銅鏡清晰的映影內，我彷彿看見她肌膚因為情慾所流現的紅潮，彷彿聽見她朱唇微啟由喉間由心海深處呼喚出來的放縱。我也滿臉紅潮，卻是憤怒，仰起身，順手將銅鏡擲甩向這對狗男女。擲得偏了，擊在窗框上，掉落一樓地面，哐啷哐啷響徹午時寧靜的街巷。響聲中，我飛身下樓，出門，急衝衝殺向王大娘，不！果真是王虔婆的家，那一處藏污納垢的淫窟。「開門！給我開門！」我使勁拍擊門板。王虔婆和鄆哥同時出現，前者拉開小門縫往外覷，後者則愣在門口。三人同時看見了彼此；王虔婆反應很快，用身體推木板企圖復拴上門。我正想開口喊鄆哥幫我撞門，王虔婆命令鄆哥：「還不幫忙！西門大爺每天給你一錠銀子，……」鄆哥就果真來扯我的臂膀。「鄆哥？你！……」我驚詫莫名，更奮力往前推門。門卻開了，楚楚衣冠的西門大官人倉皇奪門奔出。我縱身撲過去，他騰身後躍，我跌了個狗吃屎。我順勢雙手一抱，想箍住他下身，西門慶屈起右膝，喝一聲，腿脛一蹤，鐵鼎般堅硬且灌注力道的木屐鞋跟，不偏不倚踹上我積累滿懷怒氣的心門。

直到走至郊外城跟兒，再度委靡身體匍匐路旁草叢嘔然而吐，吐血，我才真正體會西門慶一腳踏上胸膛的滋味。並不覺特別疼痛，只覺得洩氣，嘔──，我再度咧嘴吐出被西門慶踢壓回胸口的怨怒，舉手抹拭唇角血沫。西門慶方才自然是揚長而去，也許還帶著不屑的或是洋洋得意的笑容。妻子沒來扶持，我緩緩弓身，手抬兩腿、屈膝，困難地站起，緩緩走出大門。如今神志恍惚，我順著道路走，不知要走向哪裡。猛然間　腳踏入窟窿，濺得長褲濕濕漬漬皆是泥水，還是一腳高一腳低往前走。漸漸聽不到人畜的聲音了，市廛消失，屋廬不見，是郊外了，草菅叢生。我伏趴在莽莽菅草叢內，咻然張口噴洩鮮血；一口，又一口，草葉翠綠，熱血紅殷。心口依然不痛，痛的不只是心口。陡然眼前一陣昏黑，暈倒在地。

醒來，悠悠醒來，視野中出現一張注視我且寫滿關愛的臉孔。我別過臉，發現自己躺臥在鬆軟被褥內溫妮閨房中，一身污穢已被洗淨。我移手支撐，掙扎著想起身下床。臉孔說話了：「我撿回掉進水窪的鞋，洗清淨了。……你沒有鞋穿，不要下床。」我抬起眼眸，這才看見晾曬在窗口的草鞋。「不准妳這麼待我。」我說，兇惡地，很有男子氣概。臉孔低下頭去。臉孔不美，年齡頗不小，最重要的是，她瞎了左眼。我不准瞎眼的女人對我好，因為那使我聯想到，其他的女人，美麗的女人，譬如我的妻子，不可能對我付出這般款款鍾情。「離開她吧。」瞎眼女人突然說：「她傷害你到這般田地……」「不！不是她！……」我斷然截止她的話，又乍然醒覺自己為妻子辯護的行為很可笑，幽幽的語氣說：「她是我前生今世的妻子。」「她不是！」瞎眼女人斷然否定。在我猶豫著休妻與否的當下，在我覓尋縣城保正官討休妻文書那日，也曾經先來這裡，不知為何來這裡，也許是找不到可傾訴心中苦悶的人吧，我單獨來這裡，告訴瞎眼女人我的猶豫，告訴她我午夜夢迴與天神敲定的契約。瞎眼女人自然不信，自然鼓勵我休妻，說：「假設你說的果真是事實，那麼，你更不可以娶她為妻，現在更不可以繼續錯下去！」「妳瘋了！」我怒聲駁斥。如今，多少時日以後，瞎眼女人再次否認我對妻子鍾情的選擇，我則不知如何辯駁。「……畢竟，她是我明媒正娶的妻子。」很久很久的沉默以後，我說。正說著，城郭外郊區偏僻小村人跡罕至的住家，簡陋的房門忽然被推開，妻子帶著鄆哥走進來。妻子淚流滿面，急趨至床沿，埋首我肘臂間，默默墮淚。「武大哥，對不住！我扶你回家吧。」鄆哥滿臉惶恐與歉疚，說。我遲疑著，猶未開口，「不行！」瞎眼女人已斷然反對。凝視瞎眼女人深眶無瞳的眇目，我心生嫌惡，於是掙身坐起，讓鄆哥用肩膀由腋下撐扶我，一步步緩緩離開瞎眼女人的家。

妻子果真幡然悔悟了哪！我臥病在床，她燃煤煎藥，伺候我內服湯劑，外貼膏藥；間隔二日，她會燒鍋舀水沾濕毛巾替我淨身。結婚已然寒暑數易，她從來不曾待我如此溫柔，我不禁心生感激，只盼病魔早被驅離，莫讓妻子為我操勞，為我煩憂。可奇怪得很，我日夜正常服藥、敷藥，胸頭反而焦燙難忍，時常呻吟哀號，輾轉床榻難以入眠。

一日，是菊月時候了吧，秋老虎撒潑它最後的光芒熱燄，周遭顯得燠悶，遠遠的，我瞧見圍牆外幾株黃菊在陽光下隨風搖擺。妻子剛餵食我吃過午飯，因為胃腸飽食溫熱食物的緣故，慵倦一下子即攻掠我的意識，可一閉上眼，菊花隨風的影像在視網膜上飄啊飄呀。是黃菊麼？真的是黃菊嗎？還是紅杏？我反覆詢問自己。迷迷糊糊中，依稀聽見窸窸窣窣寬衣解帶的聲音。好熱！好渴！胸口好悶哪！我翻轉身體，意識朦朧中舉手拉扯胸前衣襟。解帶寬衣的聲音乍然停止，「不要在這裡哪！」我聽見妻子說。「噓！……假正經！」我聽見男人說，隨即又聽見手指拉扯衣帶的聲音。男人？是誰？我奮力想睜開眼睛，然而困疲加沉眼皮重量，即使縮皺額頰皮肉也掀不開眼瞼。我內心焦急萬分；男人要解開她衣裳了，妻子為何不反抗？我傾耳聽，想聽見妻子反抗的聲音，周遭卻不再有任何聲息。許久，也許有一甲子那麼久，才又聽見男人說：「怎樣，在丈夫身旁與別的男人親熱？」「好壞呀！你。」是妻子嬌滴滴的回答。男人又說，卻是緊張的：「想起來了！一直要叮嚀妳……王大娘從我家藥舖抓回來那帖藥，不必吃了。」「我知道哪！……」妻子說：「全是你，沒心肝！還忍心教我拿掉肚子裡的心肝寶貝。」「肚子裡的……？妻子懷孕了嗎？怎麼會？」我頓然驚醒，睜開眼睛，想挪動身體，卻只是抬起腳板以腳跟踢得床板劈啪作響。男人女人倏然靜寂。許久後，不，也許並不久，我病著呢，腿軟力乏，能發怒多久呢？不久後，發覺我已無法動彈了吧，男人又說：「份量再摻多一點兒，瞧他一副鬼樣兒，恐怕還會拖很久。」「可是，……我怕！」妻子說。男人似乎沉思著，一會兒後，說：「乾脆讓王大娘幫妳吧。」讓王虔婆幫忙妻子做什麼呢，無非是讓我多服藥劑而已！我心底想，這才明白幾多日子以來，何以早晚吃藥抹藥，病症反倒日益沉重了，原來藥物裡有鬼！男人，縣城內最風流倜儻的富商大賈，交代完多加份量的叮嚀後下床離去。注視著他虎背熊腰、俊秀英挺的背影，我流下眼淚。淚眼中，腦海的底片記憶起妻子受錢員外騷擾那日清晨，妻子發現我畢竟敵不過錢員外的威勢只想抱頭鼠竄之際，她毫無反應的表情。沒有反應正因為沒有期待！沒有期待則根源於她不相信，那是一種隱約的鄙視。鄙視我、不相信我是一位男子漢、是救贖！那麼，今日，妻子對我的觀感究竟改變了多少？想起西門慶的神采英姿，我再度流下眼淚。想著，哭著，哭著，想著，漸漸困乏。

我酣然入睡，不知睡了多久，也許是一會兒，也許有一個世紀。陡然，我呼吸困難起來，身上的棉被重重的壓蓋住我孱弱的病軀，想掙扎，平放的兩手已被緊緊箍住。女人的聲音，王虔婆的聲音，聲音說：「潘金蓮，不要再猶豫了！」另一位女人的聲音，是妻子，妻子說：「我怕。」「不願意打胎，現在就不能害怕！」王虔婆篤定的說，慫恿的。王虔婆想拐誘強迫妻子做什麼我心知肚明，只沒想及事情來得這樣快速。快速？睡一覺的時間而已麼？還是我已昏昏沉沉睡過許多天日？我思忖著，一邊拚命想坐起身軀。生無足懽，死又何懼？我想告訴她們，我願意親手鴆死自己。「快！快！他醒了！」王虔婆突然著急起來。妻子受撩撥，果然疾衝而至，使力掰拉我的下巴，咕嚕咕嚕，灌我喝下一整碗湯藥。好燙！好脹，胸口好悶哪！湯藥入口，下喉、落胃，竟如利剪穿腸。我痛苦的扭動身體，雙手掙脫壓箍、撕裂胸前衣襟，使勁按撫胸膛腹肚，試圖減免疼痛。「哎呀！」妻子被嚇壞了，驚聲尖叫。一床被褥霎時兜頭罩蓋，「別慌！一下子就結束了。」床被外有王虔婆安慰妻子的說話聲。「會嗎？會結束嗎？」我想著。哀呀！我怎麼還能夠思想？我的肚子好痛，痛得我筋骨糾緊肌肉痙攣渾身冒汗，瞬間失去知覺。

有濕潤巾布擦拭我汗涔涔的身體，擦得那樣仔細，那麼溫柔，那一定是妻子充滿愛心的手。在妻子的柔掌耐心的抹拭之下，七孔中黏稠的血腥味消除了，胸臆內宛如地獄烈火熊熊燃燒的灼痛也消失了，我渾身清涼且通體舒暢，便又沉沉入眠。不知睡了多久，醒來只覺五臟六腑無不舒暢，起身下床，竟身輕如燕，彷彿病癥已經痊癒！原來妻子用的是下猛藥，強迫蒙被，讓病人盜汗消渴從而痊癒的古老醫法，竟被我誤會成姦夫淫婦戮殺親夫的計謀！妻子縱使曾紅杏踰牆，可親伺湯劑陪伴床榻，不也是真情的表現麼？為自己荒唐的揣測，我深感愧怍。雖然我曾怨怒上蒼，責怪祂與我訂定契約時未曾明白告知拙夫難伴巧婦眠，這一個不幸的真相，但也已經成為過去。更何況，瞎眼女人說得對，果真對妻子懷抱真情，祈求將美貌賜予妻子的同時，更應該祈求天神扯斷婚姻的紅線，讓美麗與醜惡沒有任何牽連。我活得多辛苦哇！妻子，蕩婦潘金蓮，又何嘗不是？

是的，我不再有恨！就讓她隨「性」過自己的日子吧，我則每天賣我的燒餅。我走進廚房開始搓揉麵團。揉不成麵團，遂想先燒灶起火熱鍋。點不著火，我只好出門去，趁著天色尚早，趕快去河邊劈砍幾捆易燃的蘆葦與乾草。砍著砍著，倒想起往事來了。前塵舊事猶如輕煙，細加推想，曠費時間；日已上竿，我才如夢乍醒，趕緊快步回轉家門。

才走進住家巷口，遠遠的，就聽見一聲聲淒慘的哭號。立刻發足疾走，卻見門板上白紙黑字貼黏「忌中」二字，妻子全身縞素，淚眼漣漣。誰故世了呢？我狂奔進房，赫然看見自己直挺挺停屍在客廳冷硬的地板草蓆上面。

武大死了嗎？那麼我是誰？不禁十分迷惘。

——一九九七年四月二、三日刊於《中華日報》

徘徊於生命的縫隙

1

跨步躍跳、雙足踩上澎湖島馬公市港埠石階，蕭逸奇步履顛浮踉蹌，突地「嘔——」一反胃吐盡腸腹內最後一滴酸液。陽光極其陰晦，他則眼冒金星；掌管人體平衡的中耳仍殘留藍綠綠臺灣海峽浪濤晃盪起伏的印象，視覺影像總是大旋地轉，甚至連瞳眼內的金星也左左右右翻天覆地搖晃著。

這樣劇烈反胃嘔吐的情況已經持續將近兩個時辰了。打從臺澎輪由安平港駛入夏末雷轟雨狂的臺澎水域，他的膽汁胃酸就隨同船隻起落造反，翻翻攪攪混淆成餿水般酸液，鼓漲腹腔，斷斷續續通透口鼻颼然噴洩。並不是第一回乘船至澎湖，竟仍然吐得狼狽不堪，他並不覺汗顏；因為氣候不穩定的緣故，這班次臺澎輪原本已打算停航。他覺得抑鬱，而且抑鬱的情緒伊如彌天漫地灰濛濛雨溼溼的天氣一樣，不得放晴。世事如棋，每一著棋步都是一次選擇；選擇不管對錯，總是擁有選擇的權利。他覺得抑鬱，因為他沒有選擇搭乘下一班次臺澎輪的權利，那必須在臺南多滯留一夜；他不能夠再多停留一夜，他口袋內銀兩拮据。

吸口氣壓抑住嘔吐感，將超大型皮箱擱置地面，他席地而坐，背脊倚靠著因塞滿大小家當而沈甸厚實不致翻覆的老舊皮箱。踞坐地面，褲襠口袋內塞藏紙張板僵的觸感磨擦著腿股肌膚，令他十分不適。將它抽取出來，他再度端詳信封上毛筆寫就的地址，開始設想如何按圖索驥尋找去處。

存留于腦海內馬公市的印象既熟稔又陌生。模模糊糊的記憶宛如久壓箱底泛黃的照片，惟存斷斷續續的影像。可正因為斷斷續續，反而撩撥意識底層的念舊情懷：哀樂悲喜，馬公市中，盡是童年的回憶，伴隨著彈珠、家家酒、與玩伴無邪的臉孔。

牛皮紙信封內信箋的翔實內容蕭逸奇並不清楚，主要的意思他則瞭解。以研究古典中國為終身職志卻在不惑之年身染疢疾的父親，在病房內仍堅持研磨煙墨、擒持毛筆，書寫信函。因為妻室早逝必須父兼母職、操勞家事的手粗糙異常，滿是龜裂皺摺，加上黃昏病房內幽暗光線中縮腹挺胸嚴肅的身影，不知怎的，總是令蕭逸奇鼻酸。一筆一墨、萬語千言，一撇一豎、哀哀切切，父親為的是什麼？寫完信簽印封緘，「從此後，……跟隨杜叔叔過活吧。」父親說，遞與他書信。肺腺癌是不治之症，這當然是託孤的意思。可是杜叔叔是否還記得他呢？童年時他曾暫居杜家，可畢竟是旅羈離島，是寒暑假期借住的客人。如今，雙親故世，杜叔叔是否還「記得」形單影隻的十七歲青年、並誠心誠意接納呢？蕭逸奇枯坐地面，注視手中箋函地址，世事多變的滄桑再度勾引起不願寄人籬下的倔強心意，不覺猶豫起來：去嗎？不去嗎？

安平港的轟雷暴雨髣髴緊隨臺澎輪漂洋過海而來，原已陰霾濃重的天空先是飄灑幾串雨絲，而後電閃雷吼霎然潑落傾盆豪雨。蕭逸奇起初毫不在意，雨勢猖狂突來就措手不及，拎起皮箱匆匆衝進渡津候客室，卻已經被淋得渾身溼透。澎湖乃蕞爾島嶼，四面環海，海風強勁，穿著溼溚溚的衣服，禁不起風吹，蕭逸奇延頸哼鼻噴嚏連連。向晚的渡船口候客室內空空蕩蕩祇有他一個人，噴嚏聲在空洞的空間內迴音異常響亮。甚覺孤單，有落魄江湖流浪異鄉的況味，「不是早約定好時間了嗎，怎麼沒有人來接我？」蕭逸奇想，望著室外淋淋漓漓潑瀉不止的雷陣雨，更不願去思索牛皮紙信封上地址所在的方向。不！是更覺得必須仔細去思維它所在的方向。

一陣清脆的皮鞋聲穿越霖鈴的雨一股腦兒撞入淒清的候客室走廊，白衣黑裙長髮的女孩猝然衝進他癡癡凝視雨景失神的瞳眼視野中。視線交會，女孩迅速低垂頸項，退避於光線闇黑的角落，側轉粉頸，以纖纖葇荑由髮根至髮梢擠落鬢髮上的雨珠；遠遠的，蕭逸奇似乎看得見水珠成串掉落的影子，甚至聽得見水珠隳落磨石了地板上滴答滴答的細響。偏鄙的島鄉不再有班次的渡船口，單身女孩竟然到此躲蔽風雨，蕭逸奇與其說感到驚訝，毋寧說是覺得弔詭。弔詭的氛圍中，女孩略顯猶疑，爾後步履輕盈筆直朝他走來。蕭逸奇忍不住心頭啵啵亂跳。

「那麼，你應該是……」女孩走向他，約莫三步距離即停住，夜鶯般嬌脆的聲音輕輕的說。

「妳是杜麗娘？」截斷女孩言語，蕭逸奇反問。

女孩嫣然而笑，因為確認了雙方的身份而覺得安心。

「對不起，來晚了。」女孩說。

凝視著說話時臉容不敢面向自己的少女，腦海裏舊日點點滴滴影片般一幕幕於眼前放映。多倩艷的名字啊，麗娘。這個擁有倩艷名字的長髮垂肩的羞澀的女孩，是昔日與他手牽手在澎湖灣海灘捉螃蟹堆沙堡扮新婚新娘的童年玩伴麼？潤澤的黑髮成束垂落右胸前，映襯膚色皙白的瓜子臉，慧黠的眸眼下貝齒微咬朱唇撒嬌的模樣，與童墀時候大不相同。

「喂！……走囉。」直凝凝看人，蕭逸奇忘記了應有的禮貌。杜麗娘倒不生氣，仍然細細的聲音說。

2

就這樣在多風寡雨的澎湖定居下來。杜叔叔年少得志，是馬公市區一所高級職校的校長，配分有眷屬宿舍。那是兩層樓的小洋房，原本只有杜叔叔夫婦與獨生女兒麗娘三人居住，如今多出蕭逸奇一人也還很寬敞舒適。蕭逸奇多少明白父親與杜叔叔的交情，知道他們是大學時期的同窗摯友，可沒想及他們刎頸知心到如斯地步。杜叔叔待他猶如親生，飲食起居、衣物零用、甚或求學習藝，舉凡所需所用，樣樣不缺，有時甚且比自己女兒還要周全。杜麗娘一向被寵愛慣了，為此還曾撒嬌似的責備說：「偏心！……爸媽偏心，有了兒子就拋棄女兒。」惹得蕭逸奇尷尬萬分，卻也因此消褪了孤星淚痕自卑自憐的心態。

比較難以習慣的倒是杜叔叔教育他與杜麗娘的生命理念。蕭逸奇是很理解父親的。一輩子研究古典文學，父親的想法很古典，刁難點兒說，是迂腐、冬烘、食古不化；可靜心思維，畢竟有幾分長年累月浸淫中華文學美感後溫柔敦厚的文人氣息。蕭逸奇由同樣是研讀文科的杜叔叔身上卻領略不到那股氣息。校長宿舍二樓書房內陳擺著與蕭逸奇父親書房內同樣甚至更加豐饒的藏書，也很少看見他進房翻讀。茶餘飯後，偶有閒暇，杜叔叔較常談論的是校務工作的推展，以及澎湖縣或馬公市政情現況，偶爾還會拍拍蕭逸奇肩膀，勉勵似的說：「大丈夫立身揚名，應當……」午夜夢迴之際，想起因為父親終日醉心書海不善治生是以自孩童以至青春他總是飽受飢寒，蕭逸奇依然不免幾分嗔怨父親，可是杜叔叔這種逐名求功的心態與期許他能克紹箕裘至少有所仿效的想法，他也下敢領教。不敢受教，是以不願唯唯諾諾，不願唯諾頷首，卻也不能稍露質疑辭色。這般裡表不一幾近造作的語言神態，對一個未滿廿歲單純的青年而言，是很難偽裝的。還好杜麗娘也頗不以為然，總會及時幫他解危。「不愛聽，不愛聽！……爸爸好俗氣。」杜麗娘往往陡然截斷杜叔叔教導他二人應當如何如何的語句。也許骨子裏杜叔叔有重男輕女的沙文主義作祟吧，每回遇上女兒耍賴似的反應，他哈哈嘻笑視之，倒是立即住口。

談起杜麗娘，破瓜年華純真且多情的少女呵，自從蕭逸奇搬進杜家開始，便是他日思夜想分分秒秒無能或忘的形影。如果時光可以流轉，如果孩孺年代的誓約可以當真，那麼，她與他可是指腹為婚的夫妻、是青梅竹馬兩小無猜的玩伴。寄居杜家以後，事實上，杜叔叔終日忙於學校事務與交際應酬，杜嬸嬸識字不多且終究非是母子難免有代溝，於是蕭逸奇最好的友伴是書房內櫃架上琳瑯滿目的書卷與字畫。而因為愛讀書，他得以和同樣愛讀書的杜麗娘晨昏與處。

杜麗娘是魏晉志怪小說中婉孌而幽怨的洛水女神宓妃，是唐人傳奇中真純豪爽且敢愛敢恨的章臺女子杜十娘；蕭逸奇不時懷疑，她輕巧清麗的身軀面容與巧笑晏晏嬌柔芊芊的言語體態，其背後是否懷藏著多孔竅的心思及人格。青澀年華少男多情，因為澎湃情愫的牽引，朝夕相處之餘，暗夜相思之際，蕭逸奇總以文質彬彬且體貼浪漫的男孩自許，卻經常捉摸不清杜麗娘的心意。多麼艷羨李商隱無題詩「心有靈犀一點通」的情境啊，可女人心果真海底針嗎？他時時留意杜麗娘的喜怒哀樂，卻始終無能揣度她乍喜還憂的源由。伊如小小的寂寞的窗扉被覆以重重簾幕，他多麼渴望自己是那個可以揭開層層簾幔的人。婉孌幽怨或真純豪爽，髣如心眼多重孔竅，不正是因為純真少女的意識性靈底層潛藏著如流泉如汪洋的深情嗎？他不也自認是多情男子嗎？那麼，祇要能夠揭去少女因羞澀疑懼而緊緊遮掩的面紗，情深則無怨尤，成功挫折歡喜煩憂，他願與她一起承受。

歲月的腳步就這樣日昇月落在澎湖灣呼呼嘯響的海風中一日日消逝。兩人就讀同樣的學校同樣的組別同樣的班級；僅管當初杜叔叔相當反對蕭逸奇和女兒一樣選讀文科組別，或者至少也要選讀文組中教育行政的科系，蕭逸奇還是固執己見願意尾隨父親的步履。一生皓首窮經、擔任教職的父親，在蕭逸奇愈發成長的心智與靈性裏，清癯瘦峭的身影越來越鮮明，是蕭逸奇所始料未及的。猶如幻燈影片，有一幀父親的畫像始終在他腦海中反覆映現——晌晚時分，學校教師休息室內，父親單獨一人枯坐角落座椅內，在夕陽殷紅的返影中靜默的呑吐長壽香煙，細弱的煙圈裊裊浮昇。——這一幅屬於父親生前的畫記，飽含窮愁潦倒但孤芳自賞的意味。緬懷囊昔時光憶記父親形貌，蕭逸奇總覺得父親徐徐呼吁的是他自己生命的煙圈，昇華得過於清高是以曲高和寡，卻也是一種生命理念的堅持，讀書人當然必須如此。蕭逸奇自然不敢將此一念頭告訴杜叔叔，談心之際則曾向杜麗娘吐露。杜麗娘的反應頗出人意表，「沖一壺咖啡，」她說：「我陪你數煙圈。」啜飲咖啡的閒適心情與凭窗抽吸香煙的愁思是截然迥異的兩種意緒，杜麗娘何以將二者糾結一起，蕭逸奇反覆思量依然無能明瞭究竟，問她，杜麗娘答：「開玩笑嘛！那麼當真？」略加思忖，又說：「咖啡入口極苦，潤舌下喉後才得醮醇香味。生活應該也是這樣，否則，可怎麼活呀？」

生活是否果真如斯，蕭逸奇自是無法預料，也就無法接口，倒是杜麗娘彷彿與他相近似的心思，令他很覺欣慰，於是更加安心去追逐他的文組科系且肆意瀏覽書房內大小藏書來滋補人文素養。

3

一日，夏季的午后，暑熱焦炙如焚。蕭逸奇不習慣赤膊，可風扇搖搖吹吹怎麼也晾不乾膚膀滴滴汩冒出來的汗澤，午睡便輾轉難以成眠。好不容易意識昏沉惺忪入睡，竟覺酣暢香甜迷迷糊糊夢天夢地起來。夢幻中，女子搓捻微濕毛巾溫柔擦拭額鬢頸項，以涼冷的水沫輕輕洗去黏膩的汗。女子的聲音柔柔淡淡於意識之最底層反覆呼喚：「醒來，醒來！」冷冽的水滴、嬌巧的小手，烘托成馨甜的夢，蕭逸奇留戀迷醉豈願甦醒？擦拭的掌却停止了。溽熱再度煎熬，他戛然清醒，翻身坐起，睜眼却見杜麗娘斜倚窗沿一臉憂戚。蕭逸奇注視置放她身旁濕涔涔的巾帕，不禁想起睡夢中體貼細心抹拭的溫柔。

杜麗娘發覺他醒了，勉強一笑，臉容微顯靦腆，但沒有言隻字片語。蕭逸奇一時揣摩不出她的來意，正想詢問，杜麗娘已開口：「陪我去吉貝島罷。」

說是去吉貝島踏浪戲水，可蕭逸奇不明白動機。澎湖本島可嬉戲玩水處極多，何以選擇離馬公市陸路遙遠且需搭船渡海的吉貝島呢？是喜歡它人跡罕至的原始風貌嗎？抑或別有原由？

蕭逸奇探問，杜麗娘却緘口。兩人由公車而渡船一路迤邐行來，直至吉貝嶼後山山腳海濱，蕭逸奇惟見她緊抿的雙唇與海風拂臉時微瞇的含愁的眼眸。

位於吉貝嶼西南端的白沙尾彷彿葫蘆圓小的頭顱部份，退潮時以柔細的貝殼礫灘彷如葫蘆窄細的頸與吉貝嶼相連，而晨昏潮漲，葫蘆頸部即成汪洋。由於深只及腰，且漲潮海水因受風化貝殼的過濾，色度由清白而碧綠而湛藍，水質涼淨，便成為絕佳的踏浪與游泳場所。

吉貝嶼因為與澎湖本島一水相隔，遊客較少，蕭逸奇二人到達海濱時一部小型遊覽車搭載觀光客正要倒車離去，整片沙灣海洋已杳無人跡。杜麗娘一瞧見清澈的海水，繃抿的唇角就鬆懈了，鬆解鞋帶、脫卸鞋襪，跳跳躍躍踩入水中。蕭逸奇凝視她裙擺隨著海風與跳躍的身體繪成曲線曼妙的圓弧，也興緻起來，撩捲褲管，隨她踩踏入水。

海水沁涼如冰，和緩流動的潮浪拂撫腿股肌膚若有若無。杜麗娘垂落胳臂叉開雙手指掌於水面前前後後划動，凝視著被她自己所鼓動激起的波瀾，眉眼間盡是笑意。

蕭逸奇倒迷糊了，「一會心憂悶，一會兒開心，也不害臊！」取笑似的說。

「要你管！」杜麗娘說，臊紅了臉兒，以掌擊水潑他。

蕭逸奇左躲右閃，怕淋濕衣裳，杜麗娘潑水的手却不停止。一著急，他一個箭身魚躍入水中游泳向前，猛抓住杜麗娘雙手。「別潑，別潑！衣服要濕了。」蕭逸奇說。話一出口，頭髮上襯衫上滴滴答答水珠墜落，才察覺自己的愚蠢，竟穿著衣服游水，不禁臉容發窘。

蕭逸奇突如奇來逼近身旁，杜麗娘原本十分羞赧，及至發現他狼狽模樣，哈一聲璨然開懷大笑。蕭逸奇見杜麗娘笑得枝頭亂顫，體態嬌嬈，握住的手竟不放鬆了，突然心頭靈機閃過，肘臂施力一拉。杜麗娘猝不及防，仰身就倒，全身盡沒入水中，喝了兩口水才又掙扎挺身站起。才站起來，擊鼓似的拳頭便往蕭逸奇胸膛捶來，「討厭！討厭啦！……」薄嗔似的責備。

兩人濕透了衣裳，但捨不得回家，於是仍舊踩浪渡海至白沙尾上岸去。八月的太陽落得晚，三四點鐘時候日照還甚強烈。選擇了一座西向的大石頭，他們乾脆躺下來曬太陽。原本已被陽光烤熱的石頭穿透濕潮衣服煎烤背脊，有點兒麻癢刺痛又有點兒按摩似的挺舒服。海風徐徐吹送，吐納呼吸時口鼻盡是潤澤的鹼味。日光炤焰，瞳眼漸次被曬得閉闔起來，人也慵懶倦疲酣然入眠。

忽然颼一聲響自耳際，一溜黑影於空中一閃而過。兩人同時睜開眼睛，而後陡然坐直身軀，「咦！」「咦！」一齊驚訝出聲。

數以百計的海鷗從他們上空低飛掠過，可兩人並不凝眼追蹤飛鳥形跡，反倒彼此深深注視，就彷彿要一眼看穿對方最真純無偽飾的心靈深處。視線交投，兩人眼中充滿問號，曲度重疊、頻率相同的問號。蕭逸奇心中焦慮：足以揭啟少女心扉重重簾幕的難道是此一問題的答案嗎？

可腦海裏百轉千迴言語倒莫敢造次。杜麗娘則沉吟許久，幾度想開口，話至唇邊又硬生生吞嚥回肚腹裏去。沉默呀，沉默是問句、是焦急，可氛圍卻在兩人當中漸漸蔓延。突地，颼——，振翅遠颺的鷗鳥於空中盤旋一圈後，再次自身後方以飆颻的速度飛掠過頭頂。兩人目光專注，心海裏正千濤萬瀾，都唬了一跳，並且同時看見對方倏然被驚嚇而倉皇失措的滑稽模樣，一齊哈然而笑。笑聲中，焦灼凝重的氣氛溘然遠逝。

杜麗娘緩緩嘆口氣，幽幽然問：「涉水濕衣，曝曬於石坪上，朦朧眠睡，飛鳥啁啾於耳畔。……這樣的景況，經歷過嗎？」置身某一空間中經歷某一事物，做著做著，乍然腦海電光般閃過念頭。——此時此景，是夢境中已然親身經歷過的！——這般帶有幾分不真實、似乎重歸綺麗畸夢的情形，是許多人都曾擁有的經驗，本來不值驚詫，可杜麗娘猝然提起，蕭逸奇心頭撲地一跳，因為驚疑，或者說，因為驚喜，一顆心不由得砰砰劇烈聳跳起來。

「妳也經歷過麼，在夢中……，與我？」蕭逸奇反問，語句中急遽的語氣間接的答覆了杜麗娘的疑惑。

一聽完蕭逸奇的問話，清秀眉睫卜睜著黑白分明眼珠子的雙眸倏然集滿淚水，「是啊，阿奇，我是啊。……」杜麗娘說，愁顏盡逝：「自從十夕夜我們一起在書房讀唐人陳玄祐的傳奇小說離魂記，我就變得好痛苦。每天夜深人靜，總陷入迷離夢境。夢境裏，或是穿門，甚至是躍窗，你輕悄悄來到身旁，溫柔的擁抱我……裸露的肩膀。……」

「擁抱肩膀？……像這樣？」蕭逸奇說，輕輕緩緩的、起初有些猶豫的，以溫熱的掌輕握杜麗娘纖細的膀臂，姆指內緣撫觸女性微凹的肩窩。

杜麗娘眼中的淚仍舊涓涓滾落，依偎於蕭逸奇懷裡，幽幽然說：「這是可能的嗎？……同時在各自的夢境中夢見兩人共同的未來？」

蕭逸奇沒有回答，因為答案很難教人相信。畢竟，宛如小說中或是羅曼蒂克或是纏綿悱惻的情節，不過是小說家杜撰的理想情緣，於真實人世中極難兌驗。可今日之事如何解說？海風正涼，夕陽已偏西，翱翔的鷗鳥來來去去，正巧飛進已褪去烈焰強光的紅日輪廓之中。「原來，兩情若是長久時，不管咫尺抑或天涯，都可以朝朝暮暮，因為有夢！」注視著翱翔的飛鳥，蕭逸奇心中默想，長久以來想揭啟少女純潔心扉表露情愛的焦燥與陰鬱一掃而盡，不覺開顏微笑。

懷抱內，杜麗娘好似感染了他喜悅的氣息，抬起頭問：「幹嘛哪？傻笑！」注視她已不再淚流而猶淚痕斑斑的容顏，蕭逸奇舉手疼惜似的輕點她挺直而稚筍般粉嫩的鼻尖。

4

三月陽春時節，窗外的杜鵑奼紫嫣紅放肆得真是璀璨，濃烈的香味縷縷送入窗內來。受不住馨香花景的誘惑，蕭逸奇推案站起，憑窗佇足，湊巧看見杜麗娘穿越大學教授宿舍前花園庭院，輕輕悄悄走進房裡來。看不見陽光下纖纖盈盈的影子，杜麗娘自然是撐持著小小洋傘。

兩人結婚已十年。自嬰孩以至青春在日照赤熱的馬公成長，杜麗娘於嫁為人婦之後，卻出奇的極是畏怯陽光，祇要出門，不管是長途外地旅行抑或是市集購物買菜，總要撐傘。問她為什麼，祇是艱澀的笑笑；問得急了，則撒嬌似的說：「怕曬黑嘛！」蕭逸奇看得出她口是心非，但不願死纏爛纏逼迫她道出內心苦衷。時間迢遞，光陰轉瞬即逝，人生數十寒暑中人事變遷轉眼即成無痕春夢，豈能質求事事皆知悉且掌控？蕭逸奇很明白這層道埋，所以朋友論交乃至夫妻與處，總是盡可能關心但是給予對方適度的隱私與心靈空間。

如今，杜麗娘收合小傘，蓮步走至身旁，蕭逸奇自是不再追問。輕輕攬抱結縭十載依然柔若無骨的妻子的纖腰，溫柔的聲音說：「還是不願意回家嗎？」

杜麗娘點頭，瞥見書桌上邀請卜，許久後才接口：「可不可以拒絕？……我不想回去澎湖。」

蕭逸奇目前是臺灣南部某國立大學中文系教授，日前高中母校來函邀請他回去演講。他收到邀請卡後，杜麗娘就變得怏悒不樂，朝晨夜宵總再三叮嚀：「不要回澎湖！不想回家！」婚姻十載，蕭逸奇過著不羨神仙般鴛鴦于飛的生活。妻子膚白如雪貌美如花、柔情似水蜜意纏綿，最難得的是心思玲瓏剔透，白晝清醒的時光、黑夜眠夢的時刻，兩人心意相連諸事不費唇舌且相知相惜。可怪異的是，杜麗娘始終不願回家，蕭逸奇壓根兒不明白為什麼。難道杜叔叔還是不允許女兒嫁給自己嗎？蕭逸奇曾私下揣度，卻認為不可能。

想起自己與杜麗娘結婚的經過，蕭逸奇於婚後鶼鰈情深之際，每每暗道慶幸卻又不免唏噓。與生命中唯一的愛盟誓白首之日，自己是煢獨孤雛舉目無親也還罷了，女方親戚竟只有杜麗娘遠房的姨母一人；倒像是誘拐私奔暗訂終身似的，還選擇在偏鄙郊區姨母家中舉行簡單的儀式而已。賓客寥寥可數，且泰半佝僂著背髮白斑斑，是以儘管廳堂上紅燭高燒，蕭逸奇總覺愧對妻子，不由嗟歎：「唉！……杜叔叔為何要拆散我們？」

當然，時過境遷，隨著年齒增長與見識孳乳，當初杜叔叔那樣決定的原因，蕭逸奇已能體會。如果說記憶伊如咚咚鏗鏗的鑼鼓，那麼最鮮明的喧騰最意義匪凡的聲響必須自高中時期一紀紀敲起。夏日於白沙尾曝曬溼衣的記憶是互訴情思甜蜜的記憶，卻不被祝福與允許。似乎已然或忘蕭家、杜家指腹為婚的約定，在情竇初開之男女初嚐愛戀是以耳鬢廝磨軟香甜膩之際，杜叔叔總是抱持審慎的態度，一再叮嚀告誡：「功課為重。」由於幼年喪母、青年時失怙，蕭逸奇並非純粹的理想主義者，出人頭地的意念總縈縈繞繞羈留心頭，課業成績當然名列前茅。杜麗娘則不同，宛如百合仙子不吮食人間煙火，她儘量耽飲文學的美感，並率性的實踐在言語行則與課業學習中，學校成績自然一直無法提昇。無福運享受天倫之樂的人有時候反而能夠體會父母難為的道理，所以，每回杜叔叔反覆黽勉，甚至微帶嚴厲辭色訓戒「功課為重」之言語，其背後愛女心切的用心良苦，他多少能夠理解。可這般理由竟然是悔婚、是阻擋二人親蜜交往之藉口，當蕭逸奇如願以償躋登大學文學院科系以後，終於黑狐般閃爍著狡獪的眼光，露出猙獰的臉孔。

接連四年聯考失利，杜麗娘滯留澎湖，在一所私立幼兒園擔任代理教職。園長係外省籍退伍軍人，年事已高，中年方結婚，所生獨子剛巧醫學系畢業，急於為子娶媳以便早日含飴弄孫。杜叔叔與他俱澎湖縣內名流，雙方門當戶對，杜叔叔掂斤稱兩，蕭逸奇自非東床快婿，於是眼明手快，安排女兒與園長獨生公子相親。

相親的地點就在杜家，時間則是蕭逸奇放暑假自臺灣返回澎湖的隔日。這樣的安排，與其說是湊巧，不如說是杜叔叔特意的挑選，其目的昭然若揭——要蕭逸奇知難而退。——蕭逸奇興沖沖回杜家，發現校長宿舍已經修葺、粉刷，隱隱然熱鬧歡騰的氣氛如千重浪萬層浪湧上身來。蕭逸奇莫明所以，想詢問杜麗娘，卻是杜嬸嬸陪伴著去美容院洗髮燙髮去了。杜叔叔上班未回，清掃校長宿舍的歐巴桑言辭支吾，幾經盤詰，才不清不楚的說出相親的事。不聽則已，一明白事情原委，蕭逸奇兩眼發黑雙腿發軟。畢竟不是親生兒子啊，杜叔叔對待他的態度，明明瞭解他愛戀杜麗娘，竟要將她配婚他嫁！難道是欺瞞，杜麗娘對待他的情感？竟然毫不反抗、甚且甘心願意為相親去洗染梳粧？蕭逸奇心頭思維，忍不住男兒淚滴落臉龐。環視潔洗如新的房屋，他赫然醒覺自己畢竟是外人。憤忿填膺，他狂奔上樓，倒櫃翻箱收拾個人所有，就這樣走出杜家家門，搭乘最近一班次渡輪返回臺灣。返回臺灣，從此半工半讀，不願再接受杜家任何金錢支助，焚毀所有杜麗娘寫來的情書，不再與她魚雁往返。

可年少純真狂放的初戀深情宛如北國忍不住的春天，焉能輕易禁錮？杜叔叔基於名聲利益的考量選擇把女兒嫁予醫生，這般現實取向的觀念猶如芒刺在背，日夜錐磨他的心神，反而刺激他興發了積極向上的鬥志。然而呵，性靈深處他的心神啊他的神經，日漸銷耗衰竭。失去情愛的青春，譬如七月驕陽曝曬後的乾燥柴木卻無能燃起熊熊烈火，反而是一種折磨，一種諷刺。日復一日，智識愈發聰慧性靈愈覺孤寂，終至顴高骨癯，形影癟瘦。就這樣過去約莫半年光陰，隆冬霜寒一個沒有月亮的夜晚，杜麗娘遠房的姨母帶著她突兀的來到租賃的房室。「託付給你咯，我的姪女。」姨母說。就這樣，姨母籌辦了兩人的婚禮。

既然是姨母親自主持婚禮，杜叔叔自然不可能至今仍不答應他們結婚啊。那麼，妻子在結縭十年間從不曾與娘家聯繫，於今又不願歸返故鄉，究竟是何道理？

「不願拂逆妳的意思！可是，為何不想回去，麗娘，妳總得說出理由呀。」蕭逸奇禁不住胸口團團疑惑，開口詢問。

「我見不得陽光。」杜麗娘平靜的回答。

「咋！還是怕曬黑啊？」蕭逸奇鬆了口氣，說：「這個理由不成立啦，妳唷，多大的人了，還要賴哩。」摟抱的指掌微微使力，於杜麗娘腰側瞎鬧似的開始呵癢。

5

回高中母校演講的題目是「文學創作與想像空間」。這樣的主題對主修創作心理學的國家文學博士而言是輕而易舉，但是對於高中青年來說，因為生命體驗淺薄以及實際創作經驗的缺乏，在理解過程中可能滋生不少挂礙。蕭逸奇心想，與其大談理論，不如多舉故事。列舉什麼故事呢？想像空間最寬闊的引申莫過於狐魅鬼神，於是打算由舊小說中關於鬼靈的傳奇談起。

母校對他極其禮遇，校長親自到校門口迎接；走進校園，長形玻璃框架佈告欄內斗大的字寫著歡迎詞，連他的學經歷、著作都詳詳細細寫在上頭。對一所偏遠地區高級中學而言，國家文學博士的頭銜足以讓他躋身傑出校友的行列吧，蕭逸奇不覺有衣錦還鄉的虛榮感。

禮堂內學生座無虛席，黑壓壓的一片，許多教師，包括教過他的老師，都在聽眾席內。一方面因為覺得光榮，一方面由於眾目睽睽尤其是恩師在座，蕭逸奇不得不絞盡腦汁挖空心思，希望能夠將原本極抽象的內涵作最深入淺出的詮釋。於是，他從封神榜的怪力亂神，到聊齋誌異的多情狐狸精，從七世夫妻魂魄不死轉世投胎尋找生命唯一靈魂伴侶的淒美故事，到湯顯祖牡丹亭戲曲問世間情為何物足教人為之死為之還魂的悲切情節，洋洋灑灑，唱作俱佳。臺下學生時而笑聲轟堂，時而深受感動表情緘默，是以演講結束，掌聲許久都不得平息。

可講著講著，蕭逸奇心海漫漶，竟濫情起來。他憶起高中時期與杜麗娘在杜家書房內讀唐代陳玄祐創作的離魂記，從此兩人在夢境中常常能夠心靈感應的往事，如今杜麗娘竟彷似有家歸不得！想著想著，感情的空間更是走進古典小說裡去了。禮堂舞臺上校長正在作週會結束的談話，他則心奔神馳。

文學的美感與現實世界多麼不同啊！文學想像空間的必要、鬼魂還陽美麗情節的杜撰，是不是正意味著人事浮淺，人情澆薄，人生難得知心伴侶呢？那麼，真實的生活多麼枯躁乏味啊，月月年年，人人處於人群、朋友、婚姻之中，而人人俱覺孤單寂寞，情何以堪？還好，他僥倖得與紅顏知己永結連理。

可早晨離開旅館時杜麗娘言行甚是詭異。說是捨不得他一人出差在外，所以到底陪伴他來到澎湖，可澎湖是故鄉哪，她卻依舊堅持不願回家探視父母。今晨他梳洗穿戴整齊，臨出門，杜麗娘送至門邊，拉了拉他胸前領帶，剛從馨暖被窩起床的玉體緊緊擁抱他。蕭逸奇怡然微笑，說：「幹嘛喲？還撒嬌！」環抱她輕薄絲質晨褸下肌膚細膩曲滑的臂膀。杜麗娘卻了無柔情蜜意，抬起頭，深深凝視他，口中呢喃：「奇哥、奇哥，讓我再好好看看你。……」麗娘為何如此？

一陣致謝兼送客的掌聲中斷了他的思緒。起身答謝後走下舞臺，蕭逸奇難免要向臺下的老師們致意，可心中幽思萬千，不禁微覺焦躁，還好老師們大都要去上課，漸漸散了。

由校長陪同著走出禮堂，蕭逸奇正想告辭，禮堂門外榕樹下一對夫婦迎面走來。母校校長反應快倏，趨步向前，說：「杜校長！稀客，稀客！怎麼這時候才來，演講都結束了。」兩人自有一番應酬。蕭逸奇也走上前去，低低的聲音喊：「嬸嬸。」杜夫人聽見呼喚，「到底沒有回家過夜啊！你。」失望的語氣說。

邁過中年的杜叔叔夫婦，不知怎地，給人滄桑且衰耄的感覺，令蕭逸奇很覺意外，因此更覺愧咎。中國哲學強調責己也嚴待人從寬，縱使當年杜叔叔曾有一念差池，畢竟寄居杜家時日，他二人也有提攜育養之恩，何以睽違十數載，對他們不聞不問？更何況後來杜麗娘終究與他共效鸞鳴了啊。

蕭逸奇思前顧後，不由得心生不忍，「叔叔、嬸嬸，對不起！……」他說，話一出口，才猛然醒覺應該要稱呼岳父岳母才是，但一時間改不了口。「早應該帶麗娘回來探望你們。」他接著說。

可杜叔叔聞言絲毫不覺感動，反而皺緊眉睫。停頓了好一會兒後，才緩緩開口：「阿奇，沒讓麗娘嫁給你，杜叔叔已經後悔十多年了，為何還講諷刺的話呢？」

「我沒有啊？」蕭逸奇訝然。

「麗娘不再理我們了！……」杜嬸嬸悠悠長嘆，接口：「自從你離家出走，麗娘便不再與我們講話，常常一個人躲在你的房間內哭泣。寫給你的信，又一封封被退回。……阿奇，你誤會她了，麗娘根本不答應相親。女為悅己者容，那日她洗髮鬈髮完全是為了你呵。……」終究是忍不住溢滿眼眶的淚，便咽起來：「約莫半年，麗娘形容消瘦，身染恙疾，就過世了。……」

蕭逸奇原本聽不懂杜叔叔言語，如今杜嬸嬸嗟嘆悔憾般的說明則更離譜。「那麼，這十年婚姻？……」內心思忖，「不可能！」不由得脫口而出。

兩老察覺他神情有異，便加詰問，蕭逸奇說：「十年前我和麗娘結婚了啊！姨媽主持的婚禮。」

「姨媽？麗娘沒有姨媽啊。」杜嬸嬸說，凝神思索，霎然神情驚惶：「難不成？……」

難不成這是萬確千真的事？馬公市郊丘陵地公墓雜亂的墳堆中不起眼的角落，鏤刻「愛女杜麗娘之墓」的碑碣清晰在目，塚坯上青草已綠。蕭逸奇終於明白十年前婚禮上女方親戚何以全都白髮斑駁了，遠在杜麗娘襁褓時期，姨媽已成黃泉下早夭的鬼魂。撫摸大理石墓碑上黑白相間的紋路，蕭逸奇泫然淚流，可內心兀自不信。

杜嬸嬸燃點手中清香，遞與他。面對女兒埋骨坯壙，悲從中來，嗚咽地喃喃祝告：「麗娘，阿奇來看妳了。」曠野勁強的風中，點燃的清香焚燒極快速，蕭逸奇雙手小心握持，久久不敢鞠躬揖拜，唯恐一彎身拱手，眼前所見盡成事實。

日頭漸漸偏西，暮色四合，三人緩步走下山岡。杜叔叔頻頻回首，鼻咽抽泣，嘴裏只是不斷呼喊：「麗娘，麗娘……」蕭逸奇強忍心中悽惻，傾身向前扶持他已然鬢髮成霜宛如風中殘燭般羸瘦的身子，「還有我呀，我來孝順你們。」蕭逸奇說，企圖慰撫兩老煢獨且感傷的心情。

可蕭逸奇內心悽涼何人來慰撫？三人一陣風似的衝回旅館，卻果真應驗了蕭逸奇心中不肯相信卻不得不相信的預感：房間內空空蕩蕩，不見杜麗娘身影。絲質的晨褸被擱置在床頭，透窗的風一吹，輕飄飄拂起，空蕩蕩的飛呀飛呀。坐立床沿，蕭逸奇一次兩次來來回回輕輕摩挲著晨褸絲質的柔軟，清晨隔著晨褸撫摸女性胴體柔膩的觸感猶存指節間，而浴室內杜麗娘蓮蓬下滌洗軀體的影像、被褥中她熟睡後均勻呼吸的聲音、櫥櫃裡衣服上浸染的體味與香水味，滴滴點點，於寂靜的空氣中隱隱浮現。景象歷歷如舊，佳人何處覓尋芳蹤？想起兩人心有靈犀比翼雙飛的情愛，想起杜麗娘啜飲咖啡乃先苦後甘的人生觀，蕭逸奇仍舊難以置信眼前的事實。

難以置信啊，麗娘，我願等待，等待你現身，等待妳夜晚悄悄入夢來！蕭逸奇暗下決定。

然則一日二日，三夜四夜，杜麗娘白日不現形跡，終宵不聞聲息，而不論淺睡深睡甚至昏睡，他竟不能夠作夢了。等妳呵我等妳，不管是人是鬼，我等妳一齊回臺灣，回我們的家！蕭逸奇仍癡心期盼，吞食安眠藥物，希冀日日夜夜都能眠睡，睡中有夢，終至形銷骨毀、眼塌頰瘦，神情靡萎。

旅館服務生發現他形跡怪異，心下嘀咕，決定報警處理。杜叔叔夫婦聞訊趕來，接回家中，燉煮滋補藥物為他調理生機。可物換星移的無奈，人去樓空的感慨，如何掩蓋？兩老思前思後，為免他觸景傷情，只得替蕭逸奇收拾行裝，購妥船票，送他回臺。

「埋首工作罷！阿奇。」杜叔叔送他到渡船口，矯飾堅強，拍拍蕭逸奇肩膀，安慰似的說。蕭逸奇苦笑，轉身上船；竟無力跨足跳離馬公市港埠碼頭，險些一跤跌入水中。

純白色澤美麗公主號渡輪駛離澎湖灣防波堤內水域，濤浪掀天，蕭逸奇肚腹內藥膳食補倏地化為噁心酸液，噎然而吐，直吐到腸胃翻空，眼角帶淚。淚痕中，遙望視野中藍海綠浪中逐漸變小的澎湖島，遙想為自己相思至死猶不忍割捨情愛，徘徊於生命的縫隙猶不肯轉世投胎的妻子，不禁撐起杜麗娘慣常使用的洋傘，一聲聲、一句句，嘶聲呼喚：

麗娘，我摯愛的妻子啊，魂兮歸來……

——一九九六年六月八至十一日刊於《臺灣新聞報》西子灣副刊

二〇一九年四月潤改

司馬遷凝目注視[1]

◎卷甲之一：豬

暮春的鄉間清晨，天色晦暗，濃霧濛濛，濕氣很重。昏濁的油燈照射屠宰場骯髒的地表，空氣中瀰漫著血腥味以及屎尿的羶臭味。盧庸緊張得快要窒息了，猛吸一口氣，可吸了臭氣，就想乾嘔。他不呼吸不行，呼吸也不行，忍不住有些賁怒。

一頭遭五花大綁的豬隻，直立的懸掛在屋樑下，幾乎全然不動。牠哀嚎得累了，打從被繩索箍住雙腳，牠就預料到下場，開始嚎哮、掙扎，如今乏力了，半睜著眼，一動也不動。

「趁現在，手腳快。」身旁的火旺催促。

「啥？不是你要宰殺嗎？」盧庸大吃一驚。

1　本篇小說人物觸及數種民族，語言不同。為保留其語言原味，所以適度採用原語言，然後原頁加註。

昨日傍晚的情景乍然鮮活的重現在盧庸眼前。

昨天黃昏回到家，將收納著尖刀、剁刀的提袋放置在八仙桌上，他的手兀自劇烈顫抖。半輪夕陽掛在西邊山頭，餘光已無熱焰，可他的衣衫濕得要滴下水來。

沈梅由廚房內衝出來，焦急的問：「怎樣？甚麼事情？」

「沒事！大人[2]叫我去派出所，命令我要殺豬。」

「殺豬？」

「對！每日要吃食的肉豬，全村莊的豬。」

沈梅皺眉，「你去殺豬，田園的工作，誰做？沒人做，沒收成，吃甚麼？」

「大人沒說。」盧庸說。

「今年稻穀難收成啦，都沒下雨。」又說，自我安慰的語氣。

「為何叫你去殺豬？」沈梅問。

「大人說，我最老實。」

「你不會殺豬啊。」

2 大人：日據時代，臺灣人對日本警察的稱呼。

「我也是這麼說，大人鐵鎚就拿出來了，我只好閉嘴。大人講，火旺會來幫忙。」

可火旺的幫忙是把解豬的尖刀遞給他，對他說：「好像瞄準咽喉戳進去。」

「你也不會宰豬？」盧庸更是吃驚。

「快點兒！」火旺命令。

火旺猛吸一口氣，趨身緊抱住豬隻。豬隻立刻尖叫，開始掙扎，脊椎一使力，四腳隨即抖動。火旺也手腳使力，要緊緊箍住牠的軀幹。一人一豬纏結在一起，竟似緊緊相擁，以屋梁上的繩索為軸心，神奇的轉起圈子來。盧庸覷準豬隻脖子，方要下刀，瞬間轉到他手邊的已變成火旺，慌得他倉皇停手。如此五六回以後，盧庸根本不知所錯。「蹦！」赫然一聲響，火旺再也抓不住豬隻了，一屁股跌坐在地。「噓！」豬隻似乎知道暫時逃過一劫，精神一放鬆，屙出屎尿來，淋了火旺滿臉。「姦[3]！」火旺翻身躍起逃離。

「你娘咧！你會不會宰豬？」火旺兇盧庸。

盧庸覺得好笑，又覺得抱歉。「我不會啊！」

兩人坐地上，注視著被懸吊著的豬隻。豬隻也齜牙咧嘴看著二人，依稀在偷笑。

3　姦：閩南語三字經「幹」。

「怎麼辦？必須宰殺好，八點以前。」火旺看了看即將黎明的天色，說。

二人開始商量對策，拿石頭在地面畫圖，認真的討論，甚至爭辯。許久後，火旺回家去拿繩子，盧庸去河邊砍來兩根竹子。他們合力把豬隻四腳攤開，分別綁架在竹桿上，然後在地面挖洞，將竹桿插入土中，上端綁在屋梁上，豬隻終於無法動彈了。唯恐豬隻亂吼亂叫，亂人心神，他們把豬嘴也綁起來。

火旺手拿鉛桶，盧庸再次拿起尖刀，一齊鼓湧壯烈的氣概邁向豬隻。

可走到觸手可及豬隻的位置，盧庸提起的勇氣又洩餒了，遲疑問：「真的要殺嗎？」

「不殺？你是很久沒品嚐青草藥膏的滋味[4]嗎？」火旺說。

盧庸緩緩持起刀。天色已全亮，在曦微的晨光裡，他彷彿在豬隻的瞳孔裡瞧見自己。他緊閉嘴，刀落，感覺一股熱氣猛然衝向臉來。火旺立刻趨身向前，俐落地把鉛桶迎向豬隻由咽喉噴出的血注。

放乾了血，兩人持剁刀開始宰剖屍體。這工作倒容易上手，因為農家逮到山羌野兔如家常便飯。約莫一小時後，兩人各自挑起竹筐，將豬肉、骨頭、豬血，送往派出所。

4 青草藥膏的滋味：遭毆打，就須貼青草藥膏治療。

大人已經準備好大秤等在門口。

「少一斤。」大人臉色嚴峻。

「豬血……噴得到處都是……」盧庸低頭畏縮的說。

「真的？不是你們偷拿了？」看了看火旺。

火旺恐懼的猛搖頭。

「第一次，饒恕你們。以後絕不容情。」

兩人「呼！呼！」同時鬆了口氣，翻身就走。

「大人……」盧庸畢竟難捨心中的慾望，走出三步，指了指竹筐，垂涎的說：「竹籃邊有二三塊碎肉，可以給我嗎？」

「這個月你家有分配到肉票嗎？」大人冷冷問。

「沒有。」

「バガ[5]！……」

兩人夾尾逃離派出所。

5 バガ：日語。意近於該死的渾蛋！

走著走著，盧庸問：「下星期我岳父作忌[6]，我妻子想回娘家，可以嗎？」

「我去向大人報告……」火旺說。

盧庸低頭瞄了瞄滿是血沫的衣服，忍不住嘆氣，說：「去那裡都必須先報告，不會太過分嗎？豬是臺灣人飼養，臺灣人宰殺，為甚麼臺灣人不能夠吃豬肉？」

火旺皺眉。

盧庸眼睛餘光看見火旺皺眉，嚇得馬上摀住嘴巴。

可隔日盧庸再怎麼拚命，也摀不住自己的嘴巴。有漏斗塞在喉嚨，怎麼摀得住呢？他們同樣很小心的殺豬，豬血噴濺在地面更少，可大人說少了二斤。

「不可能！」盧庸喃喃自語。

「你是說我冤枉你？」火大的語氣。

「……」不敢不承認，也不願意承認。

大人陡然飛身過來，拍！賞盧庸一巴掌，開罵：「種稻米？叫你將田地賣給會社[7]，還敢

6 作忌：忌日的祭拜。
7 會社：日據時代專門徵收農地以種甘蔗、製蔗糖的公司。

反抗！」

一句話點醒夢中人，盧庸這才明白叫他去宰豬的緣由。

盧庸據理力爭：「山坡地種植甘蔗，平地栽種稻米，這是識地適種[8]！我家三分地都是平地，不種稻，規家伙仔[9]食啥物[10]？」

「食啥物？食屎啦！豬也想要食豬肉？就是毋予[11]你食豬肉，就是不予臺灣豬食豬肉，按怎[12]？」發狠的辱罵，伴隨拳打腳踢。

「若是沒來報告，你也一起挨打。」轉頭威脅火旺。

火旺連連哈腰，內心百味雜陳。他十分佩服日本人，為了控制臺灣人，縱使是偏僻小村莊的大人，臺語都學得這樣道地。可是聽他用臺語辱罵盧庸，畢竟不是滋味。

大人持續毆打盧庸，後來卻不是很用力，不過是拿鐵槌敲膝蓋，直敲到反射動作麻痺了為止。然後是灌水，灌鹽水，灌得肚腹脹得像青蛙。

8 識地適種：依據土地狀況，挑選適合耕種的農作物。
9 規家伙仔：全家人。
10 食啥物：吃甚麼東西填飽肚子。
11 毋予：不給。
12 按怎：怎樣？

盧庸是半走半爬回家的。

原本就有腎病的他，排除不了體內的鹽分，雙腳開始水腫。妻子沈梅一咬牙，拿出家中所有積蓄要延醫診治，盧庸卻不同意。醫藥很貴，不見得有效，而四壁空空的家中尚有一女四子需撫養。這樣捱到第三日，大腿、臂膀都水腫了，漸漸陷入昏迷，沈梅坐在床頭默默墮淚。

第五日黃昏，日頭一樣半掛在西邊的山頭。許是夕照反射吧，盧庸悠悠醒轉，精神大好。沈梅以為沉痾已去，喜出望外，紛紛叫喚兒女來叫阿爸。

「很餓。」盧庸說。

「你想吃甚麼？」沈梅問。

盧庸沉思著，下意識想起屠宰場內被他宰殺的豬隻，「現在如果可以吃一塊豬肉，不知多好！」說著，猛吸一口氣，卻好像吸到那日屠宰廠內腥羶的臭味。乍然喉頭一甜，他仰天噴出紅線，吐出最後一口氣。

沈梅嚎啕大哭。

左鄰右舍立刻趕過來了，也只能無可奈何幫忙辦喪而已。

◎卷甲之二：兔

毋甘[13]垂著頭走回家，左手拇指、食指隱隱發疼。整晚幫盧庸嫂縫製喪服，一燈如豆，縱使懸得再高，客廳裡還是黯淡無光，一個走眼，穿透麻布的尖針就扎入指頭了。幾位低頭幫忙的婦人都沒有人提議多點燈，兩只長條板凳墊著的木板上的屍身，明日的棺槨還沒有著落呢，指頭的幾滴血就當作是哀悼盧庸嫂喪夫的眼淚吧。

兒子已經睡了，貪涼，踢掉了被子。她探手去抹掉他額頭的汁，為他蓋上被了，然後走向浴間。

用葫蘆水瓢從水缸裡舀出水倒入小木桶，她開始擦拭身體。起初輕輕揩拭，忽然生氣起來，狠力用布擦搓，直似要刮起一層皮似的。這樣似乎還不夠，她又去取水，然後脫下褲子，一瓢一瓢逕往腹下潑去。正是氣溫最冷的夜半，水很冰，她一再抖嗦，肌膚全是雞皮疙瘩，可是沒停手。她的嗅覺很敏銳，總覺得自身散發出千百雜陳的異味。不喜歡這樣的異味，她狠戾地刷，拚命沖水。

13 毋甘：捨不得，值得疼惜。此處是人名。

毋甘非常清楚自己是美人胚子，可寧願自己不是。打從紮著兩條髮辮的少女時代，她就是路畔少年朗吹口哨的對象。她還是個備受呵護的千金小姐，總角年華，父親常牽著她的小手走出村庄，指著綠油油的稻禾說：「那邊，到那邊，都是阿爸的土地。」那時節家裡每天都很熱鬧，有兩桌面的人吃飯。那些叔叔伯伯臉被陽光烤得很黑，指甲縫納藏汙垢，卻總是愛捏她圓嘟嘟的臉頰。每回他們看見她，一矮身，她就跑，顛顛跌跌，滑跤了，就賴在地上哭。「莫哭！莫哭！阿爸毋甘。」父親緊緊抱住她，疼惜的呵護。於是，「毋甘」二字遂成為她註冊商標的小名了。

可這樣的光景不久就走樣了。有一天，家裡的傭工抬回已經昏迷的父親，不知在何處，他被打得渾身是血。從此以後，父親不再帶她出郊野玩耍了，她們家祖傳的土地通統賣給了會社，全部改種甘蔗了。生活上最大的變樣是，父親捱不了心頭的傷，謝世了，之後她必須和那些傭工的女兒們一樣，額頭以布巾扎綁髮絲，在糖廠內擔負在鍋爐下添柴燒火，以及將微溫的糖砂裝袋的工作。每晚回到家，她的指縫塞滿炭灰、糖屑，怎麼清洗，還是會有怪怪的殘味。

擦乾了身體，毋甘穿上衣服。她提醒自己要趕緊去睡覺。昨夜才承擔了兩人份的工作就離開了，發財嫂來找她一起去幫忙裁縫喪衣，她不得不去。因此今晚她必須提早上工以補足昨日的份額，現在一定要快快入睡。

可床頭的一條紅絲繩卻牽攣著她的思緒。她緊緊握住線頭繫著的四方形紅袋。不過是一個平凡的袋子，刺繡有「天上聖母」的字樣，毋甘緊緊捏握著。她走入盧家時，正在為死者穿壽衣，盧庸嫂緊抱著屍身，「放會落[14]！你真正放會落？」心疼的輕撫丈夫的屍體。那屍體應該很冰冷了，而她緊緊抱著。毋甘看著看著，突然覺得盧庸嫂好幸福，禁不住就流下眼淚。當然會流淚，她連丈夫冰冷的屍身也不得擁抱啊。

是丈夫，一個斯文的男子，去除了她所厭棄的怪味道。是他帶給家道中落的她繼續快樂生活下去的勇氣，而他走了，她竟然沒有幸福能聞到他死亡時最後的味道。

丈夫很高，瘦瘦的，像歌仔戲裡的白面書生。原本在私塾讀四書五經，後來讀不了，在會社擔任捆工[15]。他做不了粗重活，別的男子都是用肩膀扛木柴，他三兩下就累得必須以肩帶背去揹負，而且腰彎得如同佝僂的老人。可即便如此，只要看見灶旁是毋甘，他必定咬緊牙根硬撐，再輕輕放下木頭。偶而四目交投，就靦腆的笑笑，卻不敢向她搭訕。不知為何緣故，毋甘漸漸喜歡上他了。每次想到她要送柴進灶，而他就是那個搬運木柴的人，就沒來由渾身發燙。柴火批批拍拍在灶內燒，她的心也批拍批拍燃著火，臉龐煥發著光芒。

14　放會落：放得下，即「捨得」。
15　捆工：搬重物的工人。

婚後，毋甘才知道丈夫很窮，連住家都是租賃的。貧窮倒罷了，那時節，除了糖廠的幹部，哪户人家不窮？毋甘不怕窮，嫁雞隨雞，她很認命。可她很憂心，因為丈夫常常莫名其妙發怒。當然不是對她發怒，丈夫很疼她，甚至遭人恥笑幫妻子洗碗、掃地，也不管。丈夫時常望著遠處一座大宅第發獃，然後嘆氣，然後就發起怒來，可省覺自己的發怒嚇著毋甘了，就心疼復抱歉的摟抱住她，臉上潸潸流下眼淚。

遛狗時是丈夫快樂的時光。在會社做工，早出晚歸，空閒時日頭已經偏西了。丈夫養著一頭全白的狼犬，從牠是狗寶寶時就開始豢養了，很兇悍、很顧家，可是對認識的人很溫馴。她們吃過晚飯，會趁著夕陽餘暉帶牠出去遛遛，讓牠用爪耙耙地、追一追甘蔗園內的山貉。沒固定走向哪裡，小白奔向哪裡，她們就走向哪裡。丈夫會牽著她的手，晃呀晃呀，像兩個天真的小孩。毋甘很膽小，突然竄出草叢的青蛇、黃昏歸巢的雀鳥黑壓壓成群咻一聲掠過半空，都會驚嚇得手拊胸口。小白頗通人性，懂得護衛女主人，溜溜竄竄不離毋甘身邊，還會引喉嚎嘯驅趕天空的鳥雀。有一回，一隻迷路失魂的山貉竄越路面，毋甘嚇得翻身就跑，摔倒泥地上。小白汪汪直吼，縱身憤怒的追山貉去了。丈夫扶起她，捏她鼻頭謔笑：「妳喔，像一隻眼珠圓滾滾無膽畏怯的兔子，還需要小白保護！」毋甘為自己辯護：「誰講的？女人，弱者；成母親，就堅強！」丈夫趨近她，玩笑說：「不過，妳不是母親啊！或者，我們趕緊來生一個後生[16]？」丈夫的手在她胳肢窩搔癢，搔得她心癢癢。小白衝回來，在身邊轉來轉去。毋甘羞澀的推開丈夫摟抱的手，說：「誰要與你生紅嬰仔[17]？我有小白就好囉！」矮身去抱小白，小白也興奮的伸舌舔她臉龐。「莫鬧！莫……」她怕癢，左閃右躲，小白卻舔得更兇，丈夫樂得看她出糗，毫不理會！

蹓完狗回家，丈夫會點著油燈看書。毋甘最愛慕那時候的丈夫。她不識字，不知書籍裡寫什麼，可她喜歡瞧正在看書的丈夫。滿臉靜甯、滿足，偶或搖頭晃腦，甚且面露微笑。

然而，自從兩位大人撞開門闖近來，她不再看見丈夫的笑容。

「哪裡來的？」大人搶過丈夫手中來不及藏匿的書。

小白吼一聲突然由屋外跳躍進來，一口咬住大人的手腕。「死を求む[18]！」另一位大人掏出腰間配槍，槍柄朝狗頭揸下。小白嗯一聲呻吟，卻兀自不鬆口。

「小白！」毋甘趕緊制止。

16 後生：兒子。
17 紅嬰仔：小嬰兒。
18 死を求む：找死。

小白心有不甘鬆了口，但不放心的在牆根逡巡。

聽見喝斥聲，大人轉頭瞄了毋甘一眼，說：「喔嗚！美しい[19]！」

有人跨過門檻走進屋裡來，是火旺。毋甘這才明瞭為何日本大人有機會衝進屋而小白完全沒有汪汪叫示警；火旺是小白認識的人，臺灣人。

「哪裡來的？」大人再度指著書。

丈夫不語。

「許秀才老厝偷拿的？」

「那裡是我家，拿東西為什麼是偷？」丈夫憤恨的說。

「你家？」毋甘嚇一跳。

「嘿！妳竟然不知道丈夫的出身！」大人不敢置信。

那夜，毋甘才知道丈夫是誰。她們居住的村莊名許秀才，丈夫就是秀才郎一脈單傳的孫子。秀才郎寬闊的宅第已被火旺家人鵲巢鳩占，庭院中高高豎立的、竿頭綁著臺灣府頒予的褒揚秀才的旗幟，竹桿早遭砍斷，滿屋宇的藏書也送給祝融了。那是她小時候聽來的故事，那夜她才

19 美しい：日語，即「漂亮」。

明白自己不知不覺成為故事中的一員角色。難怪丈夫老是遠遠望著秀才郎的府第發歎、且暴怒。

火旺開始翻箱倒篋，衣服、什物信手丟棄地上。連床下都鑽進去找了，找不到。

「還不講！」大人甩丈夫一巴掌。

另一位大人隨手拾起牆角的鐵鎚，開始敲打牆壁。摳摳，摳摳，卜卜。他露出奸笑，開始用鐵槌尖端刨挖壁面，一冊一冊圖書掉落地面。

「你為甚麼給他書？」大人兇火旺。

「冤枉啦，大人。派出所通知燒漢書前，他自己去偷拿、偷藏，我哪會知道？」火旺跪地直磕頭。

丈夫當夜就被抓走了。

三天後，奇蹟似的，丈夫回來了。雖然鼻青臉腫，走路一拐一拐，到底回來了。

這三天毋甘四處打聽，總算明白丈夫是因為讀禁書，所以被抓去派出所。丈夫讀的書裡頭的文字很像門楹上貼著的春聯，她不明白為什麼那是禁書。可丈夫回來了，她喜出望外，覺得那已經不重要了。

丈夫很平靜，從頸項取下繫著紅繩的紅香袋。「毋甘，妳來！」丈夫說，拉過她的手，將香袋放入她手中。「這是妳去媽祖宮求的，會保庇妳。」

「你掛啊，我是為你求的。」

「我用不著了。」

「為什麼？」

「我後天必須去炁[20]水路。」

「炁水路？」

「日本人挖珊瑚潭和圳溝，擔心缺水，要從曾文溪的水源頭大埔溪引水，已經在烏山嶺挖一條隧道。我必須去將水引導過來珊瑚潭。」丈夫解釋。

「？」毋甘還是不懂，心頭浮起不祥的預感。

丈夫摸摸她懷胎八個多月便便的肚子，說：「大人交代我必須帶小白一起去。以後只有兒子能夠陪伴妳。」

「又不一定是兒子！」毋甘笑著說，覺得丈夫一廂情願得很好笑。

「一定是兒子！一定必須是兒子！他是我們家的香火。」丈夫的眼睛燃著期盼的火焰。

香火就睡在床鋪上，雖然三餐喫番薯籤，倒長得手長腳長。

20　炁：引導。

為了他，毋甘後來終究還是做了丈夫不願意她去做的事。

她在慰安所工作。

一想到工作，她擱下手上的香袋，躺上床，強迫自己入睡。今晚她必須補足昨夜虧欠的人數，現在務必要快快入睡。可睡不著，開始數羊，一隻，二隻，三隻。數著數著，丈夫竟然回來了，拉著她的手往外跑。一直跑，小白在她們身旁汪汪叫，也跟著跑。出了村莊，越過甘蔗園、小山丘，往烏山嶺跑，直跑到山洞口。山洞黑壓壓，丈夫點燃手上的火把，說：「不怕！我保護妳。」牽著她的手朝洞口走進去。山洞內很陰森，小白「吼！吼！」悲鳴地吼叫，也怕得緊靠二人。她跟隨丈夫走，走很久，彷彿轉了個彎，進口處的光芒就脫出視線了。毋甘沒去過地獄，但是覺得周遭一定比地獄還黑暗，而她們只能繼續走，不知要走向哪裡，走到甚麼時候。有隆隆聲傳來，隱隱約約，好似從很遙遠的地方傳來。轟隆！轟隆！聲響剎那間變大，地面跟著震動，毋甘猶未領悟過來，排山倒海的、灌滿整個山洞的水流由身後已將二人一狗淹沒。抓不到，她抓不到丈夫的手。「救我！」毋甘大聲呼喊。

毋甘被自己的尖叫聲嚇醒，呆坐床頭。每回總是在此一橋段，她就從夢魘中驚醒，而後心頭滿是落寞。

她後來明白甚麼是毳水路了。有一點像是寺廟大鐘的最後製程，必須殺畜牲取血塗抹大鐘內側以避邪。烏山嶺的引水道掘通了，必須犧牲一條人命來祭祀山神水靈；小白則是白白奉送給神靈的陪葬品，誰叫牠太顧家咬傷了日本大人呢？遭逮捕的丈夫，大人給他兩項選擇：當作是釁鐘的畜牲一樣去帶水路，或是妻子去慰安所服務。毋甘委實不知丈夫被指派去帶水路，是偷偷閱讀了漢文書，還是自己的緣故，因為後來流言蜚語四起，說原來是許多日本軍人看上了她的美貌。她不知是真是假，美貌被看上了也不知該不該高興，可從此心懷罪咎。要贖罪啊！要贖罪啊！已然幾日了，她千尋萬找，從烏山嶺的西口沿溪尋找，要找到丈夫，向他懺悔。生要見人，死要見屍，可踏遍下游，始終找不到丈夫的屍首。她流著淚，只盼能再抱抱丈夫的屍首。用她的淚，用她溫暖的軀體，她要熱切擁抱冰冷的丈夫，卻是連夢境中都一再失落。

日本大人在她家門邊懸掛上「皇民」的木牌，以感激的口吻說她從此不能夠再去糖廠從事賤民的工作了。問題是，幾乎所有的土地都隸屬會社，中南部的臺灣人十之八九都是會社的傭工，她不能當傭工，能做甚麼？家中少得可憐的存糧、存款，在她生產時耗盡了。丈夫謝世了，小白也屍骨無存了，誰來護衛她？望著嗷嗷待哺的嬰兒，毋甘默默的、像一隻溫馴的兔兒，自願走向慰安所。

「毋甘，毋甘，我當然毋甘願[21]！然而，有啥用呢？」她悲酸的嘆氣。
「將來如果有人說謊，汙衊我是自願去慰安所，也不要緊！我不是溫馴的兔仔，是堅強的母親！」憶想往事，毋甘肯定的告訴自己！然而，如今兒子身子骨結實了，慢慢懂事了，她該不該考慮不再自願了呢？天濛濛亮了，風卻很涼，溼氣很重，今天會不會出太陽？
不！不可以出太陽，太陽已經太囂張了。

◎卷甲之三：萬姓公

發財嫂如同毋甘，也是午夜過後才回到家，發財已經睡了。隔日，發財對她說的第一句話是：「大人對盧庸很不爽，妳不准再去他家。」妻子指頭猶有血痕，盧庸家孤兒寡母守靈的哀戚畫面依然歷歷如繪，順口說：「厝邊頭尾[22]，這樣不會太刻薄？」發財不耐煩說：「我是甲長，不得不謹慎。」妻子本刺蝟個性，兼睡眠不足，火大起來，說：「甲長若是做到無𡳞脬[23]，不

21 毋甘願：心有不甘。
22 厝邊頭尾：街坊鄰居。
23 𡳞脬：睪丸。無𡳞脬：比喻孬種。

如不要做。」「痟查某[24]，講痟話麼！」發財開罵，本想給她一巴掌，想到還要仰仗她，忍下來了，說：「中午一定要準時，不要拖拖拉拉。」說完出門去了。

發財在半路上遇見保正火旺。火旺看他單獨一人，瞬間變臉，劈頭罵：「你看我後面十八個人！一保十甲，一甲負責兩位人工，你為何沒帶人來？」發財說：「有人！有人！」正說著，指著路上慢慢走過來的三位漢子喊：「曹央、辛勤、劉祿，烏龜喔？快點啦。」轉頭對火旺說：「怎樣？我最捧場吧？貢獻三個。」

一群人拿著畚箕、鋤頭、圓鍬、小石墨等工具，走出村落，往珊瑚潭的方向走。走了一小時，漸漸聽到喧騰的人聲。發財遠遠瞭望，大埤村負責的圳溝已經隱隱成形，許多人正埋頭在溝底奮力工作。更遠處大內村負責的區段則已竣工，在收拾善後了。大埤村的保正看見火旺，跩跩的說：「火旺，太陽曬屁股囉，現在才來！」火旺不理他，對自己帶來的人說：「三日就需完工，手腳要俐落。」

二十幾人開始工作，從溝底掘地、裝土入畚箕，以扁擔挑上岸側倒土、用小石墨軋實。起初還頗賣力，日上三竿後漸漸疲憊了，動作有些遲緩。火旺親自提水壺一杯杯倒水給工人喝，

24 痟查某：瘋女人。

可是不允許他們歇息。

突然，「我爸喊！」「囝娘咧[25]！」許多工人紛紛丟下手中圓鍬，驚喊。

大家彼此眺視，發現兩三人腳下有骷髏頭，有的僅剩一隻眼洞。缺了手指的掌骨、斷掉的脊椎骨，到處都是，甚至也有狗的骸骨。

火旺說：「這塊土地原本是萬姓公啦。繼續挖！」一邊拿出布袋。

有年長的工人瞧瞧左右地勢，說：「確實是這裡！必須先祭拜。」

火旺遞幾只布袋給曹央，說：「全部撿拾在袋子裡，再一一放入金斗甕仔[26]。你最年輕，陽氣旺足，負責檢骨頭。我來燒金紙。」將早準備好的冥紙拿出來，開始焚燒。

曹央先跪地拜了三拜，開始摭拾骨頭，一邊問：「萬姓公是甚麼？」

沉默。

許久後，一位白髮皤皤的老者說：「萬姓公就是萬人塚。許多人死在同一處所在，能辨認出屍首的，家屬就扛回去。辨認不出來，通統埋在一起，立一塊石頭做記號，偶而來祭祀，叫

25 我爸喊、囝娘咧：驚嚇得哭爹喊娘的聲音。
26 金斗甕仔：骨灰罈。

萬姓公。

「石頭呢？」曹央問。

老者看了看火旺，囁嚅：「日本大人不准臺灣人有民間信仰，沒多久，自然……」

曹央接著問：「為什麼這麼多人死在這裡？」

老者說：「清朝將臺灣割讓給日本。臺灣巡撫唐景崧成立臺灣民主國，說是要抵抗日本軍隊。劉永福是第二任大總統，以府城為基地，大天后宮是總統府。怎知兩人自顧自潛逃去大陸，府城和臺南州許多人遭日本兵俘虜，全遭殺戮。」

「連狗也殺？」曹央手持一隻狗頭，訝然。

「宰狗算啥！抓住一人，全家都殺，就像殺豬。」

「日本兵往往將全家綁在一起，先姦辱婦女，然後在兒女面前殺死父母，凝視兒女驚慌的眼神、聽見驚慌哀號，他們哈哈大笑。」另一老者突然氣憤地補充。

「死多少人？」曹央問。

老者沒回答，卻說：「曹央，你人在墓穴裡撿拾骨頭，不要多嘴，會吸附死人的三魂七魄。」

曹央不信邪，依舊要說話，老者乾脆別過臉不理他。

唯恐掘碎骨頭，一群人速度變慢了。太陽越來越燃燒，挖的是圳溝，兩旁當然沒樹蔭，人人揮汗如雨。

直至太陽正掛中天，火旺才下令停工，大家拖著腳步走向一十呎外的龍眼樹。口乾舌燥，帶來當作中餐的烤地瓜乾得難以下嚥，人人無言的坐著。陡然一陣長風颺起，大家張口吸個過癮，露出微笑。

「吃風，吃得飽麼？」發財突然說。

大家不明白他的風涼話，覺得突兀，卻見遠方發財嫂挑著兩個竹籃赤來，竟是為大家送午餐來了。也不是多豐盛的食物，不過是地瓜粥，然而是甜的，竟然是甜的！不遠處糖廠的大煙囪冒者滾滾黑煙，嘟嘟響著氣笛的火車戴甘蔗進糖廠，載蔗糖出糖廠，卻是直接運往打狗港，臺灣人要吃糖得配給。發財這可下足資本了，大家吃得舔舌咂嘴。笑得露出牙齒。發財看見大家笑，也跟著笑。

辛勤隸屬發財這個甲長管轄，較親近，戲謔說：「發財，甚麼事，爽成那様？」

發財兀自呵呵笑。

「到底什麼事，講出來分享呀！」火旺幫腔。

「要麻煩大家……幫忙啦。」吞吞吐吐，卻掩不住歡欣的神采。

「幫忙？你要娶細姨[27]喔？」辛勤說。

火旺笑罵辛勤：「發財嫂在那邊，你不要害他啦！」

可發財嫂癟癟嘴，毫不在意。

發財緩緩說：「是這樣啦。我去找監造官佃溪埤圳的大人，拜託他收納水租的工作交給我做，他已經答應了。」

火旺聽得一愣，問：「所有村莊的水租嗎？」

「沒有！沒有！」發財雙手連揮，說：「大埤庄、官田庄、大內庄，我負責。許秀才庄是火旺兄的地頭[28]，誰敢跟你搶？」

火旺尷尬的笑笑，略心安，又覺不爽。發財何時鑽營得此肥缺？他是保正，這個肥缺不是非他莫屬嗎？莫非盧庸的事件，讓大人懷疑他的忠心了？可他有去密告啊。

「以後要拜託大家替我去各村莊催繳、收錢囉。」發財補充似的說。

沒人回答。大家都知道這項工作是有油水可掙的，可沒有人輕易答應。那不是幫日本人對

27 細姨：小老婆。
28 地頭：勢力範圍。

付臺灣人嗎？

曹央正是適婚年齡，要攢錢娶媳婦，吶吶然說：「可以不繳嗎？人人比鬼窮，哪有錢？」

火旺冷笑，威脅的口吻說：「不可能啦！聽大人講，總督府對我們臺南州十分不滿，說我們生產力只有臺北州的一半。」

劉祿與甲長發財關係良好，是少數保有私人田地且能栽種稻米的自耕農，說：「沒辦法啊！種田本來就是看天公伯阿吃飯。」

「所以才需要挖圳溝來灌溉呀。」火旺說。

「灌溉的確很需要。只是，收成好，稻米還不是讓火車載去港口？臺灣人一樣吃番薯籤。」劉祿義憤的說。

「閉嘴！」發財連忙制止，左瞧又看，還好四下無人，低聲說：「你七月半鴨仔毋知死活，烏白[29]講話。」

「這是事實啊。」劉祿咕噥。

「甘蔗園也需繳水租嗎？」辛勤問。

29 烏白：胡亂。

「當然！誰叫你當初土地不賣給會社。」發財說。

「我有賣啊。十多甲地賣到只剩兩甲，一甲種甘蔗賣給會社，一甲種稻穀自家人吃。」抱怨又無奈的語氣。

「吃到了？」發財質問，幸災樂禍的語氣。

辛勤不語。劉祿家的稻米遭日本大人徵收了，他的哪能倖免？

那日下午因為大家都在思忖要不要協助收水租，有三四人則擔心自己、親友要繳水稅，都漫不經心。火旺也魂不守舍，不知心中在估算甚麼。進度自然落後了，火旺很緊張，交代明日天剛亮，都要到達現場。

隔日大家都提早來了，可工作沒多少時候，曹央竟滿臉漲紅，雙手不自覺顫抖。「著痧[30]啦！」有人說。「會不會遭萬姓公煞著[31]？」辛勤說。「莫亂講啦！」比較年長的說。

「別廢話！動作快。」火旺不耐煩的催促。看見大家皺眉，視而不見。

中午時分，發財嫂依然送午餐來，這次更豐盛，送的是滷肉飯。飯粒當然少得可憐，鹹滷

30 著痧：中暑。
31 煞著：中邪。

汁加了糖，味道也怪怪的。可大家能夠又吃到糖，就覺得人生很甜，很愜意；還能夠吃到碎肉，根本快樂似神仙。

只有曹央累得一口也吃不下，在樹下直喘氣，只差沒像狗一樣伸長舌頭。

辛勤看著曹央，徵詢似的對火旺說：「讓他休息吧。他的份額，大家鼎力做至日落，也可補足。」

火旺瞧了瞧曹央，良久才不情不願點頭。

「沒關係！」曹央說，堅持要繼續工作。

可做沒一小時，曹央陡然臉色發青，軟趴趴昏厥倒地。

辛勤和另一位工人趕緊抬他回家。曹央是獨子，父母早卒；又是單身漢，無人可以照顧；又窮，沒錢看病吃藥。辛勤只好抬他上床休息，倒水給他喝，而後匆匆趕回工地。

隔日曹央就沒來上工了，一群人倒認份，努力趕工。直做到日落崦嵫，沒完工，火旺又生氣又無奈，拜託：「不行！不行！一定要完工。」點起了火把，二十幾人直做到二更天。

辛勤直起快要斷掉的腰，說：「奇怪！我們村莊怎麼做比較久？」

火旺和發財彼此對視，不發一語。

隔日，日本大人帶著各村莊保正一一檢查各自負責的區段，滿意的點頭，說：「很好！包括許秀才庄多做五十呎長，也完工了。第一級の棒！」火旺受稱讚，揚揚自得。

七日後，在珊瑚潭與大圳溝接口的位置旁，搭起了一座半人高的臺子，臺子後方兩側以竹桿撐起一布聯，寫著「竣工紀念」。臺子前方兩側各設置一座布棚，才八點多，布棚內已坐滿賓客，大半是穿和服或穿西裝的日本人，參雜著兩三位穿和服、挾木屐的臺灣人。臺子後側坐著臺南州立一中的學生，手中持著不同的樂器。臺子前方與布棚圈繞內的空地，整整齊齊站立許多戴斗笠的臺灣人，都是臺南州各村落的保正、甲長。

十點整，臺南州立一中學生演奏樂曲，典禮開始。致辭、致辭，行列中的火旺聽來聽去就只聽懂「こんにちは[32]」。不過他大概知道致辭內容，當然是稱讚高臺上接受表揚的日本工程師八田與一，讚揚他為了發展臺南州的農業，宵旰勤勞興建大型水利設施「官佃溪埤圳計畫」，一定能夠大大增加日本國的糧食供給。最後一位致辭，火旺就聽懂了，因為是臺灣人，講了些歌功頌德的話。

火旺小聲對發財說：「那位少年，」指著樂隊裡一位高胖但看起來很沒自信的學生，「是他兒子。」指著致辭的人。

---

32 こんにちは：你好。

「臺南州立一中與內地[33]中學一樣，是日本人讀的呀？臺灣人不是只能讀到公學校[34]？」發財訝異地。

「可以讀啊，就看他老爸有無本事！不過，讀的是日本書。」火旺說。

「我也要讓我兒子日生讀一中。」發財發誓。

「拜託，我兒子虎太郎早取得入學資格了！」火旺得意洋洋。

典禮結束，賓客要合影留念，保正、甲長們手腳敏捷，三兩下就在臺子正前方擺好兩行椅座。照完相，棚內要張羅成野宴模式，保正、甲長等三四十人又爭先恐後效勞。不久，餐食上桌，刺身、天婦羅、味噌湯，飯後甜點酸梅汁、紅豆湯，在眾日本廚師指導下，由保正、甲長的妻子勞苦烹調後，一道道送上。

許多人向八田與一道賀。火旺一直留意著，「不許走遠！」文代身旁的哆譯。好不容易尋得空檔，正要向前，卻被發財捷足先登了。發財趕身過去，彎腰九十度，竟然以日語與八田與一交談，火旺只聽懂他：「ありがとう[35]！ありがとう！」頻頻哈腰。火旺趕緊也趨身過去，

33　內地：日據時代，稱日本本土為內地。
34　公學校：日據時期，專供臺灣人（少數人）就讀的初等教育機構。
35　ありがとう：謝謝。

正要開口，八田與一站起來，陪伴總督府官員搭車離開了。

「你甚麼時候學會講日本話了？」火旺心有未甘，不客氣問發財。

發財似乎得到他慾望的東西了，心情愉快，炫耀似的高聲說：「嘿，皮愛绷亙[36]，沒多久，大家通統不准講臺灣話了。」

「啥意思？」不少人聽見了，紛紛靠攏過來，驚駭的問。

「啥意思？不准讀漢文，不准講臺語啦。」

「不講臺語，講甚麼？」「講客語，可以嗎？」大家七嘴八舌。

「全部要講日本話！」火旺篤定的說，顯然他也早得到消息了。

「不能夠講祖先留下來的話語，又不會日本話，那不是像豬，只會『猓猓』！」有人抱怨，還學豬叫。

「會猓猓，還不錯，怕的是好像豬寮內的豬，遭人宰殺，嘴巴還先遭人捆縛起來。」另一人不滿的說。

「埋怨有何用！趕緊去學才正經。學了後，就可以當皇民。」火旺說。

36　皮愛绷亙：皮要繃緊，意謂繃緊神經，務必小心。

「正確！私は偉大な日本人です[37]！」發財意氣風發秀了一段日語。

聽見發財講流利的日本語，火旺更懊惱。學語言不是一朝一夕可學好，可他早得到皇民化運動的消息了，卻一拖再拖，如今讓發財搶盡風頭，說不定將來很多甜頭都要被他囊括了。

「大人還有說甚麼？」火旺關心的問。

「八田大人交代，必須立石碑。」

「石碑？」

「對！施工死喪很多人，需要豎立一塊『殉工碑』……」

「像萬姓公？」有人打岔。

「差不多！大人命令我去登記名姓，過幾天，他會親筆寫碑文交給我去鐫刻。我在想……」

正說著，忽見辛勤匆匆跑來，上氣不接下氣說：「曹央……死了。」

發財臉色微變，立即隨辛勤離去。

殉工碑後來建好了。正中間豎立一水泥基座；碑文共四面，第一面是八田與一撰寫的碑文，餘三面刻上死難者的名字，共計一百三十四人，可毋甘的丈夫、曹央，都沒有列在上頭。石碑

37　私は偉大な日本人です：我是一個很棒的日本人。

頂端，擺置八田與一的半身銅像。那是發財獨特的發想與貢獻，每回看著銅像，他就面露笑容。

◎卷乙之一：鹿

伊娃實在無法露出笑容。

看著兒子李玉景[38]穿上明顯大一號的灰色軍服，露出嫌惡又無奈的表情，她怎麼可能有笑容？兒子其實也不敢露出嫌惡的表情，只敢偷偷藏在眼底。

兒子那種嫌惡又無奈的神情，伊娃五歲時，在祖母元大員乾癟的臉龐上見過。沒想到自己婚媾了，為人母親，又在兒子瘦削的臉龐上復刻。

---

38 本小說自此另線發展，說明一原住民家族由臺南市安平（古稱大員）播遷至新化（大目降社所居）、玉井（舊稱噍吧哖，大武壠社所居）的過程。人物觸及五代，為標示其播遷過程，故取名有些取巧：本情節〈卷乙之一：鹿〉之敘事主角名元伊娃；曾祖父無名姓（該階段族姓觀念尚模糊）；祖母名元大員，遭漢人暗殺；父親則名祝大目（此階段是母系社會）。下一段情節〈卷乙之二：祀壺〉主角為元伊娃丈夫李武壟，生兒李玉景，則表示西拉雅受漢化日深，漸漸變成父姓社會。該情節藉由李武壟的敘事角度，交代伊娃父親祝大目死於噍吧哖事件的過程。

又，荷屬東印度公司統治臺灣期間（一六二四至一六六二年），傳教士為了傳教，利用拉丁字母編訂西拉雅語文字，稱為新港語，以之做為學校（「社學」）的教學語言。而西拉雅族與漢人訂定有關土地方面的契約文書稱「番仔契」、或稱新港文書，大多數的西拉雅語文書保存在荷蘭國家圖書館。然而，西拉雅族大部分與漢族通婚同化，其語言已是消失的語言，命名方式亦採漢人方式。

關於祖母最鮮明的印象，不是黥面，而是豐滿鬆垂微黑的雙乳。年長後的伊娃知道族人被漢人稱平埔仔，因為族人開始效法漢人的衣著。布料以黑白交錯為底色，男性夏季無袖，稱籠仔，冬衣則披肩上垂至腳，稱縵。女子上身穿短衣，衣領以狗毛或織有不同顏色的布料作裝飾，下身則圍一塊布，膝蓋以下以色絹纏至腳踝。祖母軀體的影像太過強烈吧，伊娃總覺得這樣打扮挺怪異，很不三不四。祖母不結髮髻，用青布盤髮，下身以草裙遮蔽，露上身，雙乳自然裸垂。年少的伊娃每每瞧見祖母雙乳，身體就感覺溫暖，所以實在不明白族中婦女為何刻意要遮掩起來。那時節，由大員[39]至大目降[40]，不時可見鹿群。族人不多，獵鹿不過偶而，鹿群並不怕人。有一回族人誤殺了母鹿，祖父帶回幼鹿，幼鹿在獸苑中左右唐突，不安地呦呦哀鳴，連三日不啃一片草葉。祖母蹙眉，逕自走入獸圈，硬是將牠抱在懷裡；承受幼鹿蠻力衝撞，她硬是將牠埋沒在胸膛。不知怎地，伊娃每次憶記此段往事，就覺得溫暖，沒來由孳生祖母哺乳幼鹿的想像。

伊娃的部落原本居住在大員。紅毛來了，濫殺濫捕，鹿群就遁跡入深山了。鄭成功來了，屯田，部落只好像鹿群也躲入山林，播遷至大目降。曾祖父善獵但不善言辭，硬是被漢人官吏

39 大員：今日臺南市安平區。
40 大目降：今臺南市新化區。

指派為土目[41]，職責是管理全族。漢人根本胡搞，平埔族本就設立長老制，但只是負責公廨開會時主持會議，長老地位沒有比較尊貴，遑論擁有權勢指揮全社。因此，祖父欠缺指揮全社的權勢，卻必須承擔漢官交付的任務。後來日本人來了，理番、殺番，他們逃到大武壠[42]。現今日本人要侵略南洋，他們的地位竟猝然翻轉，成為皇民，足以向天皇效忠，兒子李玉景就成為高砂義勇軍了。

兒子是麻達[43]，還未牽手[44]。伊娃原本盼望年底可以為他舉辦抽罩佳哩[45]，因為妲莉懷孕七八月了，孩子生下來，他們就可以帶著李玉景去提親了，怎知李玉景猝然身披軍服。那一身軍服，那一身灰色軍服，多刺眼啊！數年前，曾有一位身穿灰色軍裝的矮壯日軍大尉揮武士刀砍下男子頭顱，手拎頭顱炫耀式的拍照。而現在，她的兒子，身穿灰色軍服，接受同樣身穿灰色軍裝的日軍少佐檢閱。

41 土目：清領時期對於番社，採隔離、監視主義。官府令各社舉選人，經官府認可，設為土目，負責社內事務；至於社外事務，再設通事以輔助土目處理。

42 大武壠：原鄉在臺南市玉井盆地附近。

43 麻達：男性未婚者。

44 牽手：結婚。結婚後，妻子亦稱牽手。西拉雅族婚姻狀況極融諧，夫妻永無離異。行牽手，坐同車。

45 抽罩佳哩：新婚。

高砂義勇軍在公廨前廣場集合。送行者極多，卻噤聲，頂多啜泣。有大手掌握住自己冰冷的手，是丈夫李武龍。那雙手粗糙、掌肉肥厚而溫暖，永遠是她的倚靠，她勇氣的源頭。

漢人都是男人農耕，伊娃的族人則是女性在耕作，只會刀火耕。刀火耕就是與山野搏鬥，砍伐山林、焚燒成黑灰當肥料，然後耕種，很累、很苦。身子一日日如繭羽化成蝶的美麗少女伊娃，刀火耕時，每每抹除額頭的汁，就醒覺更難抹除的是心口猶如北地青春般火燙的汗，尤其是那雙眼睛凝注的時候。

那雙眼睛，是狩獵者的眼睛，目光炯炯，稍一注目，她的心口便遭融化。是的，融化，周身綿軟軟；她甘心被融化，甘心被擄獵。

可狩獵者很害羞，只敢遠遠眺視。

那日，草芽剛從泥下種子蹦出來的春天早晨，她瞥見一群人挑著山豬、野鹿遠遠走過，一條人影赫然飛奔而來。是他！「給！」畏怯地說，遞過來用月桃葉裹覆的一包物項。她正不明所以，「百草膏[46]喔！」他的同伴喊。伊娃有些意外，獵鹿之首功者，才能取百草膏。眼前這

46 白草膏：陳第〈東番記〉云：西拉雅族「篤嗜鹿，剖其腸中新咽草將糞未糞者名百草膏，旨食之不饜」。

個羞怯的男子，是擅長捕獵者？會吧？他是那樣壯碩！「對！」男子似乎回答她心中所猜，又似是自我激勵，說：「我是壯士！不必害臊。」

從此他就果真一點兒也不害臊，尤其是喝了酒，講話音量特大。伊娃的父親很好客，年初會將糯米蒸熟與酒麴攪和，放入甕中等待發酵、封存。這種酒味純而烈，是招待貴賓用的，不像姑待，味酸且嗆。三四月間種粟期間，遇描堵節慶，父親在庭院置大酒桶，倒光所有甕中之酒，部落裡認識的，不認識的，只要走進庭院，都是她家賓客，都可席地而坐，持竹筒盛飲。久而久之，她家倒取代公廨舉辦的賽戲了，青年男女，特別是尚未牽手的，都會到她家來，穿花花綠綠，會飲、唱歌、挽手成圈跳旋轉舞。李武壟，那是丈夫的名字；就是那年、那晚，她才知道他的名字。那晚，他多大膽呀！她與姊妹手牽手成列跳舞，他陡然一個竄身，擠進姊姊與她之間，姊姊與她都嚇一跳，他的同伴開始起哄。母親笑了，問：「牽誰的手哇？」他一愣，忽然雙手牽住她雙手，拉著她團團起舞，他的同伴更是一個勁兒啊嗚啊嗚怪叫，甚至一起衝上來，各自牽住場上自己喜歡的女孩，都轉圈圈起舞。場上的老者既覺胡鬧，也覺熱鬧，更何況無法制止，也就顧自微笑。部落耆老既然視若不見，場上就更紛鬧，伊娃的父親祝大目竟然也拉著母親的手圈圈跳起舞來。

從此，李武壟沒有上山狩獵的日子，傍晚就會來伊娃家庭院外椰樹上吹口琴。唯恐別人瞧不見他似的，他在兩棵椰樹梢用藤蔓串結成網，鋪上椰葉成床，就躺在床上吹琴。口琴是口簧琴，薄鐵製成，置脣齒間，以手拉動，鼓動琴簧。他的手勁很大，曾經緊緊握住她的手，所以伊娃明白他的手勁有多強韌。那麼強韌的手勁，拉起手簧琴，卻很有節奏，不疾不徐，一聲聲拉緊她的心絃，不，是拉鬆她的心弦。每每聽見口簧琴響起，姊姊就笑，「喚妳呢！」戲謔地說。伊娃自然明白那是呼喚，每一音每一句，都是愛的呼喚。

「伊娃！伊娃！」有一回，琴音間雜著叫喚，伊娃急趨至庭院邊，李武壟蹓下椰樹，遞給她陶罐。是醃漬的海產，「去大員捕魚了！」他說。「這是我與漢人交易的瑪瑙珠子。」又說，遞給她。他滿臉興奮，後腦還插著三柄公雞彩毛。他的興奮渲染了伊娃，伊娃就隨他攀上椰樹梢網床坐著，兩雙腳懸空晃呀晃呀。他教她拉口簧琴，她手拙，怎麼也學不來，「不用學，我又不用去勾引少女。」伊娃說，畢竟臉嫩，說及「勾引」時紅了臉。他卻很有耐心，手指輕捏她手指一招一式教導。「妳可以教兒子呀！」他說。「誰要跟你生孩子？」伊娃臉更紅了。李武壟一楞，但很堅決：「我要跟妳生孩子。」伊娃忸怩起來，蚊子般聲音說：「生了兒子，也是你教他拉口簧琴啊！」李武壟點點頭，說：「那是當然！我還要教他捕鰻魚、上東水山獵黑熊。」

伊娃不久就懷孕了，李武壟家人來提親，他就入贅了。可歡歡喜喜抽罩佳哩的時候，伊娃最大的遺憾是，祖母元大員不能夠在門前庭院持竹筒同歡、飲酒、跳舞。

祖母死在漢人手上。

「那是山神的恩賜！」祖母曾對伊娃說，眼睛注視著獸圈內的幼鹿。那是一片坔坔穴穴、坡度平緩的丘陵，翠樹成林、綠草如茵，鳥雀間關、蝶影紛紛，佇立山頭，視野盡是鮮活的生氣。「妳可以恣意躺在林蔭下酣甜午睡，醒來，身上會灑滿五彩繽紛的花瓣。」祖母曾對伊娃說，可伊娃不曾見過那樣的景象，睡過那樣的恬適。

「有一回，臉部搔癢難耐，我睜眼，卻是一隻小鹿吐舌舔舐掉落我臉龐上的花葉。動也不敢動，我唯恐驚嚇牠，只偷偷微微睜眼，卻見小鹿也睜著渾圓的眼珠凝視我。是樹林太安靜了？睜眼瞼都會發生聲響，讓小鹿發覺綠草葉片下的眼睛嗎？可小鹿毫不害怕，反而低下臉龐碰觸我的臉龐，彷彿在探索我是怎樣奇特的生物。『咩！』忽然一聲鹿鳴，小鹿並不理會。『咩咩！』又兩句催促，小鹿才眷戀依依的轉身奔離。我立即轉頭，就在二十步外，在枝葉無法掩翳的日光投射的森林內，二三十隻梅花鹿自在漫遊、嬉戲。深棕色的軀體佈滿斑駁的白點，牡鹿對稱的雙角角尖的分岔伊如樹枝槎枒。」祖母娓娓陳述這段她與麋鹿的奇遇時，閃閃發亮的眼神，伊娃永遠記得。

伊娃的部落狩獵時當然會捕殺野鹿，可是牝鹿哺乳的季節是禁獵的。重要的是，即使不得已需狩獵，族人也心懷感恩，心懷歉疚，他們不認為有任何生物可以任意屠戮山林中任何生物。

可是漢人將野鹿當作貿易，當作可以肆意從大自然捕獲的貨品，可以掠奪成私人財產。因此，祖母不僅在公廨聚會時慷慨激昂反對族人幫忙捕捉野鹿販售給漢人，甚至在漢人出獵時，不只一次，偷偷先行入山，驚嚇鹿群，教牠們躲入更幽深的林壑以逃躲獵人的槍口。

讓鹿群躲過槍口的祖母，卻躲不過漢人的火銃。

相較於漢人，伊娃的族人不擅長耕作。她們都是刀火耕，旱耕，漢人卻會導引河川水灌溉，習慣水田種植。時日久了，不少族人也揣摩出水耕技術，便經常將刀火耕後開闢的部分耕地與漢人交換水源。

祖母便是早期與漢人以耕地交換灌溉水流的族人之一，卻是最精明的。她請求通事會同漢人，務必明明白白訂定契約。

「我母親的土地曾被侵佔！」祖母說，當有人詢問她為何姿態強硬，硬是要白紙黑字訂定番仔契的時候，祖母以氣憤填膺的語氣對詢問者說：「妳是我朋友，我寧死也不會出賣妳！我們族人不都是如此嗎？可是我直至母親土地遭掠奪，求救無門，才清楚漢人習性。要來交涉割地換水時，他們總是和顏悅色，會贈送荊棘一鉤即割裂、可是摸起來很順手很輕軟的衣裳；可交涉完畢，翻轉身就辱罵我們為青番。他們會在耕地與我們族社間堆壘高高的山丘，稱『土牛』，後來不是乾脆挖深深的壕溝，稱『番界』，說我們會野蠻侵犯他們的生活領域麼？」

「對喔，」詢問的人恍然大悟，說：「我就是不明白哪，為何漢人說我們會侵犯他們的領域，可是我們部落搬遷卻一步步迫近叢棘杉林、日日與山豬野獸拚生死？」

祖母強硬的態度如火燎原，族人與漢人割地換水時，都不再只是口頭約諾，甚至必須實際探勘、釐訂地界。族人刀火耕漸漸不再需要那麼頻繁，耕地栽植的旱稻、小米，甚至水稻，縱然遭逢颱風，依然可供給家族溫飽。

可祖母猝然死逝了！

在年幼的依娃還睡眼矇矓的某一日，祖母被抬回家屋，渾身紅沫，胸腹還不斷湧出鮮血。抬祖母的漢人非常兇悍，將祖母往地面摔，臨出門，一人狠狠說：「訂契約呀！來呀！」另一人往屋角啐一嘴檳榔汁，嘲諷：「驅趕水鹿啊！再去啊！你們，鹿，砰！砰！」

面對紅血猶未流盡已然噤氣的馬歹[47]，伊娃的母親默默墮淚，開始起火燻屍，父親祝大目面無表情，出門口擊鼓告知親友、族人。親友來了，帶著錯愕、疼惜、憤怒又無可奈何的神情，撫屍訣別。夕陽光斜斜照射入闃暗的家屋，一一佝僂身軀摟抱懷中屍身的的影像，於伊娃瞳孔中久久未散。伊娃陡然大哭，她分不清楚究竟抱人的還是被抱的，誰是死人，忍不住放聲大哭。

47 馬歹：西拉雅語「死人」。

婦女開始緩緩跳舞。翻轉大型木槽，兩排婦女背對背跳舞，每排四五位。她們不跑不跳，只是溫和的移動手腳。累了，就換組，直跳至黎明。伊娃哭累了，默默注視緩慢移動的腳步。

通事將死亡事件呈報給設置於臺灣府的南路理番同知，判定是誤殺。就只是判定而已，絕不道歉，絕無弔唁，漢人字典內沒有「賠償」二字。

所以，伊娃大概是部落裡唯一在樂樂懽懽抽罩佳哩的時候，痛哭失聲的新娘。她情不自禁想起立葬在家屋床下的祖母，歡樂又悲哀的情緒乍然在胸頭錯綜翻滾，一直翻滾，滾出眼眶的淚。

可是，伊娃必定是公廨前廣場上送兒子上戰場的族人之中，唯一沒有掉淚的母親。凝視日本軍警手中握持的長槍，「何去何從？漢人來，我們從大員搬到人目降；日本人來，我們已逃亡到大武壠，畢竟逃不掉遭受蹂躪。」忍不住想。

伊娃沒有掉淚，甚且沒有嘆息。連嘆息，她都覺得很累。

◎卷乙之二：祀壺

當灰色軍服遮蓋住兒子李玉景後背的紋身，李武壟強忍框眼內的潤濕，兒子挺胸昂揚接受紋身的景象兇猛地浮湧眼前。

才十二歲，第一次狩獵，竟走失了。深入曾文溪源頭東水山脈，那是雲虎、黑熊出沒的區域，兒子竟與族人走叉了。族人搜尋了三日，體力透支，臉色逐漸冷峻，身為父親，他既焦慮復羞愧。第五日正午，狩獵者回到大武壠社，聚集在公廨，正決議要放棄搜尋。遠遠的，從公廨前廣場邊緣走進一矮小人影。陽光熾熱，光影直曬臉上，更凸顯那人黑褐的膚色。走路一跛一跛，背上揹著一隻黑熊。群情瞬間激昂！迷路的懦者瞬間蛻變成英雄，可以享有長老將榮耀紋采在身上。蝌蚪文字？蟲魚？兒子選擇獠牙的熊首，還挑選雕刻在瘦骨嶙峋的刀刃幾乎要剜肉刮骨的後背。李武壟無法阻滯，反而以目光鼓舞，那是力道的展顯，是榮耀！那是兒子的成人禮，是面對阿立祖[48]的承諾。只是，畢竟年幼，不斷攢眉、忍痛到牙根都要咬斷了。

可這樣的榮耀，今日遭不合身的軍服遮掩了。兒子穿上軍服，成為高砂義勇軍，即將投入

48 阿立祖：西拉雅族對眾多祖靈的其中一種稱呼。

南洋戰場，只因為他是大和民族。

兒子是大和民族？

兒子如果是大和民族，就不會在牙牙學語的時候，遭受搬家的牽累。

搬家的時候，小娃兒當然是父母最心疼的累贅。要從大目降搬挪至大武壠，大人忙著整理家當，那顧得了小孩？日本政府殖民了，立即課徵米捐、糖稅，伊娃是個娟秀的媽媽，挨餓造成的營養不良的乾癟的乳房哪擠得出乳汁，娃兒豈能不哇哇嚎哭？更何況，唯恐稍有延遲即遭受日本警察蠻橫的魔掌，新屋猶未搭蓋屋頂，就搬入新屋。

那幾日夜，是梅雨季，一直下雨。伊娃抱著李玉景，躲在牆角落。那是屋內少數稍微乾燥的所在，是李武壟斬落幾片椰葉，臨時穿織在屋頂椽木間，勉強可以遮蔽風雨。兒子哭累了，委頓在伊娃懷裡睡著了。似乎睡著了，又似乎抽噎著。李武壟趁著霪雨暫歇，砍了一串山蕉，那是他們的晚餐。雨天的山林，天黑得早，他以火石打火，燃起幾塊木頭，那是他們晚上的照明與溫暖。忽然一二聲窸窣，伊娃反應迅速，翻身躍起，李武壟反手就是一棍。那是一條趨光趨熱的雨傘節。李武壟切斷蛇頭、剝了皮，看著蛇肉油脂在橫掛的木條上一顆顆滴落，在火堆上漬成裊裊白煙。鼻端嗅聞蛇肉香，看伊娃剝落軟嫩的蛇腹肉，輕捏，餵食似睡似醒的兒子，心頭有些黯淡的快樂。

「很多天才能蓋好吧？」伊娃問。

傳統家屋是土台屋建築，台基堆砌泥土而成，四牆以竹片編就。如今已砌妥地基，豎立起幾木大柱且編插成兩面牆，伊娃抱著孩子就窩身在兩牆的角落。

「差不多吧！還必須砍竹。」李武壟說。「部落裡許多人都還在猶豫，我們為何著急要搬？」又說。

「不可三心二意！日本人如果突然改變主意，大家都遭殃。」伊娃說。

李武壟很佩服牽手。她繼承了祖母元大員的遺傳，判斷事理很明確，而且聰明，所以社學裡總是得到先生[49]讚揚。

「妳聽到甚麼消息麼？」李武壟問。

「日本人決定理番。」

「理番？」

「他們認為我們是青番，要特別治理。」

「漢人也這樣啊！」

49 先生：舊稱「老師」。

「不一樣！」伊娃說，憂慮的語氣：「日本人要殺光我們。」

「怎麼可能？我們又不是森林裡的野獸。」李武壟不信。

「他們就是認定我們是禽獸。」伊娃很肯定。

李武壟嚇得張嘴、皺眉。

「不過，他們是針對生番，而我們是逐漸漢化的熟番。」伊娃自嘲的安慰似的說。

「日本人哪分得清楚生番、熟番，一概殺了，一了百了。」李武壟兀自憂心。

「就是擔心這樣，我才催促你趕快搬。」

「嘿，搬就搬！反正本來在某處設社久居，是不吉利的。」李武壟說。

「那是迷信。」伊娃卻斷然否定：「族人原本只會刀火耕，只好一直搬遷。現在我們會水耕了，也擁有地契，為何不能落地生根？」

「……」看了看辛勤勞瘁已日漸成型的家屋，李武壟點點頭。

隔日好不容易太陽露臉了，李武壟一早就去河邊砍竹。日上三竿時分，蘇幻志來了，幫忙剖竹成片，兩人開始用竹篾編輯第二面牆。

「現在有新方法。牆面正中是門，兩側開兩扇窗，要不要試試？」蘇幻志問。

「那種新方法，我聽說了。還要在竹片牆兩側塗泥土，再抹石灰。你會嗎？」

「我會！可以幫你。蓋了這種新屋，就不必再一直搬家。」

「你家真的不搬嗎？」李武壟問。

蘇幻志苦笑，說：「不搬。父親心意很堅定。」

伊娃突然插嘴：「他父親蘇有志彷彿有很多事要做。」

有了蘇幻志協助，建構新屋進度頗快。落成之日，伊娃父母親來了，帶來壺、罐、瓶、碗、甕等容器，全家進行祀壺崇拜。他們在容器內裝水並祭拜這些容器，事實上是祭祀阿立祖。伊娃母親以食指尖蘸祀壺中水，去塗抹伊娃懷中幼兒李玉景的舌頭，口中念念有詞。李武壟明白，其實他們不是祭壺，是拜祀壺裡面的水，水是祖靈依附的地方。飲了水，祖靈就在李玉景身體裡了。

——拖拉拖拉拖拉……

陡然一陣敲打小鼓的聲音，打斷李武壟的思緒。原來，日本皇軍少佐等一下要致詞，現在準備升旗。敲擊小鼓是升旗前制止喧鬧的用意，可是顯得多餘；廣場安安靜靜，哪有人敢喧吵？軍樂再度響起，日本軍人大聲唱國歌，穿著灰色軍服的部落青年也跟著開闔嘴巴，自然是虛應故事而已。

是呀！兒子若是大和民族，怎麼不會唱國歌？

「國歌？西拉雅隸屬哪一國？東寧國？清國？日本國？」李武壟剎時陷入迷惘。

日本政府來了以後，許多會的事，都必須變成不會；而不會的事，比如唱日本國歌，必須勉強自己學會。

漢人統治階段，嘉南平原有數千家自營糖廍，買甘蔗自產自銷砂糖。也有許多小樟腦商招募工人，帶著工具，自行上山開採。漢人很有牛意頭腦，可是部落男人也獲好處，可擔任臨時工。後來日本政府來了，甘蔗全被會社收購，山林地都變成國有地，禁止私人開採樟腦。族人不僅失去受僱臨時工的賺頭，連部落設社、蓋屋，都必須日本警察允許。而漢族更慘！一大票人擅長的活計瞬間遭禁止，背後的家庭怎麼過活？只能祈求神明庇佑。李武壟每每看見漢族男人勤奮練習宋江陣，多少明白他們力氣無處發洩的苦悶以及看不見明天的慌張心理。

李武壟的岳父則被強迫練習原本不會的事。

部落有鬥走習俗，許多青年日夜學習競走。為拉開筋骨、鍛鍊腿力，他們連平常走路都刻意抬高腳觸及臀部。清廷治理時期，不少部落青年為官府遞送公文。這些青年極有禮節，奔跑迅捷，可只要路上有長者，必定停步，背對路面以讓路。

某日，日本警察大喇喇走入大目降家屋。

「喂！你，負責送信。」對岳父祝大目說。

「我不擅長競走，不能當郵差啦。」祝大目委婉地拒絕，繼之胸膛一挺，說：「我擅長……」欲驕傲的炫耀他是部落數一數二的狩獵好手，隨即想及日本人禁獵，戛然住口。

「你是部落長老，負責傳遞消息。」日本警察堅持，一邊取下身側配帶的警棍。

祝大目自然不敢面對警棍堅持。

「替派出所服務，是你的榮幸。三天內，要學會唱日本國歌。」日本警察臨走前交代。

李武壟怎麼也料想不到，岳父祝大目下場，與日本國歌息息相關。

負責傳遞書信，多少有進出派出所的機會。

某夜，夜深，岳父緊急去找蘇有志。

「你和余清芳很熟，是吧？經常晚上躲在府城西來庵？」祝大目問。

「你怎麼知道？」蘇有志嚇一跳。

「派出所似乎在調查甚麼事，很秘密，而且很積極，連續好多天都提及余清芳。」祝大目說。

蘇有志皺眉。沉吟許久，自我激勵似的說：「不怕！余清芳是明朝羅思孚老祖的嫡系法脈，在西來庵為五福王爺扶乩。他自信地說，足以擔任『征伐天下大元帥』，可一舉攻下臺灣總督府，由他本人登基成為『臺灣人的皇帝』。」

「臺灣人的皇帝，他想造反？」祝大目大吃一驚。思忖了一會兒，又說：「我們都是西拉雅。

漢人要造反，和我們部落有甚麼關係？」

「關係大了！」蘇有志說：「當初日本人要理番，原本抱持『全滅主義』，後來雖然改成『導化主義』，然而我們受到的迫害，少嗎？你女婿李武壟不是嚇得躲去噍吧哖了？」

「可是，日本人警察說，余清芳是觸犯詐欺罪而離職的警察。」祝大目說。

「那是蓄意的汙衊！」蘇有志自信的說：「我親眼所見，余清芳有皇帝命！他擁有一把得自八仙呂純陽祖師的寶劍，出鞘後見血封喉，可以使飛劍殺日本人，也可以預測、斬殺陽奉陰違的信徒。因此，許多信徒都曾在玄天上帝神像前發毒誓，背叛余清芳者，會遭受天譴而毀家滅族。」

「你也發過毒誓，害怕遭受天譴？」祝大目說。

「天譴？是甚麼？倚附在祀壺內的祖靈嗎？」祝大目妻子插嘴。

蘇有志搖搖頭，解釋：「余清芳的靈符真的非常靈驗！有一回斬雞頭祭拜，他寶劍一揮，雞脖子齊齊整整被砍斷。隨後他以硃砂畫符，點火焚成黑灰，溶入米酒，飲下。那日扶乩，那把寶劍怎麼刺怎麼剟，他的後背一點血痕也沒有。」露出景仰且期盼救贖的神情，又說：「真的非常靈驗！他的靈符，可以使人刀劍不入。」

祝大目未曾親眼所見，不敢相信，也不知道怎麼否定。

蘇有志接著說：「最近全臺爆發鼠疫，以臺南、臺北、鹿港最嚴重。臺南醫療資源稀缺，居然順利控制疫情，那是因為西來庵奉祀瘟神五福王爺，日日驅瘟的緣故。」

「胡說八道！」祝大目妻子忽然笑了，說：「社學的傳教士說，清除街上垃圾，打掃家庭衛生，老鼠的藏匿處被破壞，自然可以驅除鼠疫。」

蘇有志嗤之以鼻，說：「傳教士一天到晚講耶穌、瑪麗亞。祂們如果靈驗，為何要降下鼠疫？余清芳說，臺灣老鼠，不怕外國神明啦！」

「……」妻子還要辯駁。

「男人講話，女人不要插嘴。」祝大目溫聲制止。

「這個家，甚麼時候由男人作主了？」妻子回嘴。

「可以教我唱日本國歌嗎？從明天晚上開始，我找一小群人來。」蘇有志忽然說。

祝大目蹙眉，隱隱覺得不安，又不知如何拒絕。

半年後，祝大目就知道蘇有志為何要學唱日本國歌了。

余清芳、江定等人突擊包括甲仙埔支廳等多處警察廳。他們先叫人假裝郵差送信，警員一開門，就立刻衝入警察廳，屠殺警員。某些派出所警覺性高，並未被騙開門，假扮郵差者就唱日本國歌。

那日祝大目送信至南庄[50]，由於最近襲警事件頻仍，南庄派出所早早關了門。可裡頭熱鬧非凡，原來是所長夫人生日，大家齊聚派出所內為她慶生，所有警員都在，包括眷屬。暮色已黑，所長夫人見祝大目風塵僕僕，親手端一碗紅豆湯給他。正吃著，有人敲門，說是郵差，還唱出日本國歌。真正的郵差正喫著紅豆湯哪，眾員警手腳俐落，不約而同關窗鎖門。門外假郵差唱了一段國歌，未見效果，顧自離去，眾人都鬆了一口氣。怎知約莫半小時後，派出所內煙硝四起，煤油點燃的臭味，煤油燒燃木材的檜木焦味，陣陣傳進來。四面門窗都遭焚燒，派出所內男男女女只能往外逃命，可逃出門口，剎時殞命。門外眾人手持宋江陣刀械，磨銳利了，逢人就砍。所長夫人嚇得手足無措，邁不開逃跑的步伐，被煙燻得直流淚咳嗽。祝大目於心不忍，一把撕裂她的和服，取派出所內一件破爛的漢人男裝讓她換上。趁著一陣濃煙冒起，他拉著她往屋外竄逃。門外人看兩人服飾，都不理會。二人直逃出百步遠近，已逃離險境，祝大目才醒覺自己在幫助敵人。敵人？身前矮小微胖，髮絲遭火吻，滿臉驚惶的女子，是敵人？猛然驚覺自己心思錯亂，他撇下女子，倉皇逃去。

50 南庄：今臺南市南化區。

祝大目的家屋靠見菜寮仔[51]，過後沒幾日，隱隱可聽見附近的槍砲聲。因為任職郵差，他知曉日軍臺南守備隊部署有步兵、砲兵與憲兵，恐怕已傾巢而出，與余清芳在噍吧哖地面交戰。他不明白余清芳的部眾有多少武器，也許有幾門大砲、幾把槍，但說不定大部分人的武器是鋤頭、斧頭、鐮刀等農具與宋江陣的兵器。他們手上握有五福王爺等神祇的靈符，當真能保佑他們刀槍不入嗎？

祝大目只能在腦海中臆想，他自己不敢出門，也禁止妻子兒女出門。

不久就傳來余清芳退至虎頭山[52]建設堡壘，與日軍對峙的消息。余清芳一面堅守陣地，一面令部下潛逃下山四處招募民兵，陣容不斷擴張。日軍一方面仔細搜山，另一方面張貼告示，勸告投降者，有機會免於處死。未過旬日，王萊莊[53]鄉人設宴款待余清芳，卻在酒酣耳熱之際，將余清芳綁縛，送交日軍。可戰事一直陷入膠著，江定死守虎頭山，日軍不知地勢，清剿不下。日軍再三招撫，只要江定出降，主犯從屬絕不追究。隔年，糧食武器匱乏，江定決定與部屬下山投降。怎知受降完畢，當夜大批軍警將江定等二七二位受降者全部逮捕，送入監獄。

51 菜寮仔：今臺南市左鎮區左鎮附近。
52 虎頭山：今臺南市玉井區玉井附近。
53 王萊莊：今臺南市楠西區。

持續將近一年的混亂終於塵埃落定，祝大目心頭卻百味雜陳。兩軍對峙時期，想起日本人迫害族人，就恨不得也加入義軍；可想及妻子說的傳教士批判余清芳用發毒誓控制信眾不夠光明磊落，且不時想起南庄派出所所長夫人逃難時可憐兮兮的神情，腳步就又躊躇。他當然想趕走日本人，可是用鐮刀、靈符怎趕得走？於是，他既擔心家人遭受池魚之殃，又覺得作壁上觀似乎寡廉鮮恥且無情。心情反反覆覆，幾乎夜不成眠。

如今，日軍大獲全勝了，沒有戰亂了，他心頭卻異常空虛，而且害怕。他去傳遞書信，派出所警員對待他一反常態不是大聲喝叱，而是客氣，言語很溫和，可溫和背後，似乎是隱忍的憤怒。這種不尋常的氛圍，讓他腳底發涼，隔日就不敢再去送信了。

可日本警察找到家裡來。

找尋他，是為了指認當日參與燒殺南庄派出所的嫌疑犯。

日軍開始清鄉，南起大目降、北至噍吧哖、東全南庄，漢人的村落、西拉雅族的部落，逐一盤查。日軍往往將整個聚落所有男女老幼都綁縛了，教他們跪在空廣草原上。平原遼闊，黑壓壓全是人，日軍分成幾個梯次，都分別帶一二人，如祝大目、如南庄派出所所長夫人這樣的證人。遭指認的，一邊遭槍柄重擊，一邊被拖至廣場角落，繼續嚴格審訊；未遭指認的，則繼續跪倒地面。村落大的，指認工作進行至黃昏，村莊小的，可能一二時辰就完成了。完成指認工作，遭指認而被帶至廣場角落的當然生死未卜。跪倒地面的，方暗自慶幸逃過一劫，突然槍聲響徹天地，機關槍朝廣場掃射。清風吹拂，風息中帶著煙硝味、青草味、血的腥味。遍地屍首，身軀委頓、臉容驚慌、眼神難以置信。日軍顧自收拾槍械，搭上卡車離去。

祝大目連續三日，都未指認一人。第三日正午，陪同他的日本軍人似乎受到苛責，再也按捺不住，兩三位軍人握槍托猛鍘身體，毆得他鼻青臉腫。「砰！」一位陸軍大尉持手槍一槍射中他腳下草皮，揚起灰塵。大尉順手持手槍瞄準他大腿，冷笑，他身旁的哆譯自動翻譯：「大腿！下一槍。」語帶威脅。

祝大目當晚就帶著妻子，女兒女婿，孫兒輩，一齊躲至早一步搬遷至噍吧哖山區的伊娃家。伊娃居住的地方靠近王萊莊，是綁縛余清芳向日軍投誠的地方，他猜測附近地域或許可以倖免於難。

卻還是被找到了。

伊娃家左右只三戶人家，一齊遭逮捕，跪倒在伊娃家前面褊狹的小院。日軍帶來了南庄派出所所長夫人，還有蘇有志，及兩排男子。

「你認得他嗎？」陸軍大尉指蘇有志，問。

祝大目搖頭。

「嘿！早知道你庇護他。」大尉說話，轉頭向四位日本兵嘰哩咕嚕交代一番。

不需大尉身旁的漢人哆譯多嘴，祝大目也明白大尉在指控他保護蘇有志。

一位日本兵押解祝大目至庭院一角，然後四人一起站在另一角，舉槍。「砰！砰！」一陣槍響，祝大目四肢同時中彈。祝大目原本以為他要一命嗚呼哀哉，怎知逃過死劫，忍不住長長吁嗟一口氣。可一嘆氣，四肢同時傳來劇痛，是火燙的子彈鑽入骨肉的燒灼的劇痛。

大尉命令日本兵押解一排男子站在他身旁，朝哆譯說了一句話。

「哪幾位是南庄兇手？」哆譯問祝大目。

祝大目裝模作樣環視那排男子，搖頭。

正搖著頭，連聲槍響，身旁男子一一倒下。

「他們都是南庄的兇手！挖。」祝大目從哆譯口中知道大尉講的話。而最後一句，顯然是對日本兵下令。四位日本兵各自拔出腰間刺刀，逕直剜挖祝大目手腳，就割剟在方才子彈射中的位置。祝大目疼得汗涔涔滾落地面，直呻吟。

另一排男子又站在他身旁。

「遭指認的，槍斃；未遭指認的，可以活命！」哆譯重複了大尉的話。

祝大目這次當真認真審視眼前男子，卻無法辨認。那日在南庄，夜色昏黑，他拉著所長夫人一則畏怕她遭認出是日本女人，二則只顧逃命，低頭猶來不及，哪有張目四顧去瞧人的道理。

他腦筋天翻地轉思忖如何應答，又一陣槍響，身旁男子倒地。

「我會笨到讓你思考如何為他們脫罪嗎？」哆譯說。

這次押解到身旁的，是他的家人。祝大目十分後悔，直掉淚，他連累伊娃一家人了。

所長夫人向大尉說了幾句話，帶著哆譯走過來。

「那兩排男子都是蘇有志指認的。」所長夫人說。

「妳是聽大尉說的吧！他的話，怎能信？」祝大目哂笑。

「你救了我，卻為什麼不指認罪犯？」

「我不會背叛族人。」

「蘇有志是你的族人嗎？」

「是。」

「你知道嗎？他已經招供，教唱日本國歌的人是你。」夫人說。

祝大目無言，低頭。

「我救了妳，妳可以救我的家人嗎？」良久後，說。

夫人沉思，頗為難的樣子。

「妳就說，我名叫鄭阿利，與他們無關。」

夫人還是猶豫。

「拜託！妳們都是無辜受害者啊。」祝大月軟聲懇求。

故事的結局是，陸軍大尉在祝大目家人眾目睽睽前以武士刀砍下他的頭顱，拎著頭顱，擺出武士意氣揚揚，耀武揚威的模樣，拍照！

——李武蘢每每想起岳父祝大目被強迫練習原本不會的事，最後卻身首異處，就不勝唏噓。所以啊，縱使兒子穿上大和民族的灰色軍裝，他也絕對不願意兒子為日軍作戰。日軍屠戮的人，還不夠多嗎？

公廨前廣場，日軍少佐檢校完畢，部隊準備出發。

李武蘢隨部隊走，走在兒子身旁，遞給他一小瓦甕。

兒子接過，有些發楞。「不是家中祀壺嗎？可以帶走？」兒子說。

有日警吹哨驅趕他。

李武蘢趕緊說：「喝了它，祖靈就融入你身體了，會保佑你。」又說：「有機會就逃跑。我們逃入東水山脈。」

部隊已經快要走出廣場，李武蘢只能朝兒子揮揮手，也不知兒子有無聽見自己的叮嚀。

◎卷丙：舢舨船上的走狗

哼……咻……砰砰砰……。轟！轟！

只一眨眼而已，機關槍掃射的尖銳聲幾乎要刺破耳膜。虎太郎躲在教室內，原本癡癡眺視遠空的小黑影，忖度那就是噴射機吧，依稀還帶著幾分欣賞的心境，怎知才喘口氣，小黑影由遠方高空猝然俯衝至頭頂，射出懾人的火花。他一閃身躍入窗下壁後，旋即聽見子彈連續射中紅樓石磚達達的聲響。幾十架次噴射機掃射後，接續的是笨重而飛行緩慢的轟炸機掠過天空。飛行速度不快，投擲的炸彈卻鋪天蓋地，幾顆掉落學校旁公園，隆！轟隆！震得似要地裂山崩。他摀住耳朵，鼻翼充斥的煙硝味嗆得他直咳嗽。

直咳嗽的不止他一人，另一扇窗下隱約傳來兩聲拍胸止咳的聲音。他凝聚目力，瀰漫的煙塵中，認出是日生和噍吧哖。日生正奮力鉗住噍吧哖手中的大包裹，嘴裡說：「不准走！跟我去見日本先生！」

虎太郎的咳嗽聲驚嚇了二人。日生轉頭看見他，訝異說：「你也想落跑[54]？」

54 落跑：逃跑。

虎太郎看見日生緊抓噍吧哖的手臂，沒來由有些憤怒，諷刺的語氣說：「當然要落跑！當㒶替日本人擋美國人子彈嗎？笨蛋麼！你父親發財紅透天，你也要繼續當抓耙仔[55]？」

日生本以為逮住正要逃跑的噍吧哖，立了大功。沒想到噍吧哖力氣大，他扯不贏。正要拉開嗓門呼喊，遇到美軍轟炸，被炸得暈頭轉向。他早一肚子火藥，虎太郎竟挑釁、諷刺！忍不住反嗆：「你父親火旺也是紅透天？為什麼你也被抓來當兵？」

「姦！」噍吧哖也被炸得嗡嗡直耳鳴，洩憤的語氣吼：「所以我無倚山，注定要當兵，找死？」

「小聲點兒！」虎太郎摀住他嘴巴。噍吧哖使力撥開他手掌，倒是噤聲了。

虎太郎稍抬起上半身望向教室外操場北側的邊緣。邊緣是一排高高的白楊樹，樹下有防空壕溝，溝內溝外許多人或躺或趴。他們原本在睡覺，美軍軍機拂曉出擊，都醒了，只是囿於命令，不敢離開自己的位置。虎太郎和日生都是臺南州立一中的學生。日本偷襲珍珠港，導致美軍參戰，開始攻擊臺灣。臺灣總督府徵召許多臺灣男人充任軍人，臺南州男丁不足，州政府於是命令州立一中學生就地訓練戰技以護衛府城。另外，抓噍吧哖平埔族充當遠征南洋的高砂義勇軍，

55 抓耙仔：通風報信者。

大都只十六七歲，就混編在學生軍中參加訓練。嗚吧哖就是從嗚吧哖被抓來的。美軍轟炸很頻繁，學生軍夜晚不敢在屋內就寢，躲在樹下壕溝。

虎太郎問嗚吧哖：「甚麼是倚山？」

嗚吧哖一副「你是白癡喔」的神情，說：「倚山就是倚山啊！」

日生略忖思，說：「他是說靠山啦！」轉頭瞪嗚吧哖，罵：「死青番，話也不會說！」

虎太郎勸日生：「你莫管他！也莫管我！」開始俐落的收拾衣物。

嗚吧哖跟著快手快腳收拾，嘴裡一邊調侃：「只要遇到戰爭，有錢人就先逃跑。幹嘛逃跑？你們不是喜歡當日本走狗？」

「閉嘴！動作快。」虎太郎低聲吩咐。

「當走狗，勝過有人豬狗不如！」日生反諷。

「當走狗，是當逃走很快的狗！」虎太郎自我調侃。

日生不能同時阻止兩人，只好又惡狠狠挎住嗚吧哖臂膀，說：「你不是有錢人，逃跑，還不是逃回嗚吧哖？」

嗚吧哖是玉井大武壠族人，本名李玉景，虎太郎和日生懶得記憶，乾脆喊他嗚吧哖。

「逃回部落，有何不對？」嗚吧哖說。

「哼！全家死光光，要回去做甚麼？」

「我……」噍吧哖語結，憤怒，瞋眼。

日生渾不在意，說：「日本先生說，噍吧哖人是土匪。你是土匪的小孩，有啥資格生氣？」

虎太郎看噍吧哖一張臉越漲越紅，壓低聲音對日生說：「府城西來庵事件，日本兵殺死很多平埔族青番，你不要刺激他啦！」

卻來不及了，噍吧哖擎起一張課桌，大吼一聲摜過來。天色已亮，日生從容躲過了，桌子嘩啦啦摔裂在地面。

「バカヤロー[56]！」一句低沉但震撼力十足的聲音乍然傳來。是負責教導戰技的軍官，帶著二位日本兵站在教室門口。

三人都嚇一跳！噍吧哖長年生活在山林，身手矯健，一溜煙衝向教室另一門口。虎太郎顧不得取衣物了，翻身爬窗。「不許走！」日生探手抓他，虎太郎一甩手，肘彎處被指甲刨出五條爪痕。虎太郎一落地就狂奔，眼睛餘光恰恰看見噍吧哖翻過南側圍牆，兩位日本兵追至牆邊，直喘息，莫可奈何。學生軍在操場北邊，虎太郎下意識朝東逃竄，日本軍官一連疊喝斥，應是

56 バカヤロー：渾蛋！

命令他停步。怎能停步？腦袋鞏固力麼？被逮住了還能活命？陡然左大腿一陣炙熱，低頭，但見腿側一條焦黑的血痕。「竟然對我開槍！明明知道我父親是保正！」

火旺為了讓兒子虎太郎就讀州立一中，在府城公園附近購置屋舍。虎太郎直奔向房屋後門，門虛掩，他一閃而入。父親火旺與母親早等在門後，身後還有個撐洋傘、穿和服、趿木屐的清秀少女。「怎麼這麼慢？」父親焦急的問。「恰好美軍來轟炸，被發現了！現在要快！」虎太郎說，指自己左大腿。「なに[57]？」穿和服的少女大吃一驚，小雀步衝至虎太郎身前。「千奈美，心配しないで[58]！」虎太郎操著流利的日語。「馬上出發！」火旺當機立斷。

四人坐上兩輛人力車。火旺夫妻同車。一上車，妻子罔腰說：「確定讓千奈美去嗎？」火旺說：「他們兩情相悅，千奈美沒跟隨，虎太郎不放心啦！」罔腰點頭，嘆氣，說：「大陸在哪裡，完全不知情。咱們手頭緊，東拼西湊，支付兩人開銷，夠嗎？」火旺說：「夠啦！妳不必擔心，我已經拜託人照顧他們。」罔腰問：「拜託誰？」火旺說：「大陸那邊的奸細，國民黨的。」罔腰訝異又不悅，說：「我們儲蓄的金條，就是賄賂他？」火旺說：「他當然是說，

57 なに：甚麼？吃驚的語詞。
58 心配しないで：沒關係，不用掛念。

為了國家的前途，感謝我們的奉獻，但是我看見他嘴角強忍住的狂笑！」罔腰心疼說：「真的需要賄賂嗎？」火旺說：「送金送銀，是鋪路！他們現在需要錢，我們貢獻；需要人做內應，我們打探消息。日本人倒了，我們就不必憂心無人倚靠！」罔腰疑惑說：「你確定日本仔要落敗？」火旺點頭，說：「確定！我去臺南州廳接洽工程，無意中聽見。」罔腰滿臉憂悒，說：「我很擔憂，經常通宵難眠。現在國民黨要來了，我們曾經替日本人跑腿……」火旺篤定的說：「妳們女人就是沒見識！不管哪一種政府，都需要我們這種人。」罔腰訝疑說：「我們這種人？」火旺嘿嘿笑，說：「給我利益，我就替他奔走！嘿，說不定以後我們一樣可以洋洋得意，指著別人鼻子說三道四！」罔腰恍然大悟，帶著欽佩的口吻說：「你真勥跤[59]。」「姦！勥跤是在罵婦人強勢，爬上男人頭上撒尿啦！」火旺開罵，卻是滿臉笑容。

很快到達大員港，寥寥幾艘貨船裝完貨正準備出航。罔腰擔憂起來，問：「妥當否？」火旺說：「總督府興建打狗港，大員就沒落了。就是因為沒人，才安全。」虎太郎和千奈美走過來，火旺交代：「千奈美講話是こんにちは[60]。日本人和國民黨是仇敵，上船以後，你就說她是你

59 勥跤：形容女人精明能幹，含貶義，有牝雞司晨的意味。
60 こんにちは：你好。「講話是こんにちは」，意謂千奈美是日本人。

妻子，你們是私奔的。」虎太郎大吃一驚，緊張的說：「阿爸阿母不一起走？」火旺艱難一笑，卻堅定的說：「四人走路[61]，太明顯。你是我們家香火，逃掉了，阿爸就無牽掛。」

虎太郎自然依依不捨，母親拉著千奈美的手，指著虎太郎，操著半生不熟的日語，說：「彼の世話をする[62]！」千奈美聽不懂，但揣摩得出意思，彎腰九十度，一直說：「は[63]！は！」虎太郎念母情深，囁嚅說：「阿母……」火旺握住他肩膀，說：「我們會照顧自己，你不必擔心！」又叮嚀：「好好跟隨那位長官！要認真學北京話。」虎太郎點頭。

一艘手搖的舢舨船緩緩靠岸，裡頭傳來兩聲貓頭鷹的叫聲，火旺說：「來了！」虎太郎抱住父親肩膀，不知要說甚麼。火旺本來強忍情緒，妻子卻開始啜泣，他忍不住遷怒：「哭爸喔！安靜啦。」把虎太郎往外一推。

眺望舢舨船緩緩離岸，罔腰嘆息，說：「建造嘉南大圳時，我們宛如大羅神仙，如今落衰[64]！」舢舨船已離岸好遠，火旺安心的露出笑容，說：「免煩惱啦！舢舨船小雖小，卻可以

61 走路：逃亡。
62 彼の世話をする：照顧他。
63 は：是！
64 落衰：落難、倒楣。

四處穿梭！」兒子離鄉背井自然讓他憂心，但是對於未來，他從未失落希望。

◎開卷

滾嚕滾嚕！水在壺中沸騰的聲音。史正悠閒的將開水注入茶壺、倒出，溫壺溫杯後，置茶葉入壺，注水、倒出、再注水。第一道茶是不能喝的，可是客廳內已清香滿溢。將第二道茶傾入四只晶玉瓷杯，他躊躇滿志說：「奉茶！」

史正當然躊躇滿志，他泡的是冠軍茶，色澤澄澈微黃，聞香杯猶未近鼻，鼻翼已聞淡淡葉馨，輕啜一口，入喉回甘。可他躊躇滿志的不僅是能夠品嚐好茶，而且是能夠和穿同一條褲檔長大的赤誠好友一起泡茶。

滾嚕滾嚕！開水持續在壺中冒泡，亦如午後時分血液在血管中沸騰。望著旁邊的戰友姚武、楊威、連日，他雙手捧杯，忍不住又高喝：「請奉茶！」

「好茶！」姚武飲了，衷心讚嘆。

「當然是好茶！知己送我好茶，我就泡好茶請知己。」史正說。

「你寄給我弟，就是這種茶？」姚武問。

史正點頭。

姚武指自己：「在臺灣的，你沒送！現在他隨時可以回國，不必對他那麼好啦。」

「從前太可憐，現在當作補賞。」史正說。

「講起從前，唉！是真可憐！」姚武歎息。

楊威插嘴：「從前你不是全家遭監視？小弟要出國留學，還需要芋仔[65]同意。」

姚武答：「監視算啥！後來小弟在美國車禍，我母親打電話說下星期去探視，辦簽證的時候，警備總部的芋仔說：『妳說下星期就下星期嗎？』結果拖了半年。」

「誰教你小弟嫌棄臺灣，要去留學？」楊威開玩笑。

「當然嫌棄啊！啥好處，芋仔全佔了。而且，要去哪裡，是人權、自由！」姚武說。

「如今不會了！臺灣人當總統，出頭天囉。可以教你小弟回來。」楊威說。

姚武只是笑笑。

楊威轉換話題，說：「講起從前，唉！大家同樣淒慘。我辛辛苦苦讀書，擔任老師，還不

65 芋仔：臺灣人對外省人的蔑稱。

是遭迫害？當初學校內設一位秘書，國民黨派來的抓耙仔。老師薪水微薄，我在祖公阿地[66]挖魚塭飼魚，他奸臣笑，寬宏大量讓我選擇：『三天內填平？入獄？』放屁啦！」

「至少你有機會念書，可以任職教師。日據時期根本不可能。」史正安慰。

「聽說你用臺語教數學喔？」姚武問。

楊威點頭，沾沾自喜。

「讚！」姚武翹拇指：「我們讀書的時候，講臺灣話，要掛狗牌仔！」

史正一邊幫大家倒茶，一邊好奇的問楊威：「沒有學生聽不懂臺語嗎？」

楊威說：「聽不懂是他的事！反正上課只能夠講臺語，不會講，就是不愛臺灣。」

「如果學生是客家人咧？」史正說。

沉默。

「史正，遙控器咧？打開電視看看有沒有報導？」一直默默無語的連日突然說。

史正打開電視，某一臺正在播報新聞。

「換臺！換臺！這家電視臺都胡說八道。」三人異口同聲。

66 祖公阿地：祖產

換到某一臺。

「有了！底下跑馬燈有預告。」連日高興的說。

不久果真出現了新聞快報，美麗女主播以歡忻的語氣說：「下面為您報導一件讓人佩服的消息。……」

畫面換成一座公園，十來個人，包括姚武、楊威，都分別拉著一條粗繩，繩頭圈住一座水泥基座上的半身銅像。史正也手握粗繩，在連日旁邊，站在隊伍的中心。有記者來訪問，連日不禁繩索握得更緊，義憤填膺搶先說：「政府不敢做，百姓來做！」記者問：「這是公然毀損公物，你們不怕嗎？」連日聽她北平話捲舌音講得清清楚楚，哈哈大笑，瞪她，說：「妳是那家電視臺的記者吧？想要維護這座銅像？呸！我們就是毀壞公物，叫警察來抓啊！」回頭環視握繩索的同志，下令：「來！一、二、三。」銅像被合力一扯，掉落地面，跌得額凹耳缺。眾人紛紛鼓掌。

「怎樣？講得夠漂亮罷？」連日得意洋洋。

「是夠囂張啦！」姚武稱讚。

「拜託，大家都有功勞！拉到要歪腰[67]了！」史正說。

「聽說官田公園內上個月建造的銅像，前晚遭人噴漆。」連日忽然生氣的說。

「啥？還有人敢建造老蔣的銅像？只噴漆？太客氣了吧！」楊威說。

「不是啦！是『嘉南大圳之父』日本大人八田與一的銅像。」連日解釋。

「八田與一是誰？」姚武問。

「是偉大的工程師，嘉南大圳就是他建造的。」連日說。

「咦？那時候，你爺爺不是附近糖廠的副廠長？」姚武問連日。

連日氣憤起來：「齁！厭氣[68]啦！那時候，我家田園一二十甲，國民黨來以後，甚麼耕者有其田，通統放領給佃農了。」

史正插嘴：「也是奇怪，那時候臺灣人都沒土地，為甚麼楊威你家還留有祖產可以挖魚塭，連日你家的土地竟然有一二十甲？」

二人沉默。

67 歪腰：過度疲勞，致使腰直不起來。
68 厭氣：形容人怨嘆、不平的情緒。

「日本時代治安一級棒。」楊威轉移話題。

「是保甲制度ファーストクラス[69]。」連日說。

史正說：「治安的確很安定！尤其是處罰非常嚴苛。比如，小偷絕對遭日本警察毒打得生不如死。以後那個村莊如若發生盜竊，那個小偷就會先被抓去派出所痛毆。」

「為什麼？又不一定是他偷的！」姚武訝然。

「他最有嫌疑。」

「這樣就可以打人？」姚武更詫異。

「國民黨更惡劣！」連日辯解。

史正點頭，說：「所以，當然要毀壞象徵威權的老蔣銅像，但是政府在官田區建造八田與一紀念公園，豎立八田與一銅像，不奇怪嗎？」

「有甚麼好奇怪？」連日不爽。

「圳溝是臺灣人掘的，利用圳溝的水灌溉，臺灣人為何需繳納水租？而且，灌溉甘蔗、稻田，臺灣人卻吃不到蔗糖、稻米，會不會太刻薄？所以，講來講去，八田與一和老蔣一樣，都

69 ファーストクラス：一級棒。

是迫害臺灣人。」

「亂講！八田與一是真正關心臺灣人生活。」連日不苟同。

史正微笑，說：「當初臺南州的生產只有臺北州的一半，總督府非常不滿，八田與一才提出挖築嘉南大圳計劃。起初，日本內閣不同意，認定所費不貲。後來日本發生米騷動事件，……」

「米騷動事件？」姚武不懂。

史正說：「日本米糧欠缺，暴動啦！……那時候日本內閣才轉變態度，允准建造。但是，臺灣必須自己募款。」

姚武說：「所以，蓋嘉南大圳，是替日本本土供應米糧？」

姚武嘴裡說，臉色卻不敢置信。突然想起什麼，說：「史正，你不是在寫日本時代的事情嗎？拿出來給大家瞧瞧？」

「我寫的是日據時代發生在嘉南平原的事，有漢人的，也有西拉雅族的，」史正說：「不過，你們只是好奇，不會喜愛啦！」

拗不過勸說，史正到底把紙疊取出。三人開卷了，果真只隨便翻翻而已。

「為甚麼你可以寫得這麼清楚？」姚武質疑。

「我姓史，盧庸是我阿嬤的前夫。」史正淡淡的說。

姚武又翻了幾頁，說：「這幾頁就是寫西拉雅族吧？」

史正點頭，說：「有兩段情節，大抵是西拉雅采風，兼寫他們的悲哀。」

「？」

「說是采風，其實飽含我們漢人惡意侵凌的事蹟。」史正說：「兩個民族接觸時，武力優勢者往往挾帶政治、經濟上的掠奪，視為理所當然。漢人也是如此，自視文化優越，睥睨卑視其他種族。」

「歷史上哪朝哪代不是如此？」

「歷史上皆如此，我們這個世代卻可以選擇不繼續野蠻，至少，也必須反省。」

姚武點點頭，說：「悲哀呢？」

「相較於我們漢人，日本人欺凌原住民的手段更殘酷。二〇一四年初，在新化區挖掘約三千具骨骸，懷疑是噍吧哖事件遭屠殺者。」

姚武說：「對！余清芳事件，耆老偶或還會提起。西來庵本來在臺南市青年路，遭日本警察拆除。所以臺灣諺語講：『余清芳，害死王爺公。王爺公無保庇，害死蘇有志。蘇有志無仁義，害死鄭阿利。』」

史正說：「當初反抗規模極大，因此事後日軍報復性殺戮慘絕人寰。」

楊威插嘴：「嘿，我就是不懂！憑著余清芳三言兩語和幾張靈符，百姓就被說服去對抗日軍槍砲，根本是愚民！」

史正歎口氣，說：「他們不是愚民！」

「怎麼不是？」

史正說：「如果時空可以穿越，你去詢問李武壟、伊娃，詢問辛勤、劉祿，詢問毋甘的兒子，他們想不想反抗？憑著手中破銅爛鐵，也要與日軍拚輸贏，你能體會他們心中的義憤與悲愴嗎？」

楊威沉默。

「寫這些，做甚麼？」良久後，姚武問。

「不做甚麼！只是將阿嬤講的故事、以及同樣令人鼻酸的原住民故事，記錄下來而已。」

「嘿！他想要寫歷史啦！」連日突然出聲諷刺。

史正笑笑，說：「我沒那樣偉大。我只是想，寫歷史是良心事業，必須根據當初的事實，歸納出結論。千萬不可以心中先有結論，再去搜尋足以佐證自己看法的證據，而且刻意忽視意見相反的資料。讀歷史的人也一樣，不可以先心存定見，導致曲解事實。」

「甚麼意思？」姚武不懂。

「伊袂博假博[70]，自命清高啦！」連日嘲諷。

史正平靜的說：「我舉個例子。四零年代後日籍作家西川滿曾發起『糞寫實主義』，高舉皇民精神，唾棄臺籍作家批判現實、書寫生活經驗的小說。為何同樣反映臺灣庶民生活的小說，從日本人角度書寫，就是寶；從臺灣人角度觀察，就是糞？這就是文化霸凌！……」

忽然覺得扯遠了，略停頓，又說：「我的看法很單純。國民黨混帳，咱們姦撟[71]！當年日本人看待我們如畜生，今天我們怎麼去讚揚他們？以今日的利益和立場，不管是個人的，還是政黨的，而去扭曲過往的事實，是知識份子的墮落！今日為了得到日本人支持，就可以說他們過去是誠心誠意統治臺灣？臺灣遭殖民，反而去感謝殖民者，將遭到全世界蔑視。」

「更測底說……」史正又開口：「就算日本人是誠心要統治臺灣，我們為何要讓他們統治？臺灣欠缺能人異士嗎？蔣渭水、賴和不傑出嗎？唉！說來還很教人寒心！臺灣人早就可以出頭天，如果團結的話。都說日本人壓榨臺灣人，可壓榨臺灣人的，都是日本人？當年有多少人以皇民自詡？都說芋仔迫害臺灣人，可迫害臺灣人的，都是芋仔？當年又有多少人甘願擔任抓耙

70 伊袂博假博：他自以為博學。
71 姦撟：罵三字經。

仔？一個童乩[72]，一個桌頭[73]啦。比如，當年警備總部裡面並非全然是芋仔！有一位偵防組組長是臺灣人，美軍炸臺灣，他落跑去大陸，後來隨國民黨來臺灣。日本名虎太郎，他妻子是日本人，叫做千奈美。他父親曾是日據時期的保正，叫火旺。」

「這種文章，沒人看啦！」連日哂笑。

史正笑了笑，說：「沒人看，我也要寫，我必須寫。」

「叮噹！」按門鈴的聲音。

史正叫兒子去開門。

進來兩位警察。

「我們調閱了官田附近的路口監視器，想請史先生跟我們回警局去協助調查。」一位警察說。

「調查？」楊威聽到調查二字，就皺眉。

「八田與一紀念公園的銅像被人噴漆，史先生涉有重嫌。」警察說。

---

72 童乩：乩童。

73 桌頭：協助扶乩的人。一個童乩，一個桌頭：比喻一搭一唱，甚至狼狽為奸。

「啊？」姚武、揚威、連日全大吃一驚。

「你們會採用何種罪名？」史正問。

「要問承辦案件的檢察官。」

「我破壞的不是古蹟。第二次世界大戰後期，日本軍費不足，金屬製品全都熔化了製成武器，八田與一銅像那時候已經破壞了。我噴漆的是新銅像，是毀損公物罪嗎？」

「不清楚。」警察依然搖頭。

「會收押嗎？」史正問，轉頭問三位朋友：「會為我保釋嗎？」

——二〇二二全球華文文學獎歷史小說第二名

月夜猿嚎

0

不是月夜！農曆三月濕冷的風，吹拂過壓滿黃紙的土丘，一培培、一座座，在墳場闃黑的深處，在長久無人祭掃的不知名的壙穴內，在瘺乾碎裂的骷髏中，掠奪出金焰綠心的熒熒鬼火。飄飄鬼火，是不願往生的幽靈在展現生命最後的剩餘價值嗎？是冤死的鬼魂在尋找生命的最後一絲出口嗎？

沒有猿嚎！猿只會在都會區中燈紅酒綠的舞榭歌臺裡引喉疊疊唱出「雪中紅」，重重擺上「雙人枕頭」。在這裡，市郊的九泉之下，只有紛紛的清明細雨過後，潤澤的土丘內一具具已無能張口的靈魂悶聲嗯嗯幽幽的唱著「不了情」。是的！傳唱著不了情，從這個土丘到那個墓穴，從屍骨未寒的新魂到尋不著跳脫輪迴的入口的舊鬼，縱使嚥氣之際是壽終正寢，誰能夠真正割捨得了塵世情緣？

野狗倒是有的！一隻二頭三雙四群，咧著尖牙，撕扯著草叢內一具具屍身。扯裂了，並不食肉啃骨，齊發出憤怒的、不甘心的哀鳴，退後，繞著地面上的殘肢逡巡留連，又去囓咬一口，旋即吐掉，終於放棄的夾著尾巴離去，去墳墓暗黑的深處，另尋露出棺木的骨骸。鬼火更多了！

夜歸的酒鬼從來不怕鬼，左顛右跌走著墳間小路想提早返家安眠。被絆倒了，一看，是一支手臂，揉揉眼再看，是兩支斷腿。酒都嚇醒了！連滾帶爬衝向警局。

1

發現分屍命案了！兇手當然是那群禽獸，不知數目的，到處嚼骨吮髓、吸精飲血的，隨地撒尿以畫定勢力疆域的，野狗。

屍首被拖拉、散佈於墳場四處，已然面目不可分辨。藉由性別器官，勉強可判斷死者是女性。

負責封鎖命案現場的警察在草堆內搜索出一只手機，已沒電了，帶回警局去充電，發現備忘錄裡頭有一則留言：「賈貞約我午夜見面。她恨我入骨，如果我有什麼不幸，兇手一定是她。」不知是因為被擦拭過了，抑或是掉入荒煙蔓草泥堆中的緣故，手機面板上刷不出任何指紋。手機號碼的主人名余月琴。

很快就抓到嫌疑犯了！那位恨死者余月琴入骨的女子，賈貞。

賈貞剛被傳喚時，在偵察室裡，檢察官要求她提出不在場證明。賈貞凝著眼珠子直直盯視檢察官的眼睛，說：「很抱歉！我的確不在場，但無法證明。我是單身獨居女子，一個人舒舒服服在臥房裡睡覺，沒人看見，沒人可證明。」檢察官問：「三天前妳約死者半夜見面，從此她就失去蹤影，妳怎麼解釋？」賈貞平靜的說：「我何必解釋？法醫驗屍，確認死亡時間是三天前深夜嗎？」檢察官沒有回答，他無法回答；法醫根本不能確認死亡時間，因為屍體被淋上化學藥品，連野狗也不敢啃食。檢察官拿出手機，秀出那則留言給賈貞看，說：「那麼，這則留言妳怎麼解釋？」賈貞毫不在意的說：「我不想解釋！它不能夠證明我有行兇的動機，因為我從沒有看過余月琴攜帶這款式的手機。而即使手機當真是她的，又怎樣？你確定恨她的人只有我一個嗎？還有，死人不會說謊，但你確定死人在成為死人之前，不會說謊嗎？單憑這項證據，你就可以定我的罪？」檢察官發覺賈貞個性很倔強、強勢，冷冷的說：「不！染有死者血跡的凶器上有妳的血跡，那可以定妳的罪！」賈貞疑惑的問：「凶器？」檢察官握有把柄似的說：「對！那把解剖刀。你以為墳場人跡罕至，隨隨便便埋一埋就神不知鬼不覺嗎？」賈貞肯定的說：「我沒有埋。……我絕不認罪。」

後來，賈貞寫了一份自白書，用來澄清她的無辜。

2

這是一份自白書，寫於我被囚禁於看守所後第……，不知道是第幾日；日子對我而言已無意義。今晚月圓，發生命案那晚也是月圓。我堅不認罪。

當我被傳喚後，認定是殺人嫌疑犯而遭羈押禁見時，電視媒體立即繪聲繪影的揣測我賈貞、我的男人卓勝仁、及死者余月琴的交往狀況，當然是使用三角戀情、愛恨情仇等字眼來形容。我在看守所裡看著電視，心頭直覺很可笑！記者們都錯了！哪有愛？哪有情呢？電視新聞報導的畫面我永遠記得！記者採訪卓勝仁，問他：「同時和兩位女子交往，並且都發生肉體關係，適當嗎？」卓勝仁想都沒想，反問：「我哪有和他們交往？」卓勝仁的回答很有技巧，因為那包含兩種意思。第一，他根本不認識我們，或者說，他和我們只是單純的學長學妹關係，那不算是交往。第二層意思則比較有深度，牽扯著邏輯概念，那就是，縱使發生肉體關係，在他的認知裡，也不算是交往；也或者是說，他有交往對象，但不是我們，我們之於他，只不過是黯夜顛龍倒鳳的對象而已。

然而我多麼愛他啊！

是深秋季節吧，微寒。假日的午後，靜悄悄的碩士班男生宿舍，我溜進卓勝仁的寢室。擎舉啞鈴、作伏地挺身而汗流浹背的卓勝仁，一看見我，拉著就往浴室跑。我沒有運動沒有渾身汗臭，不必淋浴！我想告訴卓勝仁。他捲起我的套頭罩衫，解脫我牛仔褲的拉鍊，而直至蓮蓬頭傘狀水線嘩啦拉灑落我裸露的身體，我拒絕共浴的言語始終遲疑。第一回在男人眼前赤裸，我覺得緊張、不知所措，但對於即將發生的事，卻又充滿好奇，隱隱有些期待。卓勝仁察覺了我的慌張，瞳孔內瞬息化變萬千神采，是意外、不信，旋即轉為熱烈。「難道是……，我會好好疼妳的。」卓勝仁俯身在我耳畔溫柔的說，把我拉向他壯碩的軀體。宿舍的房門卻在這時匡啷響起。

那是大學時代關於性事最激情的記憶，發生在畢業前夕。大學畢業，我曾去教書、去生化藥廠謀職，歷經渾噩世事迢遞歲月，驀然回首，又毅然決然選擇返回母校碩研所就讀，祇因……祇因卓勝仁已在博研所深造，而我怎麼也無法忘懷他熱呼呼的唇舌溼溼的在我嘴中舔舐，他亮晃晃的眼眸愛慕的在我豐腴的玉體上恣意掃描，那樣令人蕩氣蝕骨的滋味。只是，我怎麼也料想不到，余月琴——卓勝仁的大學同學，一個已結婚的女人——竟然會成為我的同學，喔，不，我的情敵！

十月份第一天，開學已經許久，卓勝仁隨著葉紀則教授突然出現在我們碩一的教室。走進教室，他無視於我的存在，曾經在我容顏在我裸體徘徊逗留的目光，直凝凝毫不轉睛的盯視著因結婚而顯得豐潤、充滿女人味的余月琴。葉紀則教授臉含微笑，說：「這次實驗，可以有兩位。」這自然是挑選實驗計畫的副手的意思。卓勝仁的眼總無躍離余月琴，嘴裡說：「一位已選定碩二班的葉靜蘭，一位是……」明顯的是要挑選余月琴了。我當然不會輕易放棄這個可以和卓勝仁朝夕與處、共同操作實驗、共同……的機會，於是以尖高而媚嗲的語氣說：「哇！會不會是我呢？」我刻意打斷卓勝仁的言語，立刻引來全班異樣的眼光與議論紛紛。卓勝仁轉過頭，看見是我，「喔，是妳！」淡淡的說，看不出是喜是怒。余月琴坐在前排椅座上，此時冷冷的接口：「妳憑什麼覺得比我優秀？」「我比妳年輕。」我也冷冷的回答。卓勝仁見我二人針鋒相對，起先覺得意外，後來感興趣的瞇起眼睛凝視我們。「明天九點，妳們到實驗室實際演練，當作測試，我再決定。」卓勝仁最後說。

我當然不會傻到果真等到明天。打從我考上碩研所，不管是理論課或實驗課，無論是白天或夜晚，我總是故意繞道經過卓勝仁的研究室，期盼閉鎖的門扉開啟，我和他能「不期而遇」。我這般費盡心思製作巧遇的機會，而不願直接了當去找他，是因為女性的矜持！三年前深秋白晝宿舍中共浴後，我與他不曾再相見，他不明所以的刻意迴避，深深傷害了我的自尊。可我多麼想念他啊！自尊敵不過思念的煎熬，所以我回來了；而女性的矜持，現在，在情敵余月琴的眼中，恐怕是可笑的愚騃！於是，我當然不會笨拙的等到明天，伊如青春美麗的蝴蝶在黯夜中鼓翅迎向熒熒燈焰，在暮色籠罩林梢時分，我沐浴更衣、薄施脂粉，笑靨靨走入卓勝仁亮著燈的實驗室。

卓勝仁背對門躺臥在折疊式塑膠躺椅內，不知正專心做啥事，連我敲門、推門、進門的聲音都沒發覺。我躡手躡腳向前，直走至他身後，「嗳！」一惡作劇的在他耳旁吹氣。卓勝仁整個人嚇得跳起來，迅速拉扯白色實驗衣遮掩身體，在白色實驗衣映襯下，他臉龐的赤紅分外明顯。我有些不安，因為他的神情很清楚的顯示著，我撞見了他不為人知的秘密。尤其令我訝異的是，在他殷紅臉容上那雙炯炯如電的雙瞳，那是……是三年前在宿舍內他色淫淫盯視我的裸體時的神采啊！

我立即好奇的轉頭注視原本他所專心注目的方向，卻不禁臉紅心跳起來。約莫兩間半教室大小的實驗室被透明玻璃區隔成三間，坐在正中一間觀察室的卓勝仁原來正非常專注的觀察著左側隔間中的實驗。那是什麼樣的試驗啊！我深吸口氣，馬上調離視線，可隔間中的景象已深深烙印在我的視網膜我的腦海。那是活生生的生化實驗，兩隻通體雪白的猿猴緊緊摟抱，喔，不，是一隻趴伏在另一隻背上，正抽動著雌雄交歡之事，還隱隱傳來亢奮的呻吟聲。母猿似乎已興奮過度且情致麻痺，但公猿依然使力衝刺。就在我閉眼、調開目光之際，依稀瞧見母猿悲哀而求饒的眼色。

卓勝仁慌張的神色已褪，移身至我身旁，抬手將我的臉又轉向猿猴的方向，「雄猿注射了罣固酮，就是人類的威而剛啦！」嘻皮笑臉的解釋說。我羞怯不勝，復低下頭去。卓勝仁挪身面向我，輕抬起我的下巴，咄咄的眼神直望進我的眼海我的魂魄深處，「沒有交男朋友，三年前直至現在？」疑惑的詢問。我點點頭，垂下眼簾，心底萬分冀望他會因為我的癡情而感動不已。誰知卓勝仁臉露質疑，說：「那麼，這個『猿猴交配屬性』的實驗，妳有『能力』勝任麼？」卓勝仁特別強調「能力」二字，那自然是針對我的貞潔而懷疑我參與研究的能力了。這真是弔詭！男權社會中標榜的貞操觀念禁錮了女子婚前去嘗試性經驗的想望，如今竟然成為阻擾我參與研究的障礙！我心中為此荒謬而備感欷噓，口頭卻不肯認輸，「有些能力，未見得有了經驗，就能獲得。至於我……，哼！要獲得這種經驗或能力，還不簡單嗎？」我冷冷的說。可能是察覺我倔強言辭背後的心虛與羞澀罷，卓勝仁陡然趨身緊緊擁抱住我，溫柔的說：「那麼，我來教學妹這種能力吧！」多少午夜畸夢中與卓勝仁纏綿恩愛的情境，在他濕熱的唇舌舔吮我柔膩的雙唇之際，狂濤巨浪般再度湧上我的心頭我的性靈。「嘻！溼溼的。」我側轉過頭，抿著唇說，喉間卻無能遏抑的輕輕呼喊出類似母猿亢奮的音律。

就這樣我提升了「能力」，也獲得參與實驗的機會。實驗室左右兩隔間分別關著雄雌一對白猿和一群黑母猿。實驗的內容非常單純，就是記錄猿猴的性行為：記錄牠們在正常情況下，與非正常情況下——譬如被注射了罣固酮或雌性激素——的性行為。包括季節輪遞、溫度寒暖、光線明暗，乃至於月圓月闕等外在因素下，猿猴是單一配偶屬性抑或是濫交屬性。而性行為的頻率，每一回交懽的時間、以及姿勢，都必須以文字紀錄，並佐以圖畫。雌雄交媾，對任何生物來說，無關乎羞恥，因為羞恥心是專屬於人類道德的範疇；然則對人類而言，去觀察、描繪其他物種交配的場面，便多少有些猥褻了，便必然會導致心猿意馬了。職是之故，每回我當值，一定把實驗室大門鎖得緊緊的。

余月琴就不是如此了。因為我的強迫性行銷，實驗助理的挑選，碩二班的葉靜蘭被淘汰了。余月琴是令人作嘔的女人，為達目的，每天緊蹙蛾眉，裝作一副癡情而孤獨且楚楚動人的模樣。她要惹誰憐惜呀？結了婚的女人，孤什麼獨！而即使果真孤單寂寞，不也活該！卻怎能擺出弱者姿態！說什麼「我將於茫茫人海中尋找靈魂唯一之伴侶」，那根本是狐媚，要勾引男人的！難怪每回她值班，實驗室總是門户洞開，根本是請君入甕嘛！

所以，當我「無意間」發現卓勝仁在午夜時分走入已無人聲的理學院大樓，發現他走入實驗室並隨手闔上門窗，我不覺意外，也不覺憤怒。男人的慾望猶如街上的公車，是流動的、衝動的、發洩式的、沒有選擇的，一經誘惑，即如飛蛾撲火。更何況，我的處女，我的漸通人事，形塑了他大男人的成就感，比起必須與一紙結婚證書共享余月琴，他當然衷心願意與我海約山盟。

所以，余月琴當然不是我殺的，至於在屍體上傾倒王水毀屍滅跡，倒的確是我的主意。在情愛及性慾的角逐場上，余月琴不過是可笑的敗戰者，我悲憐她；而為了可以偶而用鄙夷的眼色嘲諷她，藉由她的挫敗來滿足我勝利的快感，我更沒有必要殺她。人，真的是卓勝仁殺的，我承認協助他將已被王水蝕餘的余月琴置入特大黑垃圾袋中，棄捐於墳場，但我真的沒有殺人。墳場內的手機與解剖刀一定是卓勝仁與我一齊棄屍後，他刻意返回墳場丟棄的。卓勝仁應該是畏懼東窗事發，難逃法網，所以未雨綢繆，想栽贓在我身上！我不怪他，殺死一個人難免讓人心慌，想推卸罪責！人，真的真的是卓勝仁殺的！我愛他至深，不可能也沒必要嫁禍給他。他為了我與余月琴談判，失手殺死她，我覺得驕傲，更覺得窩心。我知道說出真相，將置卓勝仁於死地，但我絕不會獨活。我們是同命鴛鴦，我要讓世人明瞭我們愛情的偉大。

3

在同一偵察室裡，後來，檢察官以證人身份訊問卓勝仁。檢察官問：「命案當晚，你可以證明賈貞不在場嗎？她說她在臥房裡舒舒服服的睡覺！」卓勝仁回答：「不能。」檢察官問：「你們不是同居嗎？」卓勝仁答：「我們經常在一起。」檢察官問：「那麼，你承認引誘賈貞，進而經常在一起嗎？」卓勝仁一派輕鬆的答：「蜜蜂與花朵，究竟是蜜蜂拈花惹草呢？還是花朵招蜂引蝶呢？」檢察官說：「你倒是推得一乾二淨。可是，賈貞陳述，她為了供應你生活費用而去酒店兼差，是真的嗎？」卓勝仁冷哼，說：「我是大學講師，薪資不菲。而且，我每日忙於實驗，生活規律，消費額有限，哪需要向她伸手！她是……貪婪的猿，慾求不滿，甘心人盡可夫，與我何干？」檢察官問：「你很不滿？」卓勝仁說：「當然。」檢察官笑笑說：「她又不是你的妻子！……」

檢察官示意法警拿一篇文字給卓勝仁，說：「那是賈貞的自白，你看一看。」卓勝仁不十分感興趣，隨意翻了翻。檢察官苦笑的酸酸的說：「老實講，我實在很佩服你們年輕人！你們怎麼會想出使用王水來毀屍滅跡的？」卓勝仁臉容瞬間大變，嚴肅的說：「你在套我的話嗎？我可不是共犯。」檢察官有些尷尬的說：「哦，不是！我是不瞭解王水是什麼東西。」卓勝仁有些不信，慢慢的說：「調配王水很容易，學過大一基礎化學的人，都會。」指了指賈貞的自白書，又說：「賈貞的話很動聽，能夠說得太陽從西邊升上來，但十之八九都是謊言。」檢察官不置是否，說：「手機呢？賈貞說沒有見過死者攜帶過那款式的手機。」卓勝仁說：「手機當然是余月琴的，那是去年她生日時我送給她的。我們彼此聯絡，就使用這個號碼。」檢察官笑了起來，諷刺的說：「愛的專線？你們還真是甜蜜咧！那麼……賈貞也有嗎？」卓勝仁說：「她剛過完生日。」檢察官說：「所以，賈貞一定能猜出余月琴這支在公眾面前很少使用的手機的來源與用途？」卓勝仁說：「對！所以她說謊，想誤導你的辦案方向。」檢察官還是半信半疑，說：「有個問題我很困惑。手機既然是你和余月琴的秘密專線，她在生命遭受威脅的時候，為何不撥電話或傳簡訊向你求救，而選擇只是在備忘錄中留言？」卓勝仁淡淡的說：「這個問題你應該去問余月琴。」那是什麼意思？是不知情？或者避重就輕？檢察官一邊揣度著，一邊說：「另外，余月琴如果隨身攜帶手機，那麼她的屍體被王水侵蝕時，手機怎麼可能完好無缺？」卓勝仁依然語氣平靜，甚至唇邊還帶著淡淡的微笑，說：「嘿，這個問題你應該去問賈貞。」

檢察官見卓勝仁又四兩撥千斤，有些不滿，也有些無奈，語鋒一轉，說：「那麼，談一談你和余月琴的關係。」「……」卓勝仁陡然閉口不語。檢察官說：「三年前你在宿舍中誘惑賈貞不成，從此沒有與她聯絡，是因為余月琴的關係嗎？」卓勝仁沉思了會兒，說：「不是！」檢察官說：「那麼，是什麼原因？」卓勝仁露出驕傲的神情，沒有回答。檢察官訝異起來，說：「你還有別的女人？」卓勝仁聳聳肩膀，算是默認了。檢察官好奇的問：「誰？」卓勝仁神秘的笑著說：「這和案情有關係嗎？」檢察官說：「倒是沒有。……」轉頭示意法警從卷宗夾中取出一疊亮光紙遞給卓勝仁。檢察官說：「那些照片是驗屍報告，從實驗室地板遭王水腐蝕的痕跡，到屍骨被墳場內的禽獸——野狗，啃咬後四散的景況。面對死者，為了讓她得以瞑目，你要說實話。」卓勝仁依然沈默不語。檢察官以嚴肅的口吻說：「余月琴已經命喪黃泉。你所提供的任何證詞，都有助於幫我們釐清案情，你也不希望余月琴慘死的鬼魂因為積怨未消，割捨不了塵世情緣，而無法投胎轉世吧。」

「……」卓勝仁還是緊閉嘴巴，但目光有意無意的在驗屍照片上溜來飄去，許久以後，才嘆了口氣，緩緩說：

「相較於賈貞和余月琴，我一向都說實話。可是有什麼用呢？實話有時更傷害人，而死者已矣，死者為大。……

就如大眾所臆測，我與余月琴有婚外情，那不是一夜情、二夜情而已。我們是大學同學，我很瞭解她。她總覺得寂寞難耐，急著找人陪伴，因此畢業後全班第一個結婚的是她，最有問題的也是她。去年春天她來研究室找我，說要報考母校碩研所，問她原因，她說：『因為你在這裡啊。』那日春寒料峭，可她身穿削肩棉質薄上衣、窄短絲裙，曲線玲瓏畢露。這是什麼話，什麼打扮嘛！結了婚的女人還可以肆無忌憚四處勾搭人嗎？我心裡想。然後她說及她的婚姻，一再強調溫馨、幸福，然而說著說著，卻又容顏慘澹、眼露哀淒。身材曼妙、體態撩人的女人訴說婚姻幸福的同時卻若感遺憾、似有弦外之音，最好的解釋自然是，他們夫妻『相敬如賓』，而丈夫『無能』。既然如此，我當然屬意她來擔任我『猿猴交配屬性』的實驗助理了。」

檢察官不懂，問：「什麼意思？」卓勝仁理所當然似的說：「滿足她的慾望和幻想啊！」

檢察官並不苟同，笑笑說：「是滿足你自己的吧！」卓勝仁也笑了，有些理直氣壯，又有些調侃意味的說：「有分別麼？反正是一個願打，一個願挨。」檢察官聽得又皺起眉頭，說：「你也不愛她？」卓勝仁嗤之以鼻，說：「拜託！……捻熄了燈，我可只想念她的一部份而已！」『託』字還故意拉得好長。檢察官有些不滿他淫狎的口吻，質問：「你介入別人家庭，好像毫不在意？」卓勝仁又笑了，說：「在『猿猴交配屬性』實驗中，把白公猿放進關著許多隻黑母猿的隔間中，只要黑母猿發情，縱然白母猿在另一隔間中瞠目怒視、暴跳如雷，白公猿依然我行我素，和黑母猿盡性交歡。……」檢察官疑惑的問：「白母猿也會捻酸潑醋嗎？」卓勝仁說：「當然！因為她認為白公猿是屬於自己獨享的。」檢察官會意的說：「但是，很顯然的，白公猿則認為他的勢力疆域遍及所有的母猿！」卓勝仁肯定似的說：「嘿！你說對了！」檢察官看卓勝仁一副揚揚得意的模樣，隱隱覺得不妥，說：「你……拿猿猴比自己麼？」卓勝仁癟癟嘴，說：「很多人都這樣呀！你去華西街夜市，去中山北路，任一處夜店、每一個風月場所，裡頭滿滿的都是嘴裡唱著『雪中紅』，下腹充滿性趣的人。他們比猿猴更像猿猴！……」卓勝仁略停頓，接著說：「更何況，人類自認比同屬靈長目的猿猴進化、高等，本來就是人類的無知與虛妄。如果要勉強說人類比猿猴高等，那大概是，……猿嗥於月圓之夜，而對於人類而言，夜夜皆可月圓。」

髣彿自己被說成與猿猴相近，離禽獸不遠，檢察官很覺不爽。藉由卓勝仁的證詞，他約莫可以勾勒出賈貞爭風吃醋、憤而殺人的輪廓。殺人是要償命的，然而搞三捻四惹得兩個女人一死一償命的男主角，卻絲毫沒有悔意、歉意，依然活得消遙快活，甚至心安理得。這是什麼禽獸世界？檢察官很覺恚怒，但也莫可奈何。他怒極反笑，自然是笑得有些勉強，丟下卓勝仁，顧自走出偵察室。

4

法庭上，法官詢問命案關係人——余月琴的丈夫——，請他發表對於賈貞自白書和卓勝仁證詞的看法。丈夫看得非常仔細，回答卻很簡短，他說：「我從來沒必要吃威而剛。」

由於早先的合議庭中，賈貞的律師以罪犯心理衛生異常作辯護，法官於是事先邀請專家評估賈貞的心理狀況，並請他今日出庭作證。專家名甄嘯晴，是心理諮商師，是卓勝仁任職的大學的輔導處主任，文質彬彬，很有書卷氣。他冷靜而客觀的分析說：「首先，針對證人卓勝仁在偵訊時所闡述『人類不比猿猴高等』的見解，我必須嚴厲的駁斥。在場各位除卓勝仁外，有誰自認和猿猴同等呢？人性畢竟是高於獸性的。……」法庭上人人皆點頭。甄嘯晴卻笑了，說：「嘿！各位可不要急著點頭，其實我要說的是——人類雖然高等於禽獸，但人性中也有獸性存在，那就是生理需求；而人與獸的不同，在於面對生理需求時的處理模式：人是理性的動物，運用內在理智控制外在行為，而禽獸衹有慾性，憑恃獸性與蠻力宰制其他個體。……」法官嗯一聲，打岔說：「甄教授，請講重點。」甄嘯晴微微一笑，說：「重點是，佘月琴、賈貞二人都曾找我個別諮商過，我必須坦承我的失敗。順服於理智，是人；屈從於慾望與蠻力，是禽獸。」法官問：「所以？……」甄嘯晴說：「所以不管有無殺人，他們三人在性格上都是禽獸。」法官眼含笑意，戲謔似的說：「意思是他們三人皆須被判刑？」沒想到甄嘯晴真的義正辭嚴說：「當然。」法官皺起眉頭，說：「這可於法不符了，佘月琴已死，賈貞也許會被定罪，但卓勝仁是證人哩！」甄嘯晴臉容一肅，顯出學者的優越感，說：「對不起，那是你的問題。」

法官被甄嘯晴搶白得好像法律及社會規範都是性無能似的，臉訕訕然。雖然他明白在民事上卓勝仁是有罪的，但通姦是告訴乃論罪，佘月琴的丈夫未提出妨害家庭告訴，他雖身為法官，也拿卓勝仁莫可奈何。更何況，他明白，對大多數法庭上的被告甚至原告、證人等人來說，罪刑的嚇阻力與偷偷犯刑時的刺激相比，後者或許還來得有吸引力。

法庭內這時響起手機的鈴聲，法官本已繃著臉，一聽正想發飆。接完電話，站在賈貞身旁的辯護律師已舉手，說：「對不起，庭上，辯方有新人證。」

那是整個實驗計畫的策劃者葉紀則教授。葉教授走進法庭，從拖式超大旅用皮箱內挑選出數卷錄影帶，對法官說：「這是關鍵的幾卷，整個實驗室原本就裝設有針孔攝影機。」「什麼？……」賈貞和卓勝仁齊聲喊，臉都綠了。

法庭當場搬來影音系統開始播放。一播放，就按暫停，清場。影帶畫面真是火辣辣！猿猴實驗的真實呈現——公母兩白猿的、白公猿和眾多黑母猿的、甚至是黑母猿之間的，分分秒秒都使人渾身燥燙。而屬於實驗操作者的情況，由於取攝角度適當，也是完整呈現，也是辣火火——有賈貞與卓勝仁的、余月琴與卓勝仁的，竟也有余月琴與她的丈夫的，還有……

可能還有誰？法庭上眾人卻不可能知道了。法官看得臉紅通通的，嚥了嚥口水，制止說：「葉教授，可不可以只播放命案當晚那卷？」葉教授點點頭，卻理所當然似的用平靜的口吻解釋說：「欲知結果，當然先看原因啊！」他一邊瞇著眼很感興味的觀察著法庭上所有人，一邊慢條斯理的更換影帶。

新影帶的畫面是——余月琴前頸動脈被割裂，死攤在椅座內，血流滿地；賈貞左手食指纏繞繃帶，站著怒視屍體。卓勝仁這時走進畫面，滿臉驚慌，說：「妳？……」賈貞看著被棄置於地面的解剖刀，說：「我？……不是我！我不會笨到使用昨天割傷我左手指的刀、一把已沾有我血跡的刀，去殺人。……阿仁，這裏沒有其他人，你不必故作驚慌，我可以幫你，用王水……。」兩人於是各懷鬼胎，一起毀屍、裝袋、拖走殘骸。……

法官問：「就這樣？」就在問話之際，畫面中出現了余月琴的丈夫。他走進實驗室，東瞧西看，行色鬼祟，乍然現出，倏然消失。不久，由畫面另一角落走入一女子，行動和余月琴的丈夫類似。賈貞再度訝然，她認出那女子是被淘汰的葉靜蘭。不久，又有人出現了，也做著相同的舉措。那是……，法庭上所有人一致轉頭注視心理輔導專家甄嘯晴。……

法官不耐煩了，皺著眉頭朝葉教授說：「三更半夜這麼多人去實驗室做什麼？都是什麼時間點去的？葉教授，播前一捲啊！有兇手殺人的畫面。」葉紀則教授尷尬的吞吞吐吐說：「攝影機……，電池剛好沒電。」眾人情緒早被撩撥得很高亢，一聽馬上群情譁然，旁聽席內不禁有人開罵：「笨！」葉教授臉色立刻翻為冷峻，很有自信的說：「誰說笨！我敢說，這次的實驗是完全成功了！」

——二〇〇七年南瀛文學獎、優等

醃漬

哈！哈哈……

你躺在冷房內。冷房很冷，銀光直刺瞳孔，你沒有感覺。不！是還有感覺，因為你的耳膜嗡嗡響，盡是笑聲，曾尚賢的笑聲，狂笑、竊笑、抿在嘴邊的。你也笑了起來，可實在想不出有什麼事值得笑，然而正因為想不出來，所以笑得很直接，很讓曾尚賢心底發毛。曾尚賢瞋目，一個箭步搶身向前，仆刀架上你的咽喉，冷冽說：「嘿！江湖上最後能夠笑的人……」

冷颼颼的手術房內，護士小姐手持一件薄毯蓋住你的胸膛，隨口問：「笑什麼？」你愣了一下，說：「我哪有笑？喔，我在模仿令狐沖啦！嗯……」護士小姐淺笑，安慰似的說：「胡說什麼！……不用緊張，這是小手術。」

這怎會是小手術！你想起在門診時曾詢問醫生這是怎樣的手術，醫生說健保不給付。你不放心的問，手術時間需要多久？醫生以肯定的口吻說，手術當天你太太一定要陪你來。「如此慎重其事，怎會是小手術？」手術臺上的你百思不得其解。

這讓你想起陪妻子生產兒子國民的經過。半夜三點多，只有輕微的陣痛，羊水卻破了，你拎起早已準備妥當的待產袋，外加金庸的笑傲江湖，開車送妻至醫院。握著病床上妻溫暖的手，問：「還好嗎？」妻說：「不痛。」可是懸掛在床頭測量疼痛的儀器的指數一直翻新高。護士過來替妻刮恥毛，說：「窒口全沒開。」你問：「什麼意思？」護士說：「意思是……」膽小的妻突然接口：「不痛！」於是護士走開了。你拿出笑傲江湖，妻嗯了一聲；你看見令狐沖了，妻又嗯了一聲。你緊張了，請來護士，護士看了看，說：「產口才開一指。起來走動走動吧！能夠助產。」走走，你扶著妻，不能看笑傲江湖了，黎明的晨曦溫吞的灑上窗臺。走一走，妻自己扶著待產房壁側的鐵桿巔危危的走，你陪著，不傲也不笑了，午時豔烈的陽光，……咦？已經午時了嗎？有陽光麼？你只感覺到妻手掌的冰冷。走……走，走不動了，妻躺在床上，測量疼動指數的儀器也痛到了頂峰而走不動了，護士則司空見慣說：「嚄—，你兒子很皮哦！」妻咬牙說：「打催生針吧。」

催生的結果是午夜時分的一紙手術同意書，醫生說：「放心！這是小手術。」你當然不能不簽，祇是回想膽小怕開刀的妻一日夜忍痛所受的折騰，尤其是打了催生針後子宮一陣緊似一陣，猶如盤古揮大斧硬生生要斲裂天地般的絞疼，就恨不得仿效令狐沖那記平沙落雁式蹶得醫生屁股朝天。你當然不敢蹶醫生屁股，你哈腰陪笑，說：「是我兒子不懂事，請醫生多幫忙。」喔，不！那日你沒講「兒子不懂事」這一句，那是後來兒子就學後你時常講的。那天你祇是想，等一下兒子生出來了，一定要狠狠抽他屁股。而你當然也沒有抽打兒子屁股，凌晨四點第一次餵奶，你左手抱著兒子軟軟的紅紅的醜醜的軀體，右手握著暖暖的奶瓶，溫柔的對兒子說：「寶寶乖，慢慢喝哦。媽媽剛動完手術，麻藥還沒退，怕冷，爸爸餵你喝奶奶。來！乖！慢慢喝。」

那夜是二零零零年五月二十，正是臺灣經由民主程序正式政黨輪替，新總統就職的日子。你俯首注視懷裡的紅孩兒，彷彿看見了光明的未來，於是妻難產的煎熬、手術的苦痛，皆理所當然成為必須承受的苦難，也就被拋到九霄雲外了。

•

由上而下掩覆你胸膛的薄毯在腰間反摺，你顫了一下。護士小姐問：「冷麼？」你說：「腳。」護士小姐拿另一件薄毯蓋住你腳板上，毯緣切齊膝蓋。你的男人露餡兒了，涼颼颼。

露餡兒是羞愧的事，因此人們通常把袴內的餡兒塞得很私密。在手術臺上被迫露餡兒的你不禁想：「那一天，如果我趨身由身後抱住葛清骨感的玉體，我們會不會都露餡兒呢？」

那一天，遠在尚未婚姻的某一天，你自花都返國，帶著過境機場時買來的道地牙買加咖啡豆，逕直奔赴葛清的家。咖啡豆在客廳吧臺上磨豆機內滋滋輾磨著，散發出苦苦的迷人香。你遞給葛清一只小瓶，葛清看了，睨著眼注視你，說：「名喚誘惑的香水哩，可我沒男人可誘惑啊。」你聳聳肩，說：「可以去誘惑女人啊！香榭大道上女人摟著女人腰肢的，一大票呢。」葛清說：「我就說吧，巴黎是浪漫之都！怎樣，有沒有艷遇啊？」你笑笑，說：「豔遇倒沒有，眼睛則喫了許多冰淇淋。有一回在露天餐館用膳，吃著吃著，忽然傳來咿咿哦哦的聲音。我轉頭。一對情侶先是十指交握，繼之身體交纏，不一會兒竟當著我的面吮唇吸舌激吻起來。許是發覺我目瞪口獃吧，女子還大方的對我眨眼呢。」葛清聽了，吐舌潤澤了紅唇，微笑著。你接著說：「所以啊，像妳，最適合去巴黎。」葛清說：「為什麼？」你說：「因為……」尷尬起來，無端覺得臉熱，不語。葛清擺了個pose，燦爛的笑了，說：「因為我秀麗嫵媚、韻致動人，最適合花都的浪漫風情，是不？你是不是要這麼說？」你淡淡的笑著默認了。研磨機的聲響停了，葛清挪身去煮咖啡，注入瓷杯中，纖纖的素手輕輕的淋上牛乳，一杯香濃義大利拿鐵就完成了，轉著圈兒的白乳泡浮啊浮啊浪蕩在深棕色咖啡表面。葛清說：「走！上二樓。我帶你去看書房的裝潢。」你們各自端著細磁杯上樓。書房內書櫃三面壁立，正中一床席夢思，床側一座化妝臺，臺上擱著一支觽鏤著雲朵花紋的玲瓏篦梳，梳上殘留著幾絲清晨梳落的斷髮。你隱約嗅聞到葛清秀髮淡淡的香氣，不知是來自篦梳，還是因為她靠近你的緣故。葛清得意的介紹：「瞧！北面牆櫃放著羅密歐與茱麗葉之類的小說和漫畫，通統是迷人的愛情故事；西面牆櫃放著麥迪遜之橋之類的DVD和電影海報，全都是珍藏版；南面則是童書。你拉開置放DVD那面書櫃，微側頭注視葛清，讚賞說：「設計很別出心裁！櫥櫃可左右拉動，還區隔成前後兩層，空間好寬敞呀！可是，妳老公的書呢？」葛清眼中飛快閃過一絲異樣，立即開玩笑的語氣說：「我老公被放逐了。」你胸中剎時翻湧起一股被需要的感覺，且旋即轉化成濃濃的熱情，卻只是伸手撫順葛清垂落肩頭的長髮，溫柔的說：「梳牙兒上斷髮不少，妳忘記護髮了嗎？」

第一回讓你強烈感覺葛清與寂寞銜結的，不是那天她落寞的眼神，而是後來薄被下的腳。葛清，一陣襲人鼻翼可人的清風，丰姿綽約，娉娉婷婷穿梭往復，撩動辦公室內每一位男士的神經。卻小產了！由娘家媽媽單獨看護著。你知道她急著要懷孕，她曾說：「如果不是為了懷小孩，沒必要結婚。」所以她很在意肚皮內的孩子。她曾說，她什麼都對你說，歎息的說：「你很有同理心，是很貼心的傾訴對象，不像曾尚賢。」因為她說你不似曾尚賢，你就同意了。曾尚賢與你在同一所學校任職，嘴甜如蜜，善於挑逗辦公室內寂寞的甚至是不寂寞的女同事的芳心。然則嘴甜比不上貼心、花心比不得知心，所以葛清對你說：「你不像他……」你自然就沾沾自喜以葛清唯一的心靈知己自許。然後是那一夜，葛清小產了，你是第一個奔赴醫院的同事。病房暈白而暗淡的日光燈輝裡，麻醉未褪的臉龐猶緊閉雙眼。薄毯太短了，遮掩不住失去血色的足。冷氣房極度冰寒，裸露的足部肌膚因毛孔攏縮而彷如雞皮，膚肉糙粗皸裂毫無光澤。你赫然想起一則心理奇譚——女人的足象徵的是她最深度的女人。——於是你心中遽然下了個驚天動地的決定。

那是隸屬於黑暗世界的決定，卻非常羅曼蒂克。你懷著興奮的意緒，在週日夜晚，在手電筒螢螢光線中，將三朵玫瑰插落葛清辦公桌上玻璃杯內。每一回你在杯中注入水液，綠色的莖枝顯得潤澤，看著鮮紅含苞的花朵，你感情的生命、性靈的溫度，瞬間都達臻飽滿。你沒留隻字片語，因為，關於葛清玉體的妖嬈、氣韻的丰采，關於她的遇人不淑、流產，玫瑰花，三朵，已默默做了最直捷的表白。你告訴自己：「是的！默默！誰說愛一個人要讓她知曉呢？我要當一位緘默的仰慕者，在她生命遭受困蹇時，給予支持與陪伴；而在她像玫瑰一般展露風華、受人注目的時刻，默默的看著她歡笑。」你期許自己像閃過天際的流星，以燃燒自我來炫亮玫瑰的豔冶，那是一種自我完成。你更明白，同屬於美麗境界的流星與玫瑰花，一在天空一在地際，是兩條永不相交的平行線。所以，在日日月月送花的夜晚，縱使偶或滋生衝破葛清不幸婚姻藩籬的蠢蠢欲動，你終究選擇壓抑。

葛清看見了玫瑰，一次是意外二次是驚奇三次是揣測四次……卻通統免不了困惑。辦公室戀情，即使只是一位隱形的仰慕者，對已婚婦女來說，都是甜蜜的負荷。她多少會感到雀躍與欣喜吧，然而面對同事的議論紛紛，嗅聞再多的玫瑰花香也醞釀不出甜滋滋的蜜意！你當然早估量過這種情況，你的如意算盤撥的關鍵指法是，只要仰慕者始終不現形，所有的蜚短流長都將如曇花一現。葛清曾在桌面上留紙條試圖探問，你無言。曾有同事問你：「是你送的花吧？你和葛清情誼匪淺。」你故作震驚，說：「為何是我？葛清很有男人緣啊！」甚至有一次葛清逕直問你：「是你嗎？」你微笑著反問：「妳希望是我嗎？」生命際遇是上帝手中的輪盤，人們永遠不知道自己被停置在哪一格，會遇上什麼人，那個人究竟是生命中的唯一，抑或只是達達馬蹄聲中美麗的過客。當人們問：「是你嗎？」問得很理所當然，也渴望獲得答案，但是被問的人往往答得很心虛，因為他也不知道答案。而人們一問再問，久了，嘴疲了，心也倦了，望著轉動不已的輪盤，終將遲疑的不敢再丟下手中的骰子。——就這樣，葛清不再詢問：「是你嗎？」祇是從精品店買來晶鑽般可折射光芒的花瓶供養著你夜復一夜衷誠奉獻的三朵抽象的美麗。

•

慌——，手術房厚重的門被推開又闔上，打斷了你的思緒。走進一位年輕的護士。原本的護士看見她，淡淡的問：「決定調來手術房啦？」年輕護士答：「對啊，原本不喜歡血的味道，但我爸說，當護士是勝造七級浮屠的善事。……陳姐，手術器械我擺得可對？」資深護士說：

「妳的決定很正確！放心！我會幫妳。……器械妳排得很好。不過，商醫師習慣用12 B號刀，他說11號刀沒彎度、12號刃面內彎，都容易造成不必要的出血。待會兒他下刀後，妳要用棉球隨時吸乾血沫……」你躺在手術臺上，聽見一連串手術刀鏗鏗鏘鏘的碰撞聲，聽見關於刀鋒與鮮血等字眼，竟沒有感覺，然後對自己一直沒有感覺，感覺不可思議。

可那一回出入風月場所，你的感覺卻很強烈。「第一回吧！人生中許多第一次，雖不盡然叫人愉悅，卻總是很難抹除記憶。」你如此解讀，更加娓娓想起那晚的放浪。一開始是葛清為你舉辦的生日宴會，也邀請了曾尚賢，曾尚賢則帶來了小弟吳正道。酒足飯飽，曾尚賢突然拍你肩膀，神秘兮兮說：「生日宴結束了，葛清回去了，你沒有後顧之憂啦！」你皺眉，正要不假辭色告誡他不可壞葛清名節，吳正道已涎著臉說：「續攤啦！慶功啦！曾老大喜歡唱歌，我喜歡粉味。」粉味當然是滿臉粉味，粉的厚度恰與年齡成正比，不過一律有著世故、圓滑，如同囚犯的說話口吻。一聽見這種口吻，你就心中打鼓。「古代男子廿歲行冠禮，父親會告誡他成為男子漢的道理，現代宅男如我三十而立方知燈紅酒綠，誰來教教我與粉味牽手的道理？」你想。吳正道說：「你秀逗喔，哪需要教？」喔，不，他沒說，只是看在眼裡，笑在心裡。吳正道心裡笑，雙手笑得更恣意，摟著眼神滿佈幼齒，身體卻不幼齒的囚犯一號，問：「我相好的今天沒來呀？」囚犯一號點頭。曾尚賢已在轟天雷似的唱雪中紅，唱三句，轉頭對你說：「我這小弟很色，他婚姻不『性』福。」吳正道嘻嘻笑對你說：「對呀！可是我對你們可真好，像你，沒結婚，你身旁的公主該凸的凸，該凹的凹……」又凸又凹的當然不是公主，是伴唱小姐，是囚犯二號，觀察著一直不知如何牽她的手的你，唆唆嘴哂笑哂笑，持杯向你敬酒呀一直敬酒。你回答曾尚賢：「吳正道是學習他的處室主任吧。」曾尚賢猶未回答，吳正道已勃然說：「我哪會學那禽獸？」你訝異起來：「教務處魏主任沒有禮遇你嗎？」吳正道又摸了囚犯一號一把，說：「在他底下幹組長真是孬！他自己沒能力，卻怪罪我功高震主。所以今天一定要慶功。曾老大新任總務主任，你擔任學務處組長，我們聯手ＫＯ他。」剛好唱完歌的曾尚賢接口：「魏主任那個爛人，只會抱教育部長官的ＬＰ。」陪伴他唱歌的囚犯三號哇然：「喔—，曾主任講髒話！」曾尚賢說：「好，不講，唱歌！妳陪我唱雙人枕頭。」擁囚犯二號的頭靠上自己的肩膀。吳正道憤憤說：「哼！爛人才可以當校長呀！現在兼職主任七年，就可以參加校長遴選。」你聽了，笑笑，不語。囚犯二號突然對你撒起嬌來，說：「你不是喝酒，就是笑，人家不依啦！」你正不知如何消受，曾尚賢指著你說：「甄嘯晴什麼都不要，只想要教書啦！」三位囚犯哄笑，齊聲說：「太監才什麼都不要哩！」囚犯二號雙臂圈住你的脖子，嗲聲說：「你喜歡教書呀？我是好學生呢，先教教人家嘛。」她的玲瓏有緻左扭右貼搓摩著你，都要露餡了。

宴會隔日你請病假了，宿醉使你頭疼欲裂。纏綿床榻，不免追憶昨夜情境，揣想：「露餡兒究竟是不是好事呢？」卻百思不得其解，因為你軀體的記憶依稀殘留有囚犯二號誘人的餘溫。「嘿，不是囚犯二號啦。那是你道德意識作祟產生了優越感而對她的貶斥！而且，當肉體露了餡，道德也露餡了，那時候，究竟她是囚犯呢還是你是囚犯呢？」你自言自語。

流產後的葛清就絕對不會是囚犯了，原本骨感的身材似乎增潤了豐腴，顯得婀娜多姿，如今你每次看見她，都能感受到她愉悅的心情。女人需要愛情的滋潤！你如斯告訴自己，並推斷那是三朵玫瑰花的功勞，遂深自慶幸當初執行了那個隸屬於黑暗世界的決定。你曾開她玩笑：「最近皮膚很光潤哦！」葛清嫵媚的凝視你，說：「我換了個好老公。」那當然是含蓄的讚揚你的意思！於是，為著這句讚揚，你上班時間總是假借公事去纏著她。葛清心思細膩，口才便給、交際手腕高，大學時代是系學會的會長，很適任教育行政工作，但她說：「大學時代是玩兒，而且會辦活動不等於會辦教育！你有熱情和理想，最適合訓導工作。」你淡然說：「不！我喜歡教書。」她說：「甚麼話？既然擔任了組長，就要把握機運往上爬啊。燕雀之志怎能讓你鴻飛戾天？」你轉移話題，說：「說起行政能力，曾尚賢主任真是箇中能手。」葛清說：「是麼？」你點頭說：「是！而且他很努力，每天都在二樓辦公室工作到很晚。為了避免別人干擾，他總是把一二樓間的樓梯電捲門先鎖起來。」葛清說：「我知道。」你笑了，說：「妳怎麼會知道？妳也在樓上呀？」葛清嚇一跳，囁嚅說：「怎麼可能！我是說，曾主任總是用心策劃每一件事情啊，這個大家都知道。」你說：「所以囉，站在朋友的立場，妳也幫幫他。」

你的確很佩服曾尚賢，他當真是傑出的行政人才。甫上任總務主任，他為每位教師購置一把人體工學座椅、發一套文具；全校弟子三千，新購冷熱開飲機十部，教師優先，辦公室擺五部。全體教師一致鼓掌。被鼓掌的總務主任當然意氣風發，當然會陞遷為教務主任。被撤換掉的教務主任魏躍嘉內心咬牙切齒，嘴裡則讚揚：「曾主任是眾望所歸。」也就時常內心皺眉的、眉頭開心的，與曾尚賢在走廊欄杆邊吸菸。

眾望所歸的曾尚賢主任當然要改革，改革的第一要務是，因應十年教改後必修節數減少，因此關係到公民教育的班會自然要退讓了，挪至清晨七點實施。第二要務是，校長才在心裡想要提高升學率，他就知道主張縮減社團活動了。職掌班會和社團活動的學務主任當然不高興了，可是不講話，所以擔任組長的你委婉的抗議：「曾教務主任還用心籌畫我們學務處的業務，會不會太辛苦？」曾尚賢正義凜然說：「我一向勇於任事！不過，嘿，你如果不滿，可以直說。」於是你就直說了：「教育，必須教導學生成為完全的人……」受過正統師範教育的曾尚賢立即打斷：「那是理想！但理想無法實現，就等於屁話。」長年處理教務工作的魏躍嘉幫腔：「教務處本來就必須回應家長的需求。」你不以為然反駁：「家長只關心兒女能不能考上……，譬如說法律系，至於當律師是替罪犯脫罪而賺大錢，或是維繫社會正義，他們並不在意。教育者如果一味屈從家長的意見，而沒有站在專業的置高點去考量教育的內涵，去教導學生除了謀生技能以外的，包括思想的開拓、心靈的感受、特別是道德的培養，那是教育者的墮落，是媚俗。」曾尚賢聽得臉色一峻，嘴角冷笑，說：「高調唱得很動聽，可惜我十年前就已唱過，還需要你現在拿來說嘴嗎？學生替你取了個聖人的綽號，你就當真認為自己是聖人嗎？學生是譏諷你是剩餘的人啦！」你辯解：「我沒有認為自己是聖人。」曾尚賢說：「你有。」你說：「沒有。」於是會議剩餘的時間就在有、沒有的爭論中草草結束了。

從此同仁看見你都眼中含笑尊稱你是聖人，至於理想等於屁話的認知由於大家認為貼近事實所以曾尚賢繼續風風光光擔任教務主任，並且把老師的課表排成半天有課半天沒課可以去洗髮染髮燙髮，喔，不，那是美麗的女老師或者是對他唯唯諾諾的眾多吳正道小弟，才能享有的優先排課權。你和曾尚賢都有些改變。在公眾場合，你逐漸閉嘴，既然被稱作是聖人了，哪裡可以苟其言笑呢？曾尚賢則是在遇見你時不苟言笑，因為他覺得用心提出的構想遭受質疑，是莫大的恥辱，深深傷害了他的自尊。人生最大的悲哀莫過於從小懷抱的熱誠與理想被訾嗔為屁話時，還必須因為堅持而道歉。你絕不道歉，也就絕對有滿腹的心酸。享受曾尚賢所賜與的排課權的老師越發多了，你愈發形單影隻，工作更不順遂。

你需要情緒的出口，下班後打電話給葛清，佔線、佔線、電話老是佔線、天天佔線。然後是葛清漸漸不來找你了，不幫你了，她說她很忙。然後是忙得焦頭爛額的你在中午外出買便當之際，看見很忙的葛清和曾尚賢手牽手走入電影院。你手中便當盒內肉滋滋的炸排骨當然愣住了，不肯委屈地填塞你的腹肚。你寫了封情思纏綿的長信給葛清，葛清的回函不長，鐫鏤在心中成為永世記憶的淚痕則很長。她說：「原來你是嘴裡賣乖卻不肯真心付出的男人。不！你不是男人！男人不會欺騙女人的感情。我總揣測你是送花的人，你也一直裝作是我感情的依靠，可是吳正道告訴我，他親眼看見曾尚賢利用加班後夜色已黯沉的黃昏，偷偷將玫瑰插在我的花瓶。曾尚賢也承認了。你果真不像他！你為什麼欺騙我？」你無言，你選擇無言，告訴自己：「這是選擇的問題！葛清選擇相信吳正道，夫復何言！」於是葛清的電話不再佔線了，在夜色罩籠行政大樓之際，在一二樓間降下的電捲門復冉冉升起時，你每每看見葛清和曾尚賢言笑晏晏下樓來。於是，學校開始有了飛言飛語，說是道德崇高的聖人因為搶不過愛情，才故意在公事上尋隙與曾尚賢唱反調。「是啊，孔子當年就是因此才去周遊列國啊？我是否也該四處去雲遊？」你氣潓的想。

•

在實際生活中，你當然不可能去雲遊，而是結婚了。「闇夜裡手持玫瑰的癡心，浪漫得伊如踩在雲端，畢竟不如平淡而真實的幸福。」你如斯醒悟，然後就結婚了，還僥倖娶了個年輕貌美的新娘，羡煞諸多王老五和雖然結了婚還是自覺是單身的非王老五。婚宴上，曾尚賢說：「嘻！老牛啃嫩草哦！」你一點兒也不覺得他在吃味，因為酒宴後他和吳正道自然會有更年輕的粉味當他的三妻四妾。婚後三日，葛清打電話來，說：「感冒而已卻病了三天！我一定染煞了！因為你美麗的新娘臉上幸福的神采。」你直率的說：「我臉上也掛滿幸福的神采啊！」果斷的掛上電話。身旁的妻訝異起來，責怪你不禮貌，怎可結了婚就不理同事。你溫柔的用吻封住她的嘴兒，說：「娶到妳，我的人生已然飽足！」妻嬌羞的偎在你懷裡，問：「真的？」你肯定的點頭。當然是真的！因為不久後你就為了愛妻、為了她肚子裡的嬰孩，典當你的人生購買了文教區的豪宅。誰知搬進去後就後悔了，因為宅第與吳正道隔街毗鄰。

妻很感動，然而感動敵不過她在私校任教所受的委曲，日日以焦慮化粧容顏。妻的焦慮很有正當性！自古以來師儼而後道尊，可惜那一套在私校行不通。在私校裡，天大地大董事會最大，家長會尤大，行政體系教務處學務處等不過是它們的執行單位。至於學有專精的老師，……私校裡有老師嗎？只有一群已經被壓榨成只會走路、哈腰、逼學生反覆練習考卷的兩腳參考書！你安慰妻，輕抱住已被憂愁染皺容顏的嬌妻，依然止不住她潸潸淚流。妻緊握拳狠搥你的臂膀，怒嗆：「你為什麼只喜歡教書？有誰會尊敬只喜歡教書的老師？你也去鑽營，去當主任，當校長啊！」你的思緒紊亂、內心淌血、眼瞳幾乎要流淚，可你緊咬嘴唇，聲帶遂成啞巴！無能護衛心愛的女子讓你覺得自己猶如被閹割了的宦官。「不！我還不如閹宦。他們還能奴顏婢膝、巧言令色，去護衛心愛的東西，而我為妻子做了什麼？」你心底想，齧唇憋住嘆息。妻發現了你的無言，忽然說：「我說錯話了！老公。我知道你不喜歡虛情假意和那一群擔任了教師卻不想教書只想當主任當校長的人攪和在一起，我不該勉強你。我說錯話了，你原諒我。」你緊緊摟住妻因為抽噎而顫抖的身體，更加說不出話來。妻的祈求原諒更反襯出你的自私和對於人生真相的無知。一個人能夠受尊敬本來就是建立在權位上，有了權位能夠呼風喚雨就更有錢途，就又更容易受人尊敬！你憑什麼反其道而行？你連房貸都繳得很滄桑，只能任由妻在私校裡為五斗米而折腰。

就在這樣的氛圍中，你人格分裂了，有時覥顏愧對糟糠之妻，有時又因為能夠堅持為人師表的良知而腰桿挺直。有一天，吳正道也揣著良知來找你，說：「學校需要你的幫忙。」你十分意外，吳正道已接著說：「學校校長出缺，魏躍嘉已經報名參加遴選，絕對不可以讓爛人當選。」這椿事你知道，更知道學務主任支持的是五位角逐者中學經歷最豐富、待人最謙和的人選。於是你聳聳肩說：「我沒有影響力，你找錯人了。」吳正道不死心，說：「教育部甄選委員共十五人，本校教師代表佔一票。我們必須選出一位教師代表去投票。……現在推選教師代表的態勢是，同仁支持曾尚賢主任和學務主任者各一半。我知道你和曾尚賢有過節，不敢請求你支持他，只希望你保持中立。」你問：「什麼意思？」吳正道說：「在投票會議上，請你不要發表不利於曾尚賢的言論。」你哼然說：「魏躍嘉對校長粉飾太平，對同仁耍權謀，同仁都不喜歡他。問題是，你確定曾尚賢當上了教師代表，會按照同仁的意願投票，而不會投給魏躍嘉？他們時常在一起抽菸。」吳正道不屑的說：「魏躍嘉早就料準曾尚賢主任會是本校教師代表，就時常不要臉的刻意找他一起吸菸，曾主任才懶得理他呢！」你不置是否說：「是嗎？」隔天，你巧遇葛清，隨口問她：「吳正道請我不要反對曾尚賢擔任教師代表，他保證曾尚賢不會把票投給魏躍嘉，妳覺得呢？」葛清不假思索說：「曾尚賢是非分明，絕不會把票投給奸佞小人。」你同樣淡淡的說：「是嗎？」那麼，你到底有沒有在遴選會議上放砲呢？那無關緊要！因為曾尚賢平日已經販賣了許多優先排課權，吳正道來找你不過是怕事出萬一而已。也就是說，曾尚賢高票當選教師代表了！而魏主任在教育部十五人甄選委員會中滿貫砲得到十五票，更是高票當選了！

那天是二〇〇一年五月二十日，你在兒子國民的周晬酒席上聽到投票結果，卻是喜多於悲。你不怎麼悲傷。你早就料準曾尚賢會投票給魏主任！曾尚賢素與學務主任不合，如果讓學務主任支持的人當選校長，曾尚賢在學校的權威將備受挑戰。你甚至覺得欣慰，魏躍嘉在二〇〇〇年總統選戰中一直支持泛藍，如今在綠色執政的教育部甄選委員會中能夠脫穎而出，顯示教育部在挑選甄選委員時絕對沒有政治色彩，絕對是用人唯才，於是綠色執政品質保證也就指日可待。那種感覺很像是一個屍居餘氣的老朽，臨死前意外發現兒女的前程將如旭日東昇，自然欣喜若狂。於是，看著懷中的襁褓嬰孩，你滿心興奮、衷心期許，期許兒子能夠快樂成長！而既然臺灣即將重返公平正義、即將政經清明，你當然高高興興與妻子商議再生個兒女。

•

暑假時節葛清突然來找你，哭啞了聲音。原來她打算去擔任魏校長的秘書，她的說辭是，總該有人制衡他啊。可許多人不苟同，指責她口是心非、早已覬覦而今日總算能夠躋身當路掌權的行列。她很受傷，來找你。你問：「為何找我？」葛清說：「曾尚賢推薦我去擔任校長秘書，他覺得我的傷心很無聊。」你說：「的確不需要傷心啊，如今新科權貴又不只妳一人。吳正道一直兩面做人，而魏校長很恩怨分明，吳正道不是擠掉學務主任，取而代之了嗎？」葛清牛氣起來，說：「怎麼拿我和吳正道相比？」你淡淡的說：「妳相信他啊。」葛清泫然欲泣，說：「不要拋棄我，我的知己。」你不想相信葛清但最終只得選擇相信。能否獲得一段感情大半來自非理性的直覺，而價值觀是道德取捨，沒有灰色地帶。如果今日你選擇不相信她，不啻間接證明當初喜歡她純粹是外表的吸引，而所謂知己純然祇是盲目的迷戀！因此，面對葛清漣漣的淚眼，你奮力泅泳，期盼將陷溺於漩渦的她帶向安全的彼岸。

你意料不到的是，陷溺在萬劫不復的深淵中的其實是你自己。發生離奇的事了！你無法讓妻再生育了。諺云查埔人四十歲猶原是一尾活龍。你的龍還很活啊，可是妻就是無法受孕。許多人一再問你，不再生啦，問得你都要懷疑自己是性無能了。葛清也問：「你行嗎？」葛清四面楚歌的處境意外的讓她贏回了丈夫的愛，她總算能夠把強調「恨不相逢未嫁時」橋段的DVD「麥迪遜之橋」放逐了。「當然！」你很替她高興，因此回答得很堅決。妻也問：「你行嗎？」你兇巴巴回答：「行不行，妳不清楚嗎？」祇是你明白妻擔憂的是另一樁事，所以又說：「我不知道能不能生出正常的小孩，但我會努力。」妻無奈的注視著床鋪上的孩兒國民，堅定的說：「你要努力，我們都要努力。」

你們夫妻的體會很有迫切性，因為千禧寶寶國民集所有世紀末的菁華於一身是以異常突出。國民一歲時很愛親近人，所以白天哭晚上哭、喝奶時哭不喝奶時也哭，希望大人們抱他哄他，而大人們抱他哄他了，他還是哭。國民二歲時個性很率真，所以高興時嚎嘯，不高興時咆哮。國民三歲時很聰明，所以春節回鄉下時，隔壁的叔公很榮幸能教他三字經，他馬上琅琅上口，且不久即舉一反三成「╳你娘○○」五字箴言甚至是獨孤九劍。「唉呀！……」你噢一驚，想：

「我被國民罵昏頭了！獨孤九劍是令狐沖練的武功，國民不曾練得。」國民已能理解「誤會」一字的涵義，責怪你誤會他，把你罵得狗血淋頭，然後哭了個唏哩嘩啦，所以他的老子馬上被他老子的老子罵了個七暈八素。你和妻子都是老師，當然忍受不了如此資優的孩子，妻遷怒你：「兒子像你一樣皮。」你不甘示弱：「他是遺傳了妳的壞脾氣。」於是妻果真對你施展她的壞脾氣，漲紫了臉，說：「都是他阿公寵的。」於是國民從此成為家庭紛爭的源頭了。然後是有一日，妻氣極敗壞說：「你兒子又打人了！開學才一個月，老師已經告狀了三次。老是去向老師陪罪：『是我兒子不懂事，請老師多費心。』我覺得很丟臉！」你聽得血脈僨張，叫來國民問事情原委。國民一副義憤填膺且理所當然的模樣，說：「誰叫胖虎欺負女生！麵包超人當然要主持正義啊。」你嘶吼：「所以你拿鉛線敲他的頭？」國民對你的嘶吼不覺得害怕覺得不可思議，說：「我是學神奇寶貝皮卡丘的『電光一閃』啊！」於是你氣得發飆，拿棍子一直閃國民的正義感。國民的阿嬤看得毫不生氣，哀求說：「打在孫子身上，疼在阿嬤的心上。」於是你打、打，每一紀都打在自己身上，誰教你生給了國民所有負面的遺傳！國民的阿公看見了也不生氣，緩緩說：「你不孝！身體髮膚受之父母。」於是……，沒有於是了，你根本不知道怎麼於是下去，只好猛灌啤酒。三口！只能灌三口。因為年紀漸長不勝酒力，而且父母垂老稚子幼小，你需要健康，還需要分分秒秒皆清醒！

可你真想長醉不醒！創校九十週年校慶，教育部長的上司親臨升旗臺切下九層大蛋糕，看著一片綠意盎然的校園，說：「魏校長真是傑出啊！」魏校長很謙卑的在司令臺上左顧右盼。難免有不願色盲的同事指指點點、議論紛紛，學務主任吳正道立即糾正：「這牽扯到訓育工作，我不得不直言。文化必須有在地性，三月三吃潤餅時吟誦杜牧的清明時節雨紛紛，五月五吃粽子時告訴學生屈原公忠體國的典故，都是頌揚外國人，是媚外，是賣臺。」長官們很清廉，對吳正道買來當做伴手的土產敬謝不敏，但吳正道此番話深深契合他們的心思，因此不久後吳正道就KO掉他的老大曾尚賢而執掌教務，而大部分第一線教師都反對但不知何時已辦過公聽會的十二年國教政策，就交給他擘畫了。這種冠蓋滿京華的景況史書上歷歷斑斑，你不覺意外。出人意表的是，從此校園充滿了某種要求絕對正確的氛圍，舉凡行政教學人事乃至於言論，無論皂白藍紫、不分良劣老少，非隸綠色，皆屬異端，當受排擠。然則也立即興起另一股異議聲浪，凡屬綠色，皆是極端，理當擯斥。你著急起來，說：「教導學生不可先預設顏色、立場，再去衡量事件，不是教育者的基本良知嗎？」卻馬上被圍剿：「剩餘的人就不要再講不合時宜的話了！」你覺得很挫折，下班時垂頭喪氣回到家。國民在門口抱住你，說：「阿爸你看！繪畫老師說我這幅『阿爸是超人』很有創意哦！可是，算術……」你也環抱國民，說：「阿民乖，算術考不好沒關係。阿爸不是超人，是廢人。你以後和阿爸一樣當個廢人就可以了。」國民睜大眼睛說：「阿爸，你在說什麼？」你正要回答，隔壁街傳來轟天響鞭炮聲，原來吳正道的兒子考上臺大法律系，學校一群新生代吳正道正沸沸揚揚一齊去祝賀。聽見爆竹聲，想及勝造七級浮圖啦積陰德以庇蔭子孫啦這樣的祖宗信仰原來也是謊言，你看看懷裡天真爛漫的兒子，心頭又是一陣悲愴。

・

傍晚時分，你與妻走出醫院。妻問：「後悔嗎？」你說：「哪會？生不出正常的孩子，留著種，何用？」妻又問：「還好吧？」你說：「感覺怪怪的，不過還好。反正又不是第一次。」妻說：「胡說八道！你以前結紮過呀？」你說：「哪有可能！醫生說這種手術得妻子同意才行。」心裏則想著：「生命中的去勢許多都不是在手術臺上完成的！那些權位徵逐場中的佼佼者不正是一個個揮刀自宮的東方不敗麼？他們都曾獲得妻子同意嗎？應該有吧！他們總是能夠驕其妻妾！」於是，看著陪伴在身旁衣著普通的妻，內心稍感安慰。

可你畢竟失去了笑容。你明白，如果江湖中處處有東方不敗，那麼不似東方不敗的人只好都像今日的你，被迫也揮刀自宮，江湖就滿滿是一只只醃泡漬物的小缸了！尤其是，你依然時常想起曾尚賢抿在嘴邊的冷笑，看見吳正道露出牙齒的暢笑，卻無能如同令狐沖一樣笑傲江湖！

你只能把這一切很難抹除的記憶都當作故事講給別人聽，可是沒人愛聽。真實的故事沒人理會，因為它真實到讓人失去感覺。於是你終究承認你無法成為江湖上那個最後笑的人了，「所以只好這麼說囉：這些文字純然是虛構的，彷如白髮老翁江渚上，慣看秋月春風，是笑譚啦！」你自言自語。

夕陽的紅光閃黑你的瞳孔，你低下了頭，也拉回了思緒。妻推推你的臂膀，說：「回家啦！發什麼獃？」

——二〇一五臺南文學獎、佳作

乙編　回歸質樸的所在——鄉土篇

搭火車——給那些在人世迷航的失魂者

我愛去哪裡就去哪裡，你管得著嗎？不想買票？看吧！看罷！要你買張票，你就推三拖四。我有錢，我給你錢，你去買。對！南部，往南，北部沒有親人啊。你管我要去找誰？你以為我離家出走只是使性子，找一找親戚以後終究會回來嗎？不！這回絕不！高雄很大，我有錢，隨便租一間房，你找也找不到。

天氣很熱。我晃了晃頭顱，雙眼依仍淒迷，不知道要聚焦在哪裡。鐵軌上方的熱氣鼓漲成的氤氳，老舊月臺上候車亭日式屋簷拱狀瓦片的灰白，遠處高樓玻璃牆面映射的強光，都……都怎麼了？不知道！不知道要如何形容。再過去？再過去就看不清楚了。月臺上的椅座空蕩蕩。太陽很毒，沒有人會坐在那裏，又不是要烤屁股！我坐入椅座內，條狀的木板真的很燙。你提著兩包物項站在椅側的樣子很可笑，什麼年代了，還有人用家樂福的大塑膠袋裝行李！行李？我的行李被裝在廉價的塑膠袋裡？

「你也想把我像行李一樣裝入會見笑的塑膠袋內丟掉，是不是？」我很憤怒。你說沒有。怎麼沒有？多少年了，多少次了，你不是都嫌棄我嗎？「嘿，你還敢嫌棄，也不想想自己的身份，小學的工友。」我大聲說，你不發一語。月臺上的人都看著你被罵。你活該，誰叫你賺沒幾分錢，還敢去茶店仔吃摸摸茶。別想否認，否認也沒用！「工友老嚴六七十了，他老婆十六七，你們去他家打麻將？是真的打麻將嗎？」我說，你還是不發一語。你以為不發一語，裝可憐，別人就會同情你嗎？不可能！你看，月臺上的乘客都不信你、鄙視你，盯著你。我也盯視你，鄙視你、不相信你。真希望目光能殺人，每次你去茶店仔、去老嚴家，我就想殺了你。工友哪，哪配得上我是千金小姐？嫁給你，你還嫌棄！

凝眼注視南北兩側視野的盡頭，鐵軌都纏綿在一起了。纏綿在一起了，原本是平行的，可因為錯覺，就可以纏在一起了。是啊，我也曾經想過與你纏纏綿綿過一生，嫁雞隨雞，嫁狗隨狗，我原本已經認命。「耕者有其田」薄薄的一頁命令把父親一輩子辛勤墾荒山林而得的廣闊土地剝削了，他不認命只好賠上自己的性命，也賠上女兒的婚姻，我怎能不認命？可你的薪水未免太寒傖，雙親未免太佝僂，弟妹未免太過於飢餓。我根本不想嫁人，不，是不想嫁你。可既然嫁了，我就認命了。不！是不認命，是不願你認命。「阿信如果能夠起厝，我就送他整屋子的家具。」那一回在龍眼採收的季節，娘家哥哥當著所有傭工的面，說。語意很豪邁，語味則很酸，你卻只能嘿嘿尷尬的傻笑。是啊！家無恆產，連住屋的地都是向鄰居商借的，哪可能買地且起造新屋？於是我不願你認命，你若認命，我們就真的沒臉了！於是我開始攢錢，寧願三餐以鹹死人的豆醬湯配著番薯籤飯吃，寧願出去打零工，甚至你說要炸油條擀饅頭賣早點我都願意凌晨三點起床！可才賺了點錢，你怎麼就去摸摸茶呢？沒有？不要一直說沒有！大兒子當校長二兒子是廠長三兒子還是醫生，都沒用，只會和你　個鼻孔出氣。三兒子說我得了老人癡呆症，會胡思亂想，他哪知道那是他出生以前的事，他怎能斷定那些是事實，那些是胡思亂想？他當然不願意承認自己的父親是色鬼！

火車進站了，「色鬼！你不准上車。」我倏然站起，指著你的鼻子說，然後飛身撲向車門，眼角餘光瞥見你一臉錯愕。當然不許你上車，我要去流浪啊。你忽然跑起來，脫出我的視野。看吧！多無情！結褵四十年，我說不准上車，你就真的丟下我，還用跑的離開！可我還年輕貌美的時候，你為什麼千里迢迢北上艋舺來求我回家？我帶著三兒子，才四歲，我捨不得他啊，離家出走也擱不下他。可帶在身邊是個累贅，去應徵工廠女工、富豪家幫傭，老闆看見他就繃著臉。累了一天，我拖著萬斤重的步伐走回姊夫的家。你坐在門口處，夕陽餘暉順著街道兩側大樓的間隙照過來，曬滿你的左臉頰。心頭的沉重讓我看見你，看見滿臉紅光的你，不自覺感到一絲溫暖。可我刻意視若無睹，拉著兒子直上姊夫家窄隘的、無法直起身的天花板上的臥鋪。姊姊隨即上來了。沒找到工作吧！她問，我點頭。回去吧！阿信都來了。不回去。我說。現在不回去將來就回不去了。姊說。回不去我也會付給妳伙食費和房租。我憤憤的說。姊笑了，說，個性還是這麼倔強。我哪有倔強？阿姊，妳不知道啦，他家明明是窮鬼，吃飯還是像大戶人家，公婆先吃，男人先吃，輪到我吃時哪還有甚麼可吃？我說。我知道，可是女人嫁了丈夫，哪還有倔強的本錢？姊說。是呀！是沒有本錢了，於是我只能不情願的搭著平快車骷髏骷髏顛回南部。可是我從此不認這個姐姐，我落難了，卻不幫我。平快車很慢，一圈紅陽在綠油油嘉南平原的盡頭總也不落下，三兒子好奇的凝視窗外。我把中午吃便當時故意留下來的半顆滷蛋遞給他，順手抹抹火車過山洞時留在他額頭的煤灰。一個便當三個人吃，妳只吃滷蛋，還留半個給他，一定很餓吧。阿信說。你管我餓不餓？平日我甚麼時候不餓？餓死了，你不是最高興嗎？可以去……我忍住後面的話。不行！餓死了，爸爸就沒有媽媽了。三兒子突然接口說。不合邏輯的一句話，惹得你我都笑了。你輕輕擰了擰兒子瘦瘦的臉頰，說：她不是我媽媽，是……老婆啦！

那是多久以前的事了？感覺是很奇妙的感覺，歲月可以輾去記憶，卻輾不碎那時夕照曬在身上溫暖的感覺。夕陽沒有熱度，卻很溫暖，不像現在，中午時分，艷陽高照，車廂內竟感覺不到一點點溫暖。我一個人獨享豐盛的鐵路便當，心頭不由得感到淒涼。叫你不要上車，你就果真不上車了，你果真把我當作垃圾一樣丟掉了。稱你的心，如你的意啦？也是！那時我還青春，可以掙錢，現在老了，不中用，一身病，你當然棄若敝屣。棄若敝屣？我的措辭還真文雅。當然文雅！那是我這個名師指導有方。你突然出現在身旁，說。去！少臭美。我說。小學第一名畢業的你，因為貧困無法升學，只好去當工友。在我還青春，你還愛我的時候，是教過我認得幾個字，可我的學問可是在社區大學裡學來的。社區大學？唉！那群同學有幾人猶未作古呢？我真是孤單啊，身旁只有你。我轉頭，卻沒看見你。對啊！你沒上車。難道三兒子講的是真的？罹患老人痴呆症的人會幻想，會自己虛構故事。那麼，我為什麼會虛構無情的你坐在我身旁呢？那麼，我現在想的，是回憶？還是虛構的情節？會不會現在我坐在火車上也是虛構的？事實上我是坐在客廳的檀木椅座內，想像自己在搭火車呢？

三兒子說，我不僅得了老人癡呆症，還得到帕金氏症，手腳老是顫抖。可畢竟我是有幫夫運的。不良於行後，我總是坐在客廳內，得意的地撫摸著檀木細緻的紋路。賣早餐，打零工，畜豬，養雞，家運總算出頭天了，你買了山坡地栽種柳丁，蓋了新屋，我的兄弟也當真購置了客廳的檀木家具送來。可這樣的檀木椅坐得叫人心生不捨，因為坐在對面垂著頭的么弟，娘家的弟弟，開口借錢。阿信你真的要借給他？我可不要喔。么弟回去後我對你說。那是你的弟弟。你說。弟弟也不借。我堅決的說，心中想：當初將我嫁給窮酸的你，全家沒一人反對，現在卻來借錢。借錢，後來借了一次又一次，我還必須回娘家去索討。你惦記情誼，不願逼人太甚，可這樣的包容讓我心口的疼與愧更洶湧成勃然，義憤填膺走上回娘家的路去討債。娘家的路啃，當女子走回娘家，走向童年，不都是滿懷甜蜜嗎？午後，豔烈的陽光在娘家廳堂地面撒進一方溫暖，猶如廳堂正中佛龕上方父親母親遺像淺淺的笑。我注視著，任由那笑意滲透內心，童年的甜蜜遂漫漶了。隱隱有惡臭散發出來，我跨足走進噁臭的來源。衣衫凌亂，宿醉嘔吐後形容枯槁的么弟斜倚床頭，好似長途奔竄後狼狽的狗伸長舌頭詫氣，艱難的說：明日就要被拍賣了。我一度誤解成他要被拍賣了。他也的確要被拍賣了，失敗者的生命何足道哉，祇能任憑債權者論斤秤兩。要被拍賣的當然是家業，是娘家，包括童年。想及與兄弟們胼手胝足耕耘家業的童年，我索債的憤怒瞬間冷藏，徒留哽咽。

檀木椅當真很難坐，原本所揣想的，坐在廳堂內，當個威嚴的婆婆，手不離三寶的圖景，從未實現。我含辛茹苦養大兒子，忍辱忍罵侍奉公婆，可兒子大了，有成就了，一個個不在身邊。阿信嫂，福氣啦，連媳婦也有工作。左鄰右舍人人稱羨，我卻是人前備受光榮，人後有苦難言。一年到頭吃幾頓媳婦煮的三餐？孫子嬰兒時頭軟身軟，都是我拉拔大的，可拉拔長大了以後，兒子媳婦都難得回家了。難得回家，我就擺不出威嚴，甚且為了孫子，還提早準備了草仔粿、茄苳雞、破布子蒸魚。到底誰是婆婆，誰是媳婦？唉！

火車咭一聲停了下來，我往外瞧，是永康站。「呃，妳吃飽了？」你拿著兩個鐵路便當，出現在身旁，傻傻的說。「你怎會在這裡？」「妳不想看見我，所以我一直在後面的車廂。」「在那裏做甚麼？」「不做甚麼。火車靠站，我就留意妳有沒有下車。」「為什麼？」「怕妳迷路了。」「我哪會迷路？又不是小孩子。」「妳現在是清醒期嗎？」「嗯……應該是吧？」「老人痴呆症會一下子混沌一下子清醒，每一次清醒後就會混沌得更厲害。這是三兒子說的。妳確定現在是清醒期嗎？這次會清醒多久？」「嘿，我怎麼會知道？」「妳還笑得出來！」「怎麼了？為什麼笑不出來？我又亂罵人了嗎？」「沒有。」「沒有？」「真的沒有。」「阿信，對不起。」「不必道歉，真的沒有。」我拉著貼心的你坐在我身邊，說：「阿信，我如果亂罵你，你要原諒我。三兒子說我有時意識清楚，有時含混，可是我一直都覺得自己是清醒的。」「我知道。」「不！你不知道，你不知道那種感覺，我每天都像活著的孤魂野鬼，總是不安於室，卻又不知道要去哪裡。」「不管去哪裡？我都會陪著妳。」「真的？」你笑了，說：「當然是真的。現在我的背駝了，面皮皺褶了，還能去哪裡弄溜達？」我也笑了，說：「不要說現在，你年輕時也沒人理你啊。」「就是嘛，又沒錢又不帥，誰理我？只有妳要理我，嫁給我啦。」「哼！算你有自知之明。」我說。火車又緩緩起動，我隨意的看著窗外移動的景物，熱鬧的街景、愈往郊區愈顯矮化的屋宇、似藩籬的椰子樹、稻田……

「唉！家裡如果常常有人出出入入，說不定妳不會忘得那麼快。」你悠悠的說。「我真的忘得很快嗎？」「很快。最近發生的事總是記不住，以前的事倒記得十分清楚。可是說記得清楚也不對，因為時間點老是搞混。」「我不覺得搞混啊。」你笑了，說：「有一樣狀況則一直沒變。」「甚麼？」「絕不認錯。」我笑了，堅決的說：「哪有！」「看吧！」你兩手一攤。「我真的都記不住？」「不然妳記得上週日發生的事嗎？」「上週日？」我開始搜索枯腸。

「孫子大了，課業日月增加，回來的次數寥寥無幾。……」你開始娓娓敘述：「上週日是母親節，三兒子全家回來了，媳婦烹煮了豐盛的食物，大家歡歡喜喜喫過了午餐，在客廳看電視。一向酷嗜午睡的妳強撐著眼皮，端坐客廳，含笑凝視著正在看西洋片的孫子。幾分鐘後，妳突然問孫子，阿恩，呷飽未？阿恩點頭。五分鐘後，妳問另一個孫子，阿典，呷飯未？阿典點頭。三分鐘後，妳問三兒子，阿子ㄟ，腹肚會餓麼？三兒子知道妳腦力已退化，笑了起來，說，阿母，咱頭拄仔攏呷飽啊，妳喫無飽嗎？妳摸摸肚子滿足的說，有喔。可一分鐘後，妳生氣的罵我，阿信，為啥咪你甭叫阿恩阿典緊去呷飯？」

「哪有可能？」我笑著否認。你聳聳肩膀，接著說：「三媳婦有些擔心，低聲問兒子，阿母的阿茲海默症是不是更嚴重了？三兒子聽得鎖縐眉頭，卻唯恐妳聽見了，擔心，食指放嘴唇上示意不要多嘴。電視長片結束了，三兒子提醒孫子們要準備離家了。妳左一蹭、又一蹬，蹣跚走向廚房，提出來蜂蜜、香蕉、荔枝。三兒子和孫子們接手提了，向我們告辭，走向距離百公尺外停放汽車的土地公廟埕。」我插嘴，說：「這個我記得。我記得他們放置好東西，上車繫好了安全帶，卻看見我了。我還記得自己走得踉踉蹌蹌，雙膝髣彿無法曲彎，每一步伐都走得很艱難。兩個孫子立刻下車跑過來抱住我，嘰嘰喳喳講一些要好好照顧身體之類的話。」你接口說：「對。那時候妳臉上滿是燦爛的笑。可是車子一開動，妳卻掉下眼淚。」我哀怨的說：「當然掉淚啊，一車子都是我的心頭肉。而……唉！病成這樣，牛離，說不定就是死別。」「我知道。因此妳顧自站在原地，汽車都去得好遠了，還一直朝他們揮手。」

火車又靠站了，臺南是大站，熙熙攘攘上來許多旅客。「阿信，這樣的生活，還要繼續多久？」我問。「甚麼意思？」你疑惑地。我指著上車來的旅客，說：「沒有意思。這樣活著，沒有意思。有一天，也許我看著你們，和看著他們，沒有兩樣。」你聽得一獃，愣愣的說：「對哦，有可能。」「那時候兒子孫子還會回來看我嗎？」「會啦，他們很孝順。」「可縱使回來了，我不認得他們，那跟沒有回來，不是一樣嗎？」你沉默。「唉！我真的漸漸忘記很多東西了，包括講話的詞彙。剛才在新營，看見地面鼓漲的熱氣，候車亭上的瓦片，還有……，咦，還有甚麼？不知道還有甚麼了，我都不知道要如何形容。」「那就不要形容。為什麼一定要記得怎樣去形容？」「當然要記住！甚麼都忘了，我到底有沒有活過？」「當然有啊，妳是我的老妻，是孩子的媽，孫子的阿嬤。」我搖頭，說：「如果這些也忘記了呢？所以剛才我一直在想，人生就像搭火車？」「搭火車？」「對。你不能決定甚麼時候上車，在哪裡上車，也不知道甚麼時候、在哪裡下車。」「不會啊。妳在新營上車，要去高雄。」我瞪你一眼，說：「別抬槓！

你知道為何在新營上車嗎？如果老天爺不是讓我們出生在嘉南平原，就不是在新營上車了。」「可是你知道要去高雄。」「我不知道。我只是隨便講一個地點。也許，只是因為那是鐵軌的終點站。」「坐到終點，很好啊。」「不好。我想……提早下車。」「提早？」「對！提早。如果只是坐在車上，餓了就吃便當，然後痴痴的等著在終點站下車，沒有意思。」「說甚麼瘋話！」你訝然。我正經起來，直視你的眼睛，說：「不是瘋話。如果有一天，甚麼人都不認得了，連怎麼吃飯喝水都忘記了，不是和植物人沒兩樣嗎？」你笑了笑，戲謔的語氣保證說：「那也沒關係。我栽種柳丁的技術很好，照顧植物的能力很強。」

火車又開始減速，我赫然站起來。「不要那樣！所以我要下車。這一站是保安站，我要在這裡下車，才能永保安康。」「在這裡下車，當真就可以永保安康？」「我不知道。」你也跟著站起來，肯定的問：「好，那我跟著妳下車。妳真的要下車嗎？」

——二〇一八年五月刊於《中國時報》

回家[1]

1

李添丁下了火車轉搭客運車，上車時夕陽已沉落地平線了。

客運車在蒼茫暮色中如飛箭驫馳，嘉南平原無邊無際的田疇景觀隨著漸暗的光線在視野中逐漸模糊。客運車開啟了頭燈，兩管紅亮光芒將綠樹隧道照得晶亮無比，一幹幹需兩人合圍的芒果樹在李添丁的視野中猛倏映射，又迅捷飛掠向身後。出了綠色隧道，汽車開始爬坡。車內乘客殊少，上下車的更少，汽車不久即爬上丘陵的腰腹，穿梭於點著稀稀疏疏的燈光的農村之間。

忽然嘩一聲下起了滂沱暴雨，是夏季習見的閭西北雨。雨勢如管之汼、盆之傾，挾帶著黑天閃電、罩頂轟雷。客運車遂遭殃了，雨刷旋得再急也刷不盡暴潑的雨水，疾馳的速度瞬間變

1　本文得獎時，對話部分不少缺漏。重刊時，一一依照教育部閩南語辭典校改。

成如同龜爬。

回到家，房舍一片漆黑，人聲闃寂。添丁放下背上的行李，揿亮電燈。禁不住有些失落，他看見自己從臺北寄回家的一箱箱衣物、書籍被堆在牆角。牆角正上方粉牆上貼著一張已十分褪色的紅紙，村長來家裡貼紅紙時，說：「阿信叔，阿信嬸，恭喜喔，恁後生遮尼將才。……」熱切的言語似乎言猶在耳。

「厝裡哪會攏無人？」添丁內心正狐疑著，陡然聽見摩托車嘭嘭嘭駛進庭院，一看，是住在隔壁的表弟俊宏。

俊宏一見他，宛如看見了救星，急匆匆說：「阿兄，趕緊去山頂鬥相共，恁兜載龍眼的鐵牛仔車掉落山溝裡了。」

添丁嚇一跳：「哪會按尼？咁有人受傷？」

俊宏說：「西北雨足大，車輪滑溜溜，揙著山壁，就塌落山溝裡矣，好佳哉無人著傷。你先挐阿舅、阿妗的焦衫和雨幔去山頂，我去叫拖車。」說完匆忙轉身離去。

添丁由車站回到家，衣褲已微濕，卻顧不得換了。他手腳俐落的穿上雨衣，帶了乾衣服及雨裝，跨上簷下的機車，迅速朝村外彎曲不已的山路騎去。雨勢絲毫未減，不時有黃濁的泥水溢上顛簸的路面。天地混沌，機車頭燈射不穿一公尺外，他盡可能小心翼翼駕馭著奔馳著的機車。

鐵牛車側牴著山壁，左輪胎陷入因雨而土質爛軟的土溝。滿車一袋袋龍眼，母親和表弟媳在車斗上死命的拖到邊緣，由父親和鐵牛車司機一袋袋負上肩背，半跑步衝向約百公尺外的工寮。工寮內有焙灶，龍眼是要卸入焙灶內烘焙成龍眼乾的。

母親看見他，露出欣喜神色，說：「轉來矣。」

父親看見他，說：「緊來搬，龍眼沃雨，焙龍眼乾會必巡，皮衣擱會劙烏。」

添丁從小幫襯農務，自然知道事態緊急。他將乾衣服丟上駕駛座，遞雨衣給父母，父親說：「穿啥咪雨幔，早就沃澹矣。」甩一袋龍眼上肩，快跑離去。

添丁扛起龍眼，才體驗到含水的龍眼有多重，壓得他背都駝了。山路沒燈火，西北雨總也不停，他得右手撐住龍眼，左手一直抹拭滑下眼眶內的的水珠，才能避免因為看不清路況而滑跤。他忽然想起平日上山時經常會看見被輪胎輾斃於路面的蛇屍，心頭不免忐忑起來，唯恐路旁草叢內會忽然竄出不識相的滑溜溜的蛇。腳步卻未見躊躇，他知道這是人與蛇的搏鬥，不，是人與天的搏鬥，焉能顧及危不危險？

拖車沒多久就到了，司機和俊宏立刻也加入捆工的行列。有他們加入，添丁就登上車斗上幫母親。母親早累得手腳遲鈍，有他接手，一屁股坐下，直詫氣。人手多，搬運的速度就快了，半小時後，龍眼都倒進了焙灶。

男人依舊回事故現場看拖車將鐵牛車拉回路面，暗夜裡烏漆麻黑，多幾雙眼睛盯著，以免又出差錯。

母親和表弟媳則去工寮內取柴生火煮薑茶，添丁也去，他必須鑽入焙灶的竈孔去清掃。每年夏天焙灶要烘烤四五番次，每回起火前都必須鑽進恰可容身的竈孔去清除上回烘焙過程中篩落的龍眼枝椏以及竈灰。焙灶築在山坡，利用自然的坡度區隔成上下兩層，從下層挖洞成竈孔，上層則鏤空成井尺長七尺寬三尺深的灶臺，編竹片成籬笆以鋪底。竹片與竹片的間隙讓上昇的火氣可以慢慢逼出龍眼的水分，也讓被乾燥的龍眼細枝篩落下來。篩落的乾枝如果太多，積塞竈孔內，不僅通風不良，也容易著火，是很危險的，所以必須及時清除。

可現在擔心的不是著火，而是水流。雨勢太急，竈孔內處處潤澤，水液不斷滲出土表，順著竈孔斜坡往下流。添丁手持掃帚費力去耙掃，可是枝椏都黏在泥地上，使勁也耙不動。他的身體趴伏在溼冷冷的地面，竈孔內又轉身不易，忍不住有些焦躁。

忽然上層傳來宏亮且誇張的聲音：「阿信嬸阿，辛苦唷！」

接著聽見母親的聲音：「茂財喔！歹勢，落雨天，擱予你來鬥跤手。」接著是她招呼眾人的聲音：「誠多謝喔，恁大家！趕緊來啉薑母茶。」然後是一連串持杯倒茶的聲音。

一會兒後，又聽見茂財說：「阿信嬸，您和阿信叔阿實在甭免遮尼拍拚。您後生以早佮我同窗，讀冊嚇嚇叫，擱是咱莊仔頭第一个大學生。您哪有需要遮尼骨力？」

聽見母親說：「茂財，抑是恁老爸福叔阿較好命啦，有你佇身邊做厝內的細頭，有恁某咧煮三頓，擱有孫當騙。」

「呼！足好！……」茂財似乎喝了一口薑茶：「阿信嬸，我咧駛拖車，是做工仔人，和恁後生無法度比並啦。」

此時聽見另一聲音插嘴：「茂財，聽講你提早去做兵，咁有較涼？」是表弟俊宏。

茂財說：「較早睡較有眠啦，抑不是操甲半死！」

俊宏說：「甭過較早去做兵，較早退伍，會當規心做頭路。」

茂財得意洋洋說：「按尼講嘛是有理啦！擱會當較早娶某生囝！」

俊宏說：「你為何會當提早去做兵？」

茂財說：「我是孤子，會當提早，嘛會當延後。」

正說著，突然響起一陣窸窸窣窣低聲討論的聲音，然後有女子操著生澀的閩南語說：「妗婆，我先轉去煮飯，等一下你和舅公去我兜吃飯。」是表弟媳。

母親推辭：「甭免啦！……」

俊宏接口：「客氣啥？」說著說著，兩人彷彿就離開了。

添丁在竈孔內艱難地打掃，耳裡聽工寮內眾人有一句沒一句閒聊，不免有些感觸。這些農事，這些言談，曾經他是多麼熟悉，現在又似乎非常遙遠。他倒退著爬出竈孔，持長手把五爪鐵耙將已被掃到竈孔邊的枝椏和白灰耙出，抱來乾樹枝、舊報紙墊底，再交叉著疊上三兩支手臂粗細的龍眼柴，開始生火。老是點不著火，空氣潮濕、地面潮濕、柴木太潮濕，火老是熁不著。心火可就有一簇！不，心口也太潮濕，燃不起火，冒著陣陣濃煙。

「你起來，火我來起。」背後傳來父親的聲音。

「甭免！」

「恁阿母衣褲攏濕去啊，你先載伊轉去洗身軀。」父親堅持。

望著一直冒黑煙卻不見火苗的竈孔，添丁有些不服輸的站了起來。

父親低下身去重新堆砌柴枝，一邊說：「轉去飯呷飽，再裝一个便當來予我。」

添丁問：「今晚就愛住焙灶寮？」

父親理所當然似的說：「焙灶孔若起火，就愛顧火。」

正說著，煌——，一灶火苗從龍眼柴乾裂的皮縫裡紅上來。添丁看著，既覺欣喜，復覺洩氣。

回到家，母親洗完澡，卻堅持不去俊宏家吃晚餐。鄉間小村莊只有窄隘的小吃攤，已經十點多，早收攤了。母親獨自在廚房烹煮，添丁餓得直嚥湧上喉頭的胃酸，無奈的在客廳看電視。

俊宏家就在隔鄰，兩家人時常往來，感情敦睦，添丁卻多少明白母親的固執。「遮个家，扞家的是我，將來你娶某，扞家的是恁某。香火、香火，佛桌頂有香，灶腳的竈孔愛有火！無緣無故去人兜吃飯算啥咪？」母親經常這麼說。

可母親的堅持讓他在送販至工寮給父親時，已經快十二點了。

父親說：「恁阿母家己煮的，對麼？」

添丁點頭。

父親苦苦一笑，低頭默默吃飯，沒有再多說什麼。

母親半夜卻發燒了。偏鄙的農村，只有一位借用別人醫師執照來營業的密醫，三更半夜敲他家門窗，他願意起床看診，添丁已經覺得很感恩。密醫給了退燒藥，還注射了點滴，可母親並未退燒。還好母親意識清醒，添丁便騎著機車載她去二十公里外的大醫院就診。

母親得的是病毒性流感，引發細菌性肺炎，必須住院。父親在工寮烘焙龍眼乾，添丁留在醫院照顧母親是責無旁貸。天一亮，他先騎車回家打點簡單的行李，拿父親存摺和印章去農會領錢，去工寮告訴父親消息，然後騎車回醫院。騎車單程就要一小時，炎炎夏陽豔烈如烤，穿透安全帽颳上頰鬢的風都是燙的，燙得他的心都要焚燒了。回到醫院，母親兀自昏睡著。看著母親蒼白倦憊的臉龐，他赫然醒覺自己的不孝。

晚上，父親來了。添丁正打著盹，聽見說話聲，醒了過來，發現母親也已經醒了，兩老正討論著今年的農事。

添丁想起昨夜冒著西北雨扛龍眼的事，開口問：「阿爸今年為啥咪去南化買龍眼？」

「今年龍眼大生，價數敗市，當然愛去果菜市仔抾寡俗貨轉來焙龍眼乾。」父親說。

「焙龍眼乾足艱苦，遮款錢歹賺啦！」添丁不以為然。

「哪有趁錢袂艱苦的？」

「但是傷操勞，阿母就破病。咱莊仔頭擱無醫生，看病足麻煩。」

「唉！……」母親忽然嘆氣，有氣無力說：「若是有醫生就好了。」有意無意看了添丁一眼。

母親因長年家事農事內外煎熬，身體狀況很差，所以總是期盼添丁能當醫師，醫治她，也救護他們那個貧蹇的農村裡那些沒錢生病沒空生病沒地方治病的村民。當初就是因為這個願景，他才選讀醫農類組，怎知只考上臺大生物系，論名聲，在鄉下是響叮噹，講成就，卻高不成低不就。

「莫怪有人說，一個家族愛有『三師』，才會出頭天。愛有會計師，律師，上重要的是愛有一個醫師。」父親接口。

父親講話總是淡淡的語氣，既無悲嘆，也無喜怒，教人感受不出情緒，卻浸染著曠古的滄桑。這句話很明顯是附和母親的觀點了。

添丁心頭猛然湧起一陣火熱，一咬牙，說：「阿爸，我想欲擱去補習。」

兩老嚇一跳，父親說：「補習？擱去考大學？」

添丁說：「甭是。有一種醫學系是大學畢業以後，才去考的。」

兩老又疑又喜，母親說：「真的？」

父親則憂慮起來，說：「你愛去做兵，欲按怎？」

添丁說：「我是孤子，會當辦理『緩徵』。」

「緩徵？」兩老不明白那是什麼情況。

添丁不厭其煩的解說。可說著說著，眼前陡然湧現父母在雨中揹負龍眼的影像，對於自己方才說出的決定，忍不住猶豫起來。

2

母親在五天後出院，添丁騎著機車載她回家。

庭院裡擺著一二只廿公升塑膠桶裝自來水，三四支採擷龍眼的竹桿，五六根扁擔，十來個竹簍。父親正在調整竹簍側邊麻繩的鬆緊，看見母親，說：「電鍋、碗筷已經載去焙灶寮矣，明仔載透早愛去買菜。」

添丁問：「阿爸，山坡地的龍眼嘛要家己挽嗎？」

父親說：「逐冬甭是攏按尼麼？……你明日甭當睡傷晚，七點愛載恁阿母去山頂。請一位工人，伊愛煮飯，擱愛抾龍眼腳。」

添丁快快的說：「抾龍眼腳？啥物時代矣？擱咧抾龍眼腳？」

母親說：「樹頂挽龍眼，樹腳噼噼噗噗，一粒一粒龍眼都是錢呢！阿母無法度爬樹，加減抾，無要緊啦。」

夏季是採收龍眼的季節。龍眼並非送至青果市場販賣，而是下焙灶烘烤成龍眼乾。添丁自小協助農務，自然知道各項細節，因此縱使母親大病初癒，添丁擔心她太勞累，也不過是隨口抱怨而已。

隔日醒來，庭院的工具全不見了，添丁明白父親一定天色還曚曚亮時就上山了，母親也已去市場買回雞魚蔬果。添丁趕緊隨便扒兩口飯，穿上雨鞋，騎車載她出門。

採龍眼是非常累的。工寮內一大一小兩口焙灶，一次烘焙須三千、二千斤龍眼的數量，他們往往必須整日除去中午吃飯外都不能休息。

那天工作了一整日，添丁雙手指節因為終日拗折龍眼枝椏，有些破皮、胼胝，肩胛也隱隱覺得痠疼。工人先回去了，父親看著依然寥寥無幾的焙灶，嘆了口氣，說：「遮个工人，功夫無熟手。」

母親說：「我透早就發現啊，……我不是甲你講，中午毋通遐早歇睏？」

父親說：「唉！遮種日頭，透中午曝佇頭殼心，哪好意思叫人繼續做工？」

添丁插嘴：「袂當擱請一兩个工人嗎？」

父親說：「遮時辰哪請有工人？家家户户攏嘛採收家己的龍眼。……而且，查甫工一日兩千、查某工一千，會當省就省！」

隔日早上，才上工沒多久，添丁遠遠的聽見父親與人交談，仔細聽，原來是姑丈。姑丈說：「阿信，我聽俊宏講，恁們欠腳手哦？」

父親嘆氣說：「挽龍眼的時機是入秋前十日到入秋後十日，今年節氣較慢，龍眼一下仔就攏總愛採，請無工哪。」

姑丈說：「阮兜的龍眼攏已經落焙，今仔日我幫你挽！我請的工人我嘛有𤆬來，伊叫做外省ㄟ。」

那是一個瘦乾的中年男人，父親和他不相識。僱請採龍眼的查甫工，主人家必須供應菸酒，添丁於是自動走過去，遞給他一包長壽，禮貌的喊了聲：「外省阿叔。」

外省阿叔遂逕自上工了，猴兒般一溜煙竄上樹，蜘蛛精似的左折右採眨眼功夫就摘滿兩竹簍。下了樹，扁擔一橫，牛膀一低，他挑起百斤重龍眼，雙足如三太子踩風火輪那般飛回焙灶寮去了。父母沒僱請過手腳這樣伶俐的工人，高興極了，要添丁隨時奉上飲料。

可添丁不喜歡，因為外省阿叔指甲縫裡盡是黑垢，身體還有股臭味。中餐時如此，晚餐時更是如此。

姑丈看見添丁在皺眉，竟兇狠狠罵人：「姦！外省ㄟ，你嘛手洗較清氣咧，阮這個孫仔是大學生，你欲驚死人喔！」

添丁連忙雙手連揮，虛偽的說：「無緊。」

外省阿叔已經去用香皂洗手，一邊呵呵笑，說：「姦！某攏走去矣，洗遐爾清氣創啥？」

姑丈說：「你就是規身軀臭汗酸，某遮會走去！姦！擱好意思講。」

外省阿叔洗過手，坐下，父親斟滿他身前酒杯，他一仰頭就乾了，說：「有啥物歹勢講，阿不是我去討契兄啦。」竹筷夾起肥滋滋五花肉塞進嘴中。

父親對他說：「先呷飽，才喝酒，較袂傷胃。」要添丁幫他盛一碗飯。

外省阿叔伸手接過，對添丁說：「大學生擱會做粗重，無簡單哦！」添丁禮貌的笑了笑，並不想接口。外省阿叔則自言自語了：「唉！若是較早娶某，生一个後生，……」仰頭又喝了一杯酒。

姑丈說：「姦！早共你講，娶某愛娶外籍仔，越南ㄟ，大陸阿，攏好，你甭聽。這馬娶一个山地婆、青番，燒酒啉比你較雄，擱三兩天就離家出走，你娶某有啥物路用？……」姑丈個性粗直，似乎與外省阿叔很熟識，講話不留情面。

外省阿叔沉著臉，罵了句：「姦！」

父親個性比較溫厚，說：「娶啥物款人攏同款啦！……」轉頭向外省阿叔，安慰似的說：「免操煩啦！出去一段時間，就會家己轉來。」

姑丈說：「是唷，今仔轉來了，會當歡喜啊！」

添丁不理解姑丈諷刺的語味，問：「已經轉來了矣？……轉來啊，甭是足好嗎？」

姑丈冷哼：「是足好啦！擱較好是有身啊！姦！三天有兩天無佇厝，抑甭知是誰的種咧？」

外省阿叔聽得把酒杯往桌面重重一頓，高粱濺得到處都是。他瞪大眼珠，說：「姦！……」不知是怪姑丈多事，或是罵那個不知是否存在的姦夫，還是罵自己的牽手。

父親趕緊緩頰，說：「轉來就好。……厝裡若無妻後，就無成厝。」

外省阿叔沒接口，顧自又豪飲一杯酒。

外省阿叔酒量極佳，當晚喝得醉醺醺，隔日工作卻生龍活虎。採收第三日晌午，父親看著一口焙灶已堆得隆起，另一口已半滿，嘴角露出笑容。

下午卻下起雨來。烏雲從崁頭山鋪天蓋地而來，轉瞬間，天地一片黑壓壓。採收工作是不必看老天爺臉色的，因為一旦上工，採收下來的龍眼超過三日不起火烘燻，就會殼翻黑、果肉軟爛，所以不管烈日炎燄、遑論風雨欺凌，都得咬牙硬撐、繼續採擷。

天空才滴淚，一群人就趕緊穿上雨衣。沙——，眨眼間天空果真倒下雨來。添丁見雨狂風暴，也攀上樹去。他自小幫忙農事，可他是讀書人，手難縛雞。母親擔心的阻止：「你袂曉爬樹，莫啦。」然而強風一陣比一陣冷，畢竟沒有堅持。

添丁站在樹顛。結果纍纍的龍眼樹本就枝葉威蕤，加上飄風颮掠，讓他整個人突出於樹梢之上。那種感覺很新奇，就彷彿他已練就絕世輕功，可以身輕如燕、能飛簷走壁，讓他頗自豪。猛然邃闇的天際光芒一閃，震天霹靂轟——，響於耳際，嚇得他差點摔下樹去。他有點兒腿軟，可身旁竹簍空空如也，貿然下樹，要惹笑話。

母親說：「夭壽唷，霆這種雷公！天公伯啊，……」喃喃自語，應該是在虔誠祈求。

母親的禱告似乎當真上達了天庭，午後雷陣雨來得急，去得也快，一小時後天空已放晴。

白皚皚的嵐霧由谷壑冉冉昇起，雲彩映著西口，呈現殷紅淡紫萬種斑斕色彩，東方山頭甚且掛著一彎彩虹。渾圓晶瑩的雨珠由枝葉間滑落，蹦蹦跳跳，似舞，滴落在矮叢、青草、泥地，滴滴答答，似音樂。

添丁採擷完整顆樹，下至樹頭，眺視著、聆聽著，心情無比輕鬆。無限喜悅油然而生，一種近似生命完成的喜樂。這是第一次他獨自採收完一整顆龍眼樹，尤其是在濕淋淋西北雨中，更讓他滋生超越了困境的成就感。

乍然一縷輕煙打不遠處裊裊上颺，添丁知道那是焙灶飽滿後父親點燃竈孔後的炊煙。注視著那若斷若續的白絲襯著雨後潤澤鮮綠的山色緩緩浮動，心情隨著浮揚起來。

3

焙灶孔𤍠了火，父母就會留宿在工寮。工寮窄隘、席地難眠、蚊蚋轟嗡、火煙嗆鼻燻眼，添丁遂騎車回家睡覺。

添丁於隔日午後約三點回到工寮，父母竟然都不在，去巡視竈孔，乾柴堆砌完備、火焰熒熒，就不知搆柴燒火的人去了哪裡？

等待了約半小時，看見母親拉著軟塑膠管由山坡另一端蹣跚走來，原來兩老在為柳橙樹噴灑農藥。

噴灑農藥是危險的工作，添丁幼年時父親就曾經因此中毒而送醫急救。噴灑過程也很累人，需一人拿著噴槍，另一人幫忙拉管線。添丁小時候曾擔任過拉管線的工作；把一條六七十公尺的塑膠軟管由馬達的位置拉到山尖，就讓人臂膀痠疼、氣喘咻咻。

添丁趕緊幫忙收拾管線，才纏妥，父親也回來了。兩老皆衣褲髒污、滿臉通紅、神情疲憊。

添丁很是不捨，說：「一定愛今仔日噴農藥嗎？挽龍眼已經足累啊。」

父親淡淡的說：「這馬農作無按照時間浡藥啊，哪有法度大欉？規个山區的柳丁椪柑，大家都倚靠農藥，誰無浡，病蟲害就來。」

添丁說：「為什麼無甲我講？我會當鬥跤手。」

母親說：「農藥足毒。」

兩老一邊說，一邊取水擰毛巾抹拭身體。添丁趕快去拿青草茶遞給他們。

約莫休息了十分鐘，父親去退出了竈孔的柴火，取下掛在簷縫裡的勾耙、長短鏟，準備開始清敉。

添丁其實很畏懼這項工作。龍眼倒進焙灶，是連結枝椏的。一日夜後，則必須將已蒸乾了水氣的枝椏與果粒分離。這項工作必須兩個男工分坐長方形焙灶長邊的兩角，順著長邊慢慢挪移，將焙灶裡平行著四方形短邊的一行行的龍眼枝枒與果粒分離。先是利用彎勾耙取一把把龍眼，枝椏已近乾燥，一耙動，果蒂處自然斷折，沒斷折的則一把一把被勾成一團，手搓腳揉去弄折，可力道需拿捏恰當，太小則功效不彰，太大會捏破果粒。整個過程大抵都必須彎腰操作，一搓揉，煙塵直衝鼻腔，常常呼吸不順、灰頭土臉。唯一值得安慰的是，由於太累人，須常常喘息，遂有了閒聊的時機。

添丁完成了第一行的工作，想起那天在醫院告訴兩老要參加學士後醫學系考試的事，說：

「阿爸，我想欲先去做兵。」

母親大喫一驚，失望的說：「甭是講欲擱去考試、做醫生嗎？」

添丁說：「對矣，所以顛倒愛先去做兵。做兵了，考試會當加分。」

父親說：「你家己決定就好。阿爸是青盲牛，啥物攏不知。」

母親雖覺安心，畢竟嘆了口氣，說：「去做兵，轉來若是考著，愛擱讀冊。唉！你啥物時陣欲娶某？」

添丁知道自己是獨子，父母急著要抱孫子，可這種事急不來，說出來也只是徒亂人意。遂岔開話題，說：「外省阿叔娶山地阿，真正甭好嗎？」

父親揣測的說：「哪會？伊家己歹命啦。」

添丁說：「姑丈甭是講娶外籍仔較好？」

父親說：「好歹是命啦！俊宏的某是海南島人，乖巧、有孝，恁姑丈當然會夯腳。甭過娶外籍仔，問題一大堆的人，嘛是滿四界。……」

父親手持彎勾，探手勾落第二路龍眼，彎腰繼續搓揉、輕甩。清敉的工作之所以要兩人，是因為一左一右速度相近，不同位置的龍眼所受火侯才能均勻。添丁見父親已經又動手，自然也跟著動作。

處理完第二路，添丁問：「有啥物問題？」

父親說：「譬如說恁榮華伯啊，後生娶一个越南仔，本來歡歡喜喜，誰知影五年外，攏袂生。」

添丁頗不平，說：「袂生無一定是查某人的關係矣。」

母親一直在旁邊拔扯添丁二人千甩萬甩後依然固執的連在枝蒂上的果粒，接口說：「袂生的會煩惱！會生的同款煩惱啦。」

添丁說：「啥物意思？」

母親說：「你不是有一個小學的同窗叫做天送？他娶一個菲律賓ㄟ，頂月日幫他生第二个查甫囝兒。天送個兜三代攏是孤子，個老母歡喜嗄，馬上予媳婦十五萬私奇錢匯轉去菲律賓外家厝。」

添丁說：「按尼真好啊。」

母親說：「毋好！對別人毋好！」

添丁問：「為啥物？」

母親未回答，父親已經開始進攻第三路，添丁只得也專心戮力跟進。畢竟老邁了，白天又噴灑農藥，父親的臉又開始紅通通，手腳有些遲鈍。添丁整頓好自己腳下的份額，伸長勾去勾取父親責任區內的龍眼，加快搓甩的速度。

母親說：「天送的某參加外籍新娘聯誼會，一隻嘴親像放送頭，將私奇錢的代誌挈出來品，消息就散開矣。聽說有足多外籍新娘就用按尼威脅個尪，無十五萬就無愛生囝。」

父親也追上進度了，長吁口氣，接口說：「囝生落來問題擱較人。」

這個問題添丁倒是早就發現了，說：「對！俊宏的兩个後生講話攏袂輾轉，有一種腔口。」

父親說：「遮的囡仔將來去讀書，教室敢若聯合國，老師甭知欲按怎教？」

母親說：「哪有需要擱去到學校？現此時一个家庭內，兩个後生娶兩个外籍仔，加上一个照顧老歲仔的印尼看護，早就是聯合國矣。」

父親又開始了工作，添丁也是。他盡可能催快速度，感覺腰被折騰得快斷了，手肱、小腿好像不是自己的，可是硬撐著。他發現父親早就在苦撐了，可是為了避免讓他多劬勞，反而要與他比賽似的加快速度。

添丁故意冷笑，說：「嘿，無認老！」不再閒聊，仿似跑百米似的憋住氣一陣衝斥。

父親當然知道兒子要「變鬼變怪」，可也不認輸，催足馬力猛追，還一邊上氣不接下氣說：「老罔老，擱會哺土豆！」

母親看父子二人忽然比賽起來，覺得好笑，說：「恁父仔子足無聊。」

添丁嘻嘻笑說：「這是面子問題。嘿，少年仔無可能會輸啦！阿母，你甭免替阿爸求情，我袂讓他啦。」

母親說：「免煩惱！我上蓋公平。……」接著說：「其實今仔欲娶外籍新娘嘛無簡單。娶一個，愛開二三十萬。」

添丁說：「二三十萬哪有算濟？臺灣人娶某，聘金攏嘛愛五六十萬。」

母親不以為然，說：「甭過，臺灣人若是趁有呷，哪需要娶外籍新娘？」

添丁想了想，說：「嘛是有理啦！趁無吃，才愛娶外籍新娘，擱先愛挈出二三十萬，……」

話沒說完，抬起頭來赫然發覺母親嘴角微微笑。正感訝異，眼睛餘光瞥見父親埋首苦幹，不發一語，才發現中計。

添丁笑著抱怨：「哎！阿母，您有夠奸詐呢。」

4

龍眼樹結果通常三年一個週期，兩年產量豐盛，一年歉收。今年是豐收年，添丁家山坡地的產量需四個番次才能採收、烘焙完畢，已經二十幾天後了。

父親僱來鐵牛車，將七八十袋共兩千多斤龍眼乾運回家。家裡沒倉庫，就在廚房地面墊鋪木板隔離地氣、水氣，一袋袋十字交叉疊高，堆不下的就放置在客廳，甚至是床鋪上。

添丁與鐵牛車司機扛龍眼乾進屋，累得像牛一樣直喘氣。看著滿屋的龍眼乾，他心中有完工後的欣喜，又覺得壓力沉重。

父親正在數鈔票付司機工錢，司機聳聳肩膀，似乎要消減臂膀的疲憊，隨口問：「阿信叔，遮爾濟龍眼乾攏要剝肉喔？」

父親說：「哪有可能？若有人欲買，就欲糶糶咧。」

司機笑笑說：「對啦！糶糶咧較省工。」告辭離去。

母親由儲藏間裡搬出許多鎖瑣碎碎，包括小鐵勺、大小鉛桶，最主要的是烘爐、竹蔑編成的烤架。司機前腳才離開，她就不高興地說：「為啥物欲糶？我攏欲留咧剝肉。」

添丁反對：「人工對佗位來？遮爾多龍眼乾，您一个人愛擘兩个月。……價格若會使，就賣賣哩。」

母親堅持：「哪會無人工？你等欲做兵，俊宏的某逐工騙嬰仔，攏閒閒。」

父親不講話，添丁知道他不想和母親爭辯。母親主觀意識很強，決定的事全村莊的牛也無可能拉得她回心轉意。

可苦等一個多星期，連一個「販仔」也沒來訪價。添丁心生疑惑，父親也不禁愁眉，母親則一付事不關己的模樣。

父親四處打電話詢問中盤商，也請熟稔的農家互通消息、幫忙介紹，總算三星期後來了個肥肥的男人。天氣很熱，他手裡拿著一支塑膠扇，猛搧，一臉不耐煩。

父親打開袋口，商人伸右手張掌插入袋中，翻翻攪攪，說：「今年是大生年，龍眼乾攏足細粒。」

父親說：「我山坪的龍眼是種佇柳丁園內，有呷著牛屎肥，袂啦。」

商人取一二顆龍眼乾聞一聞，以手臂貼壓袋子側邊，不屑的說：「傷澹。」

父親當然知道他故意嫌棄，自信的說：「我的龍眼乾是用焙灶烘的，燒龍眼柴，絕對足芳、真焦。」

商人抬眼瞄滿廚房的龍眼乾，說：「這袋是你揀的，當然品質較好。」

添丁不悅起來，插嘴說：「阮阿爸是古意人，……」

父親也皺眉，但以目示意阻止添丁多言，說：「欲看佗一袋？」

商人當真伸手一指。

添丁與母親同時看向他指的方向。添丁更覺不悅，說：「你是有欲買嘸？」

父親耐著性子，叫添丁過去，兩人將一袋袋龍眼乾搬下，抽取出最底層一袋，拆開縫線。

商人同樣插手入袋中。

父親問：「按怎？」

商人不置可否。添丁發現他眼中閃過一絲輕蔑與得意，似乎對自己的刁難、予取予求，感到滿足且驕傲。

商人說：「一斤三十。」

父親說：「三斤龍眼焙一斤龍眼乾，龍眼擱較俗嘛愛一斤十元。」

商人說：「三十五。」

父親說：「頭家，挽龍眼甭免人工呢？焙龍眼乾攏免龍眼柴哦？」

商人說：「三十六。」

這回父親還沒開口，母親已厲聲說：「甭賣。」

商人倒被嚇一跳，說：「三十九。」

母親堅決的說：「甭賣。」

商人反倒緊張了，說：「妳想欲賣偌濟？」

母親抿緊雙唇，繃出同樣簡短的二字。

商人離開了。

原本因為豐收應該歡天喜地的家，氣氛變得很低迷，委屈、憤怒、無奈的情緒充斥著。

姑丈這時候來了，帶來一盒龍眼肉。

龍眼肉以透明膠盒包裝，上頭印著「桂圆肉」。添丁起初以為打字打錯了，仔細辨認，才恍然那是簡體字。

姑丈打開盒蓋，說：「阿信，摸一下。」

父親拿起一小把，輕捏，說：「烏嚕嚕，擱澹糊糊，這種龍眼肉誰欲買？」

姑丈說：「足濟人買。一斤一百。」

添丁驚呼：「哪有可能？」已聽見父親喃喃自語：「九斤龍眼焙三斤龍眼乾，三斤龍眼乾剝一斤龍眼肉。龍眼乾破殼、剝肉，工錢愛三十。……賣一百，欲賺啥？」

姑丈說：「街仔尾春雄，投資一百萬去大陸焙龍眼乾。大陸龍眼俗、人工俗。」

父親說：「春雄是阿舍子，會曉烘龍眼乾？」

姑丈說：「佃用乾燥機。四面圍鐵板，中央舖鐵網，龍眼倒佇鐵網，鐵板外口有一孔鐵灶，灶內燒柴油，送燒風入去烘。」

母親插嘴：「按尼，龍眼乾咁袂有油味？」

姑丈鄙夷的說：「烏、澹、臭油煙，咱呷會出來，海口人戇戇，哪會知影？」

父親無奈的說：「重點是，大量製造，霸佔市場，……」

母親生氣起來，說：「莫怪透早買龍眼乾的販仔遐遛苛頭。」

添丁很憂心，猜測說：「大陸的桂圓肉銷臺灣，臺灣的龍眼乾肉嘛會當銷去其他所在，日本啊、韓國……」

父親說：「農會無去接接，咱農民哪有才調開發國外的市場？」

姑丈贊同，諷刺的說：「數想農會去接接？較早睡較有眠啦！農會今仔親像銀行，咱哪會當儉錢、借錢。上好你無法度種作，種作了無法度賣出去，佃會當借錢予你，你還袂出來，佃就會當抵押、拍賣你的土地。」

添丁說：「袂當銷去大陸？」

姑丈說：「政府甭開放，欲按怎銷大陸？」

父親嘆了口氣，說：「欲開放，困難啦。」

添丁說：「不是足濟立委、議員、官員，攏講足關心農民嗎？」

姑丈說：「關心？姦！選舉的時陣啦。……」

四人正說著話，瞧見一輛摩托車蓬蓬蓬轉進庭院裡來。是郵差，拉高音量說：「李添丁，掛號。」

添丁趕緊去簽名，領取。一看，深深皺起眉頭。

5

三個禮拜後一日黎明，添丁背著簡單的行李走出家門。

父親正忙著將成袋龍眼殼搬上機車，準備載去山上當肥料。母親向父親說：「陪添丁去坐車啦。」

添丁說：「甭免！」

父親已朝他走來。

父子二人走在初秋微涼的村落小街道，都不知道要說什麼。

那日郵差送來的是徵召入伍的通知單。父親與姑丈是過來人，就隨口告訴他一些軍隊的事，叮囑他要注意的事項，添丁自是一一點頭記住。可他著實不願意。當兵雖是國民應盡的義務，可是在家中欠缺人手的時候收到兵單，內心真是百味雜陳。

父親看了添丁一眼，嘆口氣，說：「你攏遮大漢啊，愛去做兵啊。」

添丁玩笑地說：「足──大漢阿啦！若不是讀大學，早就做兵做了啊。」

父親恍然說：「對喔！你的小學同學攏做兵了，娶某生子啊。……唉！阿爸真正老啊。」

添丁笑笑說：「阿爸哪有老？清救還是嚇嚇叫！」

父親也笑了，說：「彼是你讓我啦！阿爸不是老番顛，清彩你騙。」

添丁說：「阿爸，……」欲言又止。

父親說：「講話就講話，咿咿嗯嗯，創啥物？」

添丁略沉吟，說：「阿爸，山坪的穡頭，一定愛繼續做嗎？」

父親淡淡的說：「這个問題咱甭是講過足濟遍啊？穡頭甭做，欲放乎抛荒麼？」

添丁說：「甭過你們攏有歲啊。」

父親說：「祖公仔放落來的穡頭，有歲嘛愛做。」

添丁想起屋裡那一大堆尚未剝成桂圓肉的龍眼乾，以及放在一只只一公尺高缸甕裡不知能否賣得掉的龍眼肉，說：「辛辛苦苦，嘛不知趁有工錢未？」

父親說：「加減賺較袂散。做田人是菜籽仔命，一日無流汗就袂氣活。趁濟賺少無要緊啦，度三餐會飽就好。」

兩人走到車站。添丁搭的是第一班車，沒有其他乘客，兩人在候車亭內椅子上坐下。父親比添丁矮，蒼蒼的白髮剛好映入添丁眼簾。差一兩分鐘客運車就要來了，添丁胸口乍然湧起一股衝動，說：「阿爸，退伍矣，我轉來厝裡甲你湊做工作。」

父親一愣，然後笑了起來，說：「讀臺大，回來庄跤種龍眼？你是頭殼罋固力喔？」

「甭過，……」添丁囁嚅地。

父親已接著說：「逐人有逐人的命啦。祖公仔愛我做牛，我只好拖犁。阿爸當初四處借錢予你讀書、補習，就是甭愛你做牛。阿爸做牛，你甭是，按尼阿爸就滿足啊。」

「……」添丁還想爭辯，父親抬頭眺見客運車緩緩駛來，站起身，說：「車來矣。」

添丁也站起來，卻不知要如何向老父告別，良久才說：「放假，我會較緊轉來。」

父親拍拍兒子的肩膀，說：「我知影。」看著兒子跨上車廂。

——二〇一二臺南文學獎佳作

蘄雞頭（閩南語創作）

1

日頭慢慢落山，紅霞南區一陣、北爿一片，低低懸懸、奇形怪狀。雲尪紅牙赤紫，自天邊一層一層排列，光芒閃閃爍爍，舊底青翠的山崙仔煞暗淡無精彩。五六點矣，暗暝卻毋願降臨，漚鬱熱無減少，予人齷齪、使性地，親像菜頭蓬心。欲轉去鳥仔岫的厝角鳥仔佇半空中飛，颺颺飛，閣颺颺飛，親像欲把握日時最後一疕仔時間𨑨迌來敕桃去，一雺仔懸一雺仔低、正爿竄倒爿旋，嘻嘻嘩嘩。阿福伯攑頭，受著鳥仔叫聲感染的款式，忽然間元氣十足。

「你欲做，阿爸當然支持。只是，你看，場地無理想，閣確定欲租呢？」阿福伯對身軀邊的大漢後生添丁講。

添丁恬恬，目睭望向曠闊的工寮，行入寮內，踏上用水泥起造的焙灶頂懸層，目眉拍結。

「無需要用著那爿，這爿已經足闊，會當擺四五臺乾燥機。一臺乾燥機焙三千斤青龍眼，焙出一千斤龍眼乾。以今年的價數，青龍眼一斤十五箍，加上龍眼柴、沓沓滴滴的開銷，若準龍眼乾會當賣五十五，就袂了錢。橫直咱山坪嘛有龍眼愛挽，規氣閣去南化市仔買，會當加減賺。」阿福伯講。

「今年的世面，毋驚艱苦就會賺錢啦！」閣講，誠歡喜彼款形。

頭拄仔飛轉去鳥仔岫的栗鳥仔爽歪歪的快樂氣氛再度溜旋入阿福伯心槽，伊翻頭看見添丁半白的頭鬃，問：「毋過，你已經五十八矣，平常時手不離三寶，閣有體力做遮種穡頭？有遐爾需要錢呢？」

添丁的面色飄過一疕仔烏影，講：「做雞愛筅，做人愛反。」又笑笑仔講：「會當賺，為啥物毋賺？有人嫌錢少呢？」

阿福伯頕頭，講：「按呢就確定欲租乎？第二个啥時陣轉來？」

添丁講：「大後日的飛行機。」

2

汽車敢若起豹飆，佇彎彎斡斡的山路走傱，倒爿倚坪，正爿靠崁，崁跤是萬丈深坑，有幾分仔徛懸山看景致的風情。車內三人當然無彼種閒工。

汽車大轉彎，阿福伯趕緊講：「較慢！較慢咧！腹肚滾絞，會吐。」

添丁放冗踏油門的跤，講：「聊聊仔駛，趕袂著早市啦。」

「臺灣人就是好命！阿六仔駛車，管你會眩車袂。」第二後生添財講。

「阿六仔？」阿福伯問。

「大陸仔啦。」添財笑笑。

「今仔愛講中國人。」阿福伯講。

「喔。」添財回答。

「這足要緊！袂使濫糝。」阿福伯閣再叮嚀。

添丁解釋：「叫個阿六仔，是恥笑啦！誰叫個將臺胞號做呆胞。」

「好佳哉咱毋是阿六仔。」阿福伯笑笑。

添財問：「阿爸以早毋是袂眩車？」

阿福伯回答：「最近著猴，一直頭殼眩、腰痠背疼。」

添丁猜想三人咧開講，轉移了注意，偷偷踏油門。阿福伯隨發覺，抑落車窗一直欶氣。好佳哉果菜市場無偌久就到矣。

遠遠聽著吵抐聲，三人連鞭行入去。市場邊有拄拄仔好載龍眼來的農民，猶袂卸貨，一大群販仔就圍過。添丁與添財對相，馬上向無仝的農民濤過，卻掠無頭摠。販仔本錢粗、講話大聲、買量大，幾改出價、相殺，兩人攏敗馬。按呢衝出衝入，拚三點外鐘，買無半斤龍眼。而且，價錢一臺斤二十，實在買袂落手。

透中晝，已經散市，三人虯佇市場邊椅條頂食便當。

「袂使！」阿福伯扒無幾喙就吐氣，憂頭結面。

添丁看見阿福伯便當內飯菜猶原滿滿，目神僥疑看伊。

阿福伯當作毋知，講：「添財熟似的線跤，閣有咧聯絡無？」

添丁講：「去大陸遐爾久，哪有可能？」口氣中卻是充滿希望。

添財講：「聯絡是無，但是知影𪜶厝。」

阿福伯目光閃爍，可比中晝赤焱焱的日頭光，講：「今嘛應該有佇厝，直接去揣。」

果然有三位農民佇厝。添財去大陸進前也捌兼咧烘龍眼乾。伊勢交際，做事海派，農民猶會記得，爽快答應矣。三人佮𪜶約定好勢，留三萬箍拜託𪜶代替買。回程中，阿福伯無眩車囉，滿腹樂暢。

3

委託線跤買龍眼的工課百分順利，隔轉工就買四五千斤，兩臺乾燥機攏起火矣。小可仔落漆的是，價數略略仔懸，一斤接近二十。「入價貴，出價自然貴。」添財誠樂觀。添財步頻有做生理的頭殼，阿福伯聽著，就相信矣。他的耳空傳來乾燥機風扇轟轟吼的聲音，心頭有一種吵鬧的快樂。

卻快樂無一日。

龍眼落焙灶，果粒連樹枝，烘一日以後，需要將二項分開。乾燥機內面龍眼分四層，逐層下面鋪鐵絲網，網邊有掛勾。去除刺牙牙樹枝以後的菓粒，由乾燥機頂面的吊車吊起鐵網，落佇另一臺乾燥機，拄拄好上下層翻爿，龍眼吃火才會平均。本來就是看好有吊車，才會稅這位工寮，哪知影開關抑規晡，敢偌死人袂震袂動。阿福伯趕緊敲電話予工寮頭家，是一个寡婦。電話響透天、響足久，無人聽。阿福伯叮添丁繼續敲，敲十外通，總算來接電話矣，偌親像佮伊全無干涉的口氣，講，彼是遙控的。問伊遙控器佇佗落，竟然說拍交落矣。拜託她揣，講揣無。勞煩她想，想真久，才講佇工寮邊的房間。三人隨時去歇睏間仔揣來揣去，揣著一篋工具籠仔，鎖咧，鎖匙頭鐵仔已經生鉎。敲電話討鎖匙，講烏暗暗毋願出門，阿福伯只好派添財駛車去挈。等挈著鎖匙，打開房間，揣到遙控器，電池嘛換新，原在無法度起動。阿福伯真懊惱，「哪會無先試看覓？」責備家己。兩個後生無半句埋怨，挈耙桸、畚箕，一畚箕一畚箕將半焦的龍眼倒入另一臺乾燥機。阿福伯近來跤腫手腫，而目睡眠不足就血壓夯高，毋敢鬥相共。按呢一陣烏龍旋桌，伊回去厝里洗身軀已經九點矣。闔睡袂去，一直反眠床鼓，規半夜，才聽見兩个後生前後回來洗浴，金金相床頭的鬧鐘仔，拄拄好聽見雞咧啼。

4

委託線跤買龍眼袂使若欲若毋，東爿才濛濛仔光，阿福伯佮添財閣出門矣。添財目睭牽血絲，一直哈唏，好佳哉買賣誠順利。

「六千斤，開十二萬，會上濟無？」添財一屑仔煩惱。

阿福伯心頭蓬一下。十二萬雖然毋是小數目，但是對佇中國經營工廠的添財來講，哪會膽膽？

「工廠，有順利無？」

無回答。

「你嫌臺灣工商倒退攄，工廠收收咧，款錢去中國投資。攏無賺錢？」

猶原恬恬。

「袂攏總去了了罷？」驚惶起來。

「阿共仔足可惡，學會曉臺商的技術以後，就刁難。提高原物料的價數啦，查稅啦，講你無環保啦，……」添財吞吞吐吐。

阿福伯內心著生驚，想：「按呢毋是將錢摼人去埤仔？莫怪伊連焙龍眼乾這款艱苦錢嘛欲賺。」

添財忽然問：「大兄為啥物欲烘龍眼乾？伊按老師做到校長，退休，退休金毋是足濟？他打電話叫我轉來鬥跤手，我掠作滾耍笑。」

「我嘛毋知。」

兩人講來講去，聲音漸漸縮小，攏睡去矣。毋知過偌久，車門吭一聲，二人褫目睭，才知影轉來到工寮。

阿福伯落車就歹聲嗽：「添丁，為啥物龍眼乾無畚起來？」

「諱！話頭長。」添丁十二分委屈。

「頭家，先搬龍眼，我趕緊欲轉去。」司機拍斷個的話語。

兩兄弟仔只好先處理買轉來的龍眼。

龍眼足重？袂啦，袂重，一帆布袋六、七十斤哪會重？卡車司機胳下空各挾一袋，閣會當走若飛哩！兩人卻感覺有夠重，有夠重！已經五十外外，閣一、二十冬無做粗重，哪有可能原在有擋頭？兩人起先用肩胛頭夯，紲落來用尻脊骿揹，煞尾是揹的姿勢愈來愈隱痀。揹一百袋以後，兩人的腰脊骨完全無感覺，因為腰已經無屬於個矣。阿福伯袂當幫忙，只好佇二人夯的時陣，三不五時遞予個飲料。卡車司機個性膨風，笑甲欲歪腰，開車前問：「滷肉跤，明仔載幾點出發？」二人連答喙鼓的氣力嘛無。阿福伯講：「仝款五點。」

三人倚佇壁跤，坐足久，無講話。月亮慢慢爬，爬慢慢，卻一觸久仔就爬上東爿山頭，地面糝著淡薄仔月光。添丁雄雄講：「會當停睏十分鐘。」兩人才想起猶有兩空焙灶的龍眼乾猶未裝袋。

「原本叫是遙控器害去，結果是吊車的moo51 ta11。修理好，才發現規排齒輪生鉎。揣師傅、買材料，出出入入，一工就過矣。」添丁閣講，敢偌咧開破他為啥物失職。

兩人無講啥。自細漢的時，攏是合家做伙勞動，了解無人會貧惰，閣了解假使有氣力，家己願意承擔較濟，予別人加歇睏。

「你去歇喘！予阿爸牽布袋，我來裝龍眼乾。」添財講。

「鬥陣做啦！」添丁徛起來。

三人開始動作。

挖起乾燥機東爿位置裝一二袋，阿福伯搭嚇起來：「等一下！走精去矣。」剝開畚箕內二三粒龍眼乾，果然烏趖趖。

「噯！」添丁真失望，指著壁跤本來蓋佇乾燥機內龍眼頂面，今仔已經燒甲半臭焦的布袋，解說：「吊車袂順，無注意，乾燥機險火燒。」

「乾燥機食油，本來就足勢火燒。」添財安慰。

阿福伯行去四角落挖，挐幾把龍眼乾一粒一粒擘開，講：「好佳哉過火爾爾。愛分開，袂使透濫騙人。」

二人頷頭，開始裝袋。裝完，閣是半暝矣。三人食早頓食無丁的包仔、冇硞硞的饅頭，無燒燒的滾水當配，嘛感覺是山珍海味。

添丁吞一喙饅頭，講：「俊男來講，有人欲予咱代工焙龍眼乾。阿爸感覺好無？」

「啥人？」

「甄大業，買龍眼、賣龍眼乾、擘龍眼肉，一必一中。俊男講，伊逐年上煩惱無人替伊焙龍眼乾。俊男主動去找伊，伊阿莎力一聲就答應。」

「價數按怎算？」添財問。

「一斤龍眼乾，工錢十箍。」添丁講，手比向工寮內：「彼爿閣真曠闊，會當排一臺。攏總五臺乾燥機，會當烘五千斤龍眼乾，會當賺五萬。」

「五萬？」阿福伯真歡喜，閣淡薄仔掛心，講：「身體會堪得無？」

5

阿福伯與添財仝款天袂光就出門買龍眼。今仔日卻無順序，只有三千斤，卡車後斗囥無滿。倒轉去工寮，卻大生驚，因為應該空空的三臺乾燥機攏囥甲飽飽。

「添財無帶手機仔呢？哪會無接電話？」添丁著急講。

添財挈出手機仔，連「來電顯示」嘛無，極意外，講：「山區收無訊號？」

「收著嘛無效啦！線跤已經買矣，無去收，嘛是了咱的錢。」阿福伯講。

添財擧頭看卡車後斗的龍眼，問：「欲按怎？」

「用遐的試看覓？」添丁望向懸懸的水泥焙灶。

「袂當！水泥焙灶吃火袂平均，到時陣有臭焦的，有無乾的。」阿福伯反對。

「嘿？按呢，龍眼欲送我呢？」卡車司機笑笑，講孽譎仔話。

三人恬恬思考。想有夠久，添丁講：「按呢好麼？佇乾燥機裡面烘一日的龍眼，撨徙去頂面？」

「唉！阿里山火車硞壁！」阿福伯透氣，講。

逐人聽甲霧嗄嗄。

「無路啦！」阿福伯解釋。

原本租這个工寮，是看準有焙灶、吊車、鐵網。啥人知影水泥焙灶設計撞突、吊車年久失修、鐵網舊慘慘害落落。今仔欲將半乾的龍眼送上一樓懸的水泥焙灶，閣發現修理好的吊車無才調轉彎，只好靠人工。添丁二人去拿畚箕，一畚箕一畚箕裝，阿福伯在水泥焙灶頂接手、倒入去。阿福伯的龍骨動過手術，跤腿閣腫歪歪，袂使做粗重，這時陣嘛無法度顧東顧西矣。

「早若知莫先繳租金。」添丁講。

阿福伯透大氣，講：「死尪的阿婆，閣有憂鬱症，佮伊有啥好計較？」

兩人感覺老爸講的有道理，只是身軀實在壞負擔，難免做一目躡仔，歇一目躡仔。搬煞，閣愛將卡車頂面的龍眼囥入乾燥機內面。囥入矣，點火矣，三人腰痠手麻跤袂彎曲，跍在塗跤伸筋挽領。

「這車超過三千斤喔！」添丁問。

「哪知影忽然間漲出遮爾多。」添財講。

「甄大業予咱代工是真好，是講哪會講無好，忽然間就載來？今仔日載偌濟斤量？」阿福伯問。

「毋知。」添丁回答。

「毋知？」添財掣一趒。

「卸貨的司機講，三斤龍眼焙一斤龍眼乾，將來用交轉去公司的龍眼乾來計算，龍眼免秤重矣！」

「敢袂有問題？」添財畢竟經營公司，有一寡仔顧慮。

「袂啦！阿爸不是教咱愛信任別人？」

添財看龍眼尖甲拄天，講：「明仔載猶原欲挽山坪的龍眼呢？」

「工人叫好矣。平常時欠人工，今年若無照時間，明年就叫無人。」阿福伯講。

半暝，三人齒頭做了，齊聲吐氣。聽見吐大氣的聲，你看我，我看伊，文文仔笑。

6

添財較會曉燃火，隔轉日阿福伯與添丁就去山坪採收龍眼。

工人兩男兩女。查埔工負責上樹摸樹枝一手一手挽，擲落樹跤，予查某工挈鉸刀剪枝、裝箱，然後駛搬運機仔載去水泥路，黃昏時開卡車載去工寮。

工仔佮阿福伯誠熟似，拄見面就拍抐涼：「阿福哥，後生一个做校長，一个開工廠，愛閣遮爾歹命呢？」

阿福伯笑微微，講：「欲吃米，家己兗啦。」

這款滾耍笑透早時陣才有。挽龍眼足疲勞矣，尤其是八九點仔日頭探頭以後，樹佇山坪頂，人在樹頂，日頭曝佇頭殼頂，敢若咧ＢＢＱ，體力就親像跙流籠。中晝袂當休息，便當扒扒咧，䖙在樹跤眠一下就足幸福矣，日頭猶赤焰焰，就愛做工。添丁已經真濟冬無挽龍眼矣，驚熱，腹肚肥朒朒了後，愈怕，佇樹跤一直喘氣，像狗，舌吐長長。下晝三四點，忽然間坪底吹來一陣涼風，無意間擇頭，發覺西北爿大頂烏趖趖。「毋通喔！」伊才佇心底喝咻，半空中雷公恐恐吼，一陣爍爁，雨水已經戽落來。西北雨無留情份，袂輸挈面桶潑水，雨幔袂穿妥當，衫仔褲已經沃甲澹漉漉。伊扭掠溜落樹跤，雨針順著樹葉空縫，宛然米篩破空，準做雨衫穿好嘛了然。風閣咻咻叫，透心寒。這種感覺誠熟似，伊是大囝，自細漢隨阿爸車拚，風風雨雨，啥物死人骨頭的艱苦吃無著？如今叫醒記持，畫面一頁接一頁，像咧放送電影。這款影片全然袂予人佮意，心頭敢若含梅仔，酸味雄雄溢上嚨喉。「欲八十歲矣！誠勥跤嘛是骨頭袂伸勻矣！我咧猔啥？」心內怨感。

添丁欲暗仔頭殼額仔袂輸咧拼鼓，血筋捽捽叫，發燒。阿福伯陪伊去看醫生。診所狹䀹䀹，攏是人，有人跋倒血流血滴哼哼叫誠痛苦，有人凬邪拍咳啾流鼻水猶是無掛喙罨仔誠無衛生，攏總三不五時就哈唏，攏要求醫生開重藥、注射。添丁明白因端。作穡需要人工，倚靠做散工仔賺錢度三頓的工人更加需要隔工就會當賺食，破病哪有休息的命？

「欲注射無？你毋是欲轉去臺北？」阿福伯問。

添丁頷頭。伊佮做工仔人仝款無時間歇睏。

7

添丁佇拍殕仔光的時陣揬開網仔門，睏房傳來微微仔聲音。明明是咧念經，會予人心情落軟，伊卻聽甲十分齷齪。透早四五點，家後佇寢室誦經，一對兒女早就慣勢，猶原睏足落眠。無方便入去房間，伊半麗倒佇膨椅，欲睏，煞反眠。拍開電視，三四臺攏咧重播政論節目，來賓講甲喙角全泡，歹聲嗽，伊趕緊揤靜音。螢幕內宛然法官審案的貴賓，歹面腔、雙手比來搧去，親像跳舞的小丑仔。

伊無偌久就睏去。

雄雄精神，拄好看見耀祖欲囥落遙控器。

「爸爸像奶奶了，打開電視馬上睡著。電視一關，就醒來！」耀祖講。

添丁微微仔笑。「你欲煮早頓，……喔，你要煮早餐了嗎？」添丁隨翻做北京話。

耀祖佮小妹怡貞仝款毋捌臺灣話。耀祖細漢是阿公阿媽晟養的，聽有，袂曉講，怡貞真真正正是天龍國的臺北人，對臺灣話是鴨仔聽雷。

「對呀！爸要吃什麼？」

「隨便。」

耀祖轉踅去灶跤。

耀祖讀冊一直無順序，三十偌歲，佇大賣場出口收錢。個性比查某人較溫馴，愛清氣，厝里逐天摒甲屧屧貼貼。添丁永遠會記得親戚欲幫伊紹介女朋友，伊無講欲，也無講毋，親戚轉去矣，才平靜講：「爸，一個月賺三萬塊，在臺北市，怎麼娶妻生子？」添丁疑惑，問：「剛才你為何不拒絕？」耀祖講：「直接拒絕，不是打臉人家的好意嗎？」永遠是遐爾搭心，卻選擇一世人孤佬！望著伊雅氣的背影，添丁心頭酸酸。「所以愛加趁錢，愈濟愈好。毋過……」

透早的光線照射伊，佇地面照出烏影。望著曲痀的人影，添丁吐大氣。

耀祖焐滾頭糜，煎四个卵，炒高麗菜穎仔。跤手真猛掠，一日曝仔就煮好矣。

添丁貯三碗糜，耀祖排三雙箸。

拄欲食，怡真行出房間，坐落來，耙一喙糜，講：「爸，教會牧師詢問，明天要去醫院探視會友，你方不方便？」

添丁講：「晚上我要趕回去南部。」

耀祖講：「今天參加甚麼活動，爸一定要趕回來？」

「我……」

添丁有話頭無話尾。當然嘛有代誌，但是講著話頭長。而且，佮阿爸講慣勢臺灣話，佮兒女講北京話，煞袂輾轉。不止後悔無教囡臺灣話。

「怡貞，有富沒再打電話嗎？」添丁問。

「我故意不接。」

「真的不……」

「不需要再考慮！」怡貞講甲真肯定：「我是生技科學家，開發疫苗是天職。他卻利用我講的話去買賣股票、炒內線。……」

「利字當頭，很少人能拒絕得了魔鬼的誘惑。」耀祖笑笑，插喙。

「你會做那種事嗎？不會！」怡貞對耀祖講：「那麼，我學有專精，何必嫁給魔鬼？一輩子憤慨，又讓人瞧扁！」

三人無閣講啥貨。耀祖、怡貞食飽，前後去上班。

「我不如妹妹優秀，但養活自己沒問題，爸爸不必那麼辛苦。」出門前，耀祖突然講。

添丁無知按怎回答。

佇灶跤洗碗洗好，睏房中傳來的誦經，聲音拄好結束。添丁拄咧拭手，透早微弱的日頭光熠入來，熠著吊佇客廳壁面的金色十字架，光線反射，像針，鑿中伊目睭流目油。伊忽然間跤手扭掠，佇家後行出房間前，迫促離開厝裡。

8

徛踮頭前。額頭縛白巾，雙手扛一枝招牌，添丁引悉將近五百人。左爿是隊伍，正爿嘛是，肩胛頭拄肩胛頭，來自社會逐階層的男女插雜做伙，面紅紅，心嘛紅紅，喘息像颱風，空氣誠穲味。天氣不止仔燒熱，日頭光烘打馬膠路，一陣一陣燃石油的臭油餲白跤底旋起來，眾人親像佇熱滾滾的燒水內沐沐泅，閣袂輸是籠床內的肉包，強欲著痧。

隊伍開始向前行。總領隊徛佇上頭前吉普仔車頂，開喙悉頭喝，跟綴的群眾熱烈響應，喝聲驚人。添丁卻智覺真落簑，透世人教學生做人愛老實、做大誌愛定著，路尾家己行上街頭，煞連口號都喝袂出聲。「唱聲矣！」伊鼓勵家己。伊是小隊長，自南部趕轉來，竟然喝袂出彼種唉父叫母的聲嗽。吉普仔車佇喝口號的空縫播送歌曲，大多數是軍歌，透濫一兩首像「愛拼才會贏」彼款紅透天的臺灣歌，親像鼓舞人捙拚。愛拼才會贏？就是按呢！就是這款聲勢！

這世人伊毋是時時刻刻用這句話警省家己？只是，拚一世人，拼甲昨暝在庄跤診所滴大筒，今仔閣淪陷佇街頭。伊感覺厭氣，毋對！是激氣。只是，欲共啥人激氣？

「讀遮爾濟冊，有啥路用？」耳空雄雄響起這句話。彼句話是這世人第一遍使伊見笑的刺激。讀國小的時陣，伊的功課削削叫，縣長獎畢業，是規庄頭第一个考著師專的人。有一个佮伊同年紀的表兄，成績吊車尾，後來做裝潢。裝潢師傅一日工資八百，做老師一日無夠四百。厝邊兜當然恥笑：「讀冊有啥潲仔路用？」伊自細漢辛辛苦苦塑造的自尊心馬上崩盤，卻胸坎仔挺懸懸，威嚴講：「做老師，是為著教育。」「教出佮你仝款賺無食的子弟呢？」有人譬相。世情真現實，智識份子一旦生活散赤，滿面正範呼籲公道與正義，愈予人看輕。伊頭頕頕，吞忍規半埔，想起只有公教人員有退休金，彼是為著補償卑微的月俸，就大聲講：「做老師，將來有退休金。」現此時伊退休矣，退休金煞減少。

毋過，彼毋是伊行上街頭的宗旨。讀冊人袂使目睭干焦看家己，社會上有偌濟家庭一个月賺無三萬，政府呔會使和中國訂啥物服貿？中國遐爾大，貨物夭壽濟，攏銷來臺灣，臺灣的製造商欲按怎生存？行政院和立法院攏同一黨，代誌濫糝做，逼人民行上街頭。「反黑箱！」添丁雄雄擇手，「愛國家！」「有尊嚴！」閣大聲喝。

一群人行到火車頭附近，路邊真濟人也綴伊喝口號，甚至有人自動行入遊行的行列。人愈濟，挨挨陣陣，愈熱；喝甲梢聲，閣無水通啉。忽然間三四位所在同齊喝咻，群眾吪－吪－，綴咧喝，一直衝，根本無才調控制。衝向一棟大厝，警察旋去覕，眾人就衝入去。添丁擧頭，看見牌匾寫「立法院」。

微微仔感覺無妥當，卻馬上自我寬恕：「立法院若是無照顧百姓，霸占嘛是拄拄好爾爾。」既然按呢想，添丁就坐落塗跤歇睏。坐點外鐘，眾人感覺無議量，漸漸有人耍手機仔、有人坦倒佇議事桌頂、有人四界樂跎，亂操操。無張池有三四陣人做伙攪吵，原來是撞破袂少立法委員的辦公室。遐爾人真囂俳，佇辦公室內面耍紙牌仔、食泡麵，甚至摸開桌屜，將文件㧣開、拆破。拄咧拍算欲按怎處理，一位少年揹一囷麻索，擲上一面牌匾，七八个人開始又摸又掣。轟！匾仔落塗跤，「民意殿堂」四字碎鹽鹽，空氣中攏是坱埃。添丁目眉拍結，「肅靜！逐家冷靜！」添丁大聲喝，無人插潲伊。伊領導的五百人早就四散，四箍輾轉攏是無熟似的生份人。「盍會按呢？人對佗位來？敢會有人刁工來破壞？」添丁僥疑。場面已經失去控制，伊頭頕低行出門口。

日頭拄好落山，頭殼額仔攏汗，添丁紲手敨開額頭的巾仔。看見巾仔寫「誠信」兩字。感覺足忝。

9

半暝轉到南部，老爸看著伊，煞流眼屎，講：「火燒菇寮矣。」添丁明白是「無向望」的意思，意外閣驚惶。

「龍眼乾攏賣予甄大業矣。」阿福伯講。

「賣掉矣？真好啊！今年小生年，龍眼乾價數一定貴參參。」添丁誠歡喜。

「有夠俗。」阿福伯講。

「哪有可能？」

「無人買。」

「產量遐爾少，毋是會相搶呢？」添丁疑惑。

阿福伯內心刺鑿，講：「甄大業為啥物大量焙龍眼乾？按呢就變成大尾中盤，生理攏搶搶去！無其他中盤，像咱這種家己烘龍眼乾的人，欲賣予啥人？」

「伊大掃貨，囤偌濟，銷有路？」

「日本、韓國、中國……」

「中國？欲按怎銷去中國？」

「人自然有空縫。」

「按呢毋是規庄頭的利潤規碗捀捀去？」添丁嘴敢偌予物件窒著。

「去睡，明仔載愛佮人輸贏。」阿福伯講。

「佮人輸贏？」添丁掠無頭摠。

隔轉日到甄大業佃兜已經下晡三四點。佃翁仔某猶咧睏中晝，菲傭講佃昨暝燒酒啉到天光，咧補眠。添丁無議量，目光抲來抲去。甄大業足好額，厝起甲像西洋的城堡，四五層懸，埕斗闊莽莽，四周圍是花園，花木發甲誠鵤趒，青翠的青翠，五彩的五彩。花園邊是圍牆，圍牆外是一坵一坵農地，中央搭一間工寮，裡面排二三十臺乾燥機，日日夜夜烘龍眼乾。大量採買會壓低成本，大量出貨會霸佔市場，庄跤的農民哪是對手？添丁遠遠望著工寮內工人出出入入，聽見乾燥機的聲音響透天，心內誠鬱卒。

「我已經叫司機來對質。」等規點鐘，等著甄大業佃某。誠肥，激面腔。

阿福伯佮添丁無料想伊遮爾刺耙耙。阿福伯講：「有啥物當對質？我有山坪焙的龍眼乾，……」

肥滋滋插話：「有矣，彼工秤龍眼乾你講有一千外斤。十四萬，錢予你矣。」

「阮家己去買龍眼來焙的，閣有五千外斤，……」

閣插喙，副洗：「五千外斤？你白賊七仔！做人愛有良心，予你趁工錢，閣賬想欲偷挈。」

「偷挈？」兩人聽甲風火熗。

司機拄好入來，肥滋滋講：「伊逐工載龍眼予你焙，現此時斤量無夠，你當然愛賠。」

「頭家娘，恁有幾位咧焙龍眼乾？」添丁問，忍耐胸坎的憤怒。

「我為啥物愛共你講？」

「五位。」司機回答。

「攏有記帳？」

「攏無記帳。」司機講。

「誰講無記帳？公司有會計，逐工買偌濟龍眼，記甲清清楚楚。」肥滋滋諍喙。

添丁指工寮：「佮彼个所在，攏總六位？焙偌濟龍眼乾，攏清清楚楚？」

「當然。」

「減偌濟？」

「減偌濟我愛共你報告呢？」

「減四千外斤。」司機講。

「你恬去。斤量無夠，你嘛有罪。」肥滋滋牛目睭睨司機，手擛懸懸，指頭仔指到司機鼻頭。

司機看阿福伯頭鬃白甲若雪，露出克虧的目神，真毋甘。毋過肥滋滋面漚面臭，嘛毋敢閣插喙。

「為啥物講減四千外斤？」添丁問。

「足簡單矣。三斤龍眼焙一斤龍眼乾，會計記錄的龍眼斤量，佮龍眼乾的斤量，袂合。」肥滋滋講。

「拜託咧，頭家娘，內行人毋當講外行話。三斤龍眼焙一斤龍眼乾，是量其大約。今年小生年，雨水厚，三斤龍眼焙無一斤龍眼乾矣。」阿福伯爭論，心內卻感覺是咧厚話。甄大業逐年做這款事業，個某哪有可能無明白這種道理。

肥滋滋鼻空哼一聲，無講話。

「而且，有五六位咧焙龍眼乾，憑啥物誣賴阮？」添丁補充。

「誣賴？為啥物恁加出五千斤龍眼乾？」

「阮家己去買龍眼來焙矣！」

「練肖話！證據咧？」

添丁由橐袋仔撏出足濟紙，講：「證據佇遮！這是線跤買龍眼的數單。阮買龍眼有數單，閣有幫贊阮買龍眼的線跤會當證明。」

肥滋滋顯出輕視的目色，講：「線跤？誰知影恁有鬥空無？」

「阮有數單，你毋信。你公司數目毋對，硬死欲賴阮！」阿福伯講，頭起先憤怒，大聲，後來漸漸無聲，敢偌哭袂出聲：「你根本是吃人夠夠。足簡單，請村長做見證，去城隍廟鏨雞頭。」

肥滋滋喙笑目笑，指曠闊的客廳，皮皮仔講：「斬雞頭？我毋知斬過幾粒矣，嘛是按呢！」錢，是討不著矣。龍眼乾已經囥入去人兜棧間，錢銀仔卻佇人篋袋仔內。金金看人哭賴，卻吵袂贏！對一个無敬神無信鬼的人來講，斬雞頭咒誓這款祖公仔信仰，敢偌放屁。宛然喪家之犬，阿福伯衰添丁行出來。行佇田岸，跤步沉重。

「就是料算咱袂愛行法院！」阿福伯生頭清面，講。

添丁明白，拍官司，本來就是無希望！為著三十萬拍官司，法官會認為無聊，會謹慎審理無，無人知影！而且，線跤是庄跤人，聽著愛行法院，絕對驚驚死，個無一定找會著證人。上重要的是，準作拍會贏官司，也拍損時日拍損費用，阿爸老硞硞矣，哪會勘摔跋反？

「敢欲揣立委、議員鬥跤手？」添丁問。

「個兜壁頂攏是匾仔！啥物黨，攏有。」阿福伯氣怫怫。

添丁恬去矣。民意代表選舉需要柱仔跤、經費，揣啥人？敢是阮這種小農民？

日頭欲落山矣，地上的人影愈摸愈長、愈長，瘦卑巴。添丁心懵懵，彷彿瘦卑巴的是兩人的心神。忽然間人影著觸，阿福伯跋倒佇塗跤。添丁趕緊去扶持，才發現伊雙跤腫甲像麵龜。

「跤袂接力。舊年，醫生交代愛洗腰子。」阿福伯講。

「啥物？」添丁著生驚：「莫怪阿爸飯攏食袂落。」

添丁感慨，偌濟小農，喔，是老農，操勞一世人，規身軀歹了了，猶原雙手空空。個老實，講出去的話就是信用，毋免白紙烏字證明，毋免城隍爺主持公道，毋過下場往往親像身邊的老爸。伊受著老爸深深影響，才會佇甄大業卡車載龍眼來時忽略愛秤重，造成半月日的拖磨攏做白工。甄大業毋知已經陷害過偌濟農民？俊男主動去揣個，根本是挈肉包摼狗，伊凡勢半暝仔偷笑，笑甲嘴歪歪去矣。

轉去到厝裡，拄咧窮行李欲去中國的添財聽見結果，驚惶講：「阿六仔無管人死活，我拍算欲轉來臺灣。啥時陣臺灣人也變按呢？」

阿福伯安慰：「按怎講，臺灣是咱的根。你也是轉來！這種精牲，小數啦。」

10

故事的結局是，甄大業的工寮彼暝離奇火燒。乾燥機是燒汽油的，工寮內面粒積濟濟油桶，無細膩，本來就容易發生火災。大火佇半暝開始燒，勢面削削叫，消防車趕到位嘛擋袂牢，燒甲別莊嘛烏趖趖。火拍熄，消防隊做鑑定，斷定是人為放火。甄大業抾著一塊布幼仔，強押警察局刑事隊長，講：「趕緊採指紋，一定是福仔放火的。……毋對！伊老番癲閣行袂緊，是彼个做校長的後生，一定是！」刑事隊長猶咧躊躇，甄大業又追促：「袂使！按呢上慢矣！直接去伊兜，愛伊承認。」刑事隊長掣一趒，萬般苦勸，無法度阻止。一群人搬搬搖搖，綴甄大業翁某從向阿福伯的厝。才行到埕邊，甄大業就氣掣掣大細聲：「出來！共恁爸出來！」添丁在厝內聽見有人枵飽吵，踏出門口，奸臣笑，講：「……」

「添丁，欲睡毋去眠床！」阿福伯叫精神半麗倒佇客廳已經睏一醒的後生。

添丁坐起來，挼目睭，問：「佗位火燒厝？我敢若聽著消防車咿唷咿喔。」

「哪有？」

「我知。是我放火燒甄大業個兜。」添丁講。

添丁說甲有影有跡，喟口十足。伊想起眠夢中家己行出門跤口，面對侵門踏户拗蠻的群眾，卻袂記得自己有承認放火無？閣想起家己踮佇臺北街頭毋敢喝口號，雄雄凝心，真希望家己強強滾承認大火是伊放的。

臺南作家作品集全書目

● 第一輯

1	我們	・黃吉川 著	100.12	180 元
2	莫有無——心情三印一	・白　聆 著	100.12	180 元
3	英雄淚——周定邦布袋戲劇本集	・周定邦 著	100.12	240 元
4	春日地圖	・陳金順 著	100.12	180 元
5	葉笛及其現代詩研究	・郭倍甄 著	100.12	250 元
6	府城詩篇	・林宗源 著	100.12	180 元
7	走揣臺灣的記持	・藍淑貞 著	100.12	180 元

● 第二輯

8	趙雲文選	・趙雲 著・陳昌明 主編	102.03	250 元
9	人猿之死——林佛兒短篇小說選	・林佛兒 著	102.03	300 元
10	詩歌聲裡	・胡民祥 著	102.03	250 元
11	白髮記	・陳正雄 著	102.03	200 元
12	南鵲是我，我是南鵲	・謝孟宗 著	102.03	200 元
13	周嘯虹短篇小說選	・周嘯虹 著	102.03	200 元
14	紫夢春迴雪蝶醉	・柯勃臣 著	102.03	220 元
15	鹽分地帶文藝營研究	・康詠琪 著	102.03	300 元

● 第三輯

16	許地山作品選	・許地山 著・陳萬益 編著	103.02	250 元
17	漁父編年詩文集	・王三慶 著	103.02	250 元
18	烏腳病庄	・楊青矗 著	103.02	250 元
19	渡鳥——黃文博臺語詩集 1	・黃文博 著	103.02	300 元
20	噍吧哖兒女	・楊寶山 著	103.02	250 元
21	如果・曾經	・林娟娟 著	103.02	200 元
22	對邊緣到多元中心：台語文學ê主體建構	・方耀乾 著	103.02	300 元
23	遠方的回聲	・李昭鈴 著	103.02	200 元

● 第四輯

24	臺南作家評論選集	・廖淑芳 主編	104.03	280 元
25	何瑞雄詩選	・何瑞雄 著	104.03	250 元
26	足跡	・李鑫益 著	104.03	220 元
27	爺爺與孫子	・丘榮襄 著	104.03	220 元
28	笑指白雲去來	・陳丁林 著	104.03	220 元
29	網內夢外——臺語詩集	・藍淑貞 著	104.03	200 元

● 第五輯

30	自己做陀螺——薛林詩選	・薛林 著・龔華 主編	105.04	300 元
31	舊府城・新傳講——歷史都心文化園區傳講人之訪談札記	・蔡蕙如 著	105.04	250 元

32 戰後臺灣詩史「反抗敘事」的建構	· 陳瀅州著	105.04	350 元
33 對戲，入戲	· 陳崇民著	105.04	250 元

● 第六輯

34 漂泊的民族——王育德選集	· 王育德原著 · 呂美親 編譯	106.02	380 元
35 洪鐵濤文集	· 洪鐵濤原著 · 陳曉怡 編	106.02	300 元
36 袖海集	· 吳榮富 著	106.02	320 元
37 黑盒本事	· 林信宏 著	106.02	250 元
38 愛河夜遊想當年	· 許正勳 著	106.02	250 元
39 台灣母語文學：少數文學史書寫理論	· 方耀乾 著	106.02	300 元

● 第七輯

40 府城今昔	· 龔顯宗 著	106.12	300 元
41 台灣鄉土傳奇 二集	· 黃勁連 編著	106.12	300 元
42 眠夢南瀛	· 陳正雄 著	106.12	250 元
43 記憶的盒子	· 周梅春 著	106.12	250 元
44 阿立祖回家	· 楊寶山 著	106.12	250 元
45 顏色	· 邱致清 著	106.12	250 元
46 築劇	· 陸昕慈 著	106.12	300 元
47 夜空恬靜一流星 台語文學評論	· 陳金順 著	106.12	300 元

● 第八輯

48 太陽旗下的小子	· 林清文 著	108.11	380 元
49 落花時節——葉笛詩文集	· 葉笛 著 · 葉蓁蓁 葉瓊霞編	108.11	360 元
50 許達然散文集	· 許達然 著 莊永清 編	108.11	420 元
51 陳玉珠的童話花園	· 陳玉珠 著	108.11	300 元
52 和風 人隨行	· 陳志良 著	108.11	320 元
53 臺南映像	· 謝振宗 著	108.11	360 元
54 【籤詩現代版】天光雲影	· 林柏維 著	108.11	300 元

● 第九輯

55 黃靈芝小說選（上冊）	· 黃靈芝 原著 · 阮文雅 編譯	109.11	300 元
56 黃靈芝小說選（下冊）	· 黃靈芝 原著 · 阮文雅 編譯	109.11	300 元
57 自畫像	· 劉耿一 著 · 曾雅雲 編	109.11	280 元
58 素涅集	· 吳東晟 著	109.11	350 元
59 追尋府城	· 蕭文 著	109.11	250 元
60 台江大海翁	· 黃徙 著	109.11	280 元
61 南國囡仔	· 林益彰 著	109.11	260 元
62 火種	· 吳嘉芬 著	109.11	220 元
63 臺灣地方文學獎考察——以南瀛文學獎為主要觀察對象	· 葉姿吟 著	109.11	220 元

● 第十輯

64 素朴の心	· 張良澤 著	110.05	320 元
65 電波聲外文思漾——黃鑑村（青釗）文學作品暨研究集	· 顧振輝	110.05	450 元
66 記持開始食餌	· 柯柏榮 著	110.05	380 元
67 月落胭脂巷	· 小城綾子（連鈺慧）著	110.05	320 元
68 亂世英雄傾國淚	· 陳崇民 著	110.05	420 元

● 第十一輯

69 儷朋／聆月詩集	· 陳進雄 · 吳素娥 著	110.12	200 元
70 光陰走過的南方	· 辛金順 著	110.12	300 元
71 流離人生	· 楊寶山 著	110.12	350 元
72 臺灣勸世四句聯—好話一牛車	· 林仙化 著	110.12	300 元
73 台南囝仔	· 陳榕笙 著	110.12	250 元

● 第十二輯

74 李步雲漢詩選集	· 李步雲 著 · 王雅儀 編	111.12	320 元
75 停雲——粟耘散文選	· 粟耘 著 · 謝顓 編選	111.12	360 元
76 解剖一隻埃及斑蚊	· 王羅蜜多 著	111.12	220 元
77 木麻黃公路	· 方秋停 著	111.12	250 元
78 竊笑的憤怒鳥	· 郭桂玲 著	111.12	220 元

● 第十三輯

79 拈花對天窗—龔顯榮詩集	· 龔顯榮 著　李若鶯 編	112.10	250 元
80 我在；我在鹽鄉種田	· 林仙龍 著	112.10	360 元
81 向文字深邃處摘星——華語文學評論集	· 顏銘俊 著	112.10	300 元
82 記述府城：水交社	· 蕭　文 著	112.10	280 元
83 往事一幕一幕	· 許正勳 著	112.10	280 元
84 南國夢獸	· 林益彰 著	112.10	360 元

● 第十四輯

85 拾遺集	· 龔顯宗 著	114.08	250 元
86 每個晨讀都是簡樸的邀請	· 蔡錦德 著	114.08	300 元
87 毋-捌--ê	· 陳正雄 著	114.08	250 元
88 再來一杯米酒	· 鄭清和 著	114.08	350 元
89 司馬遷凝目注視	· 周志仁 著	114.08	300 元
90 拾萃	· 陸昕慈 著	114.08	350 元

臺南作家作品集 89（第 14 輯）05　司馬遷凝目注視

作者　周志仁
總監　黃雅玲
督導　林韋旭、林喬彬、方敏華
主編委員　王建國、陳昌明、廖淑芳、田運良、張俐璇
行政編輯　王世宏、李中慧、劉亦慈、鍾尚佑

社長　林宜澐
執行編輯　王威智
封面設計　黃祺芸

出版　臺南市政府文化局
永華市政中心｜ 708201 臺南市安平區永華路二段 6 號 13 樓｜ 06-2991111
新營文化中心｜ 730210 臺南市新營區中正路 23 號 5 樓｜ 06-6324453
網址｜ https://culture.tainan.gov.tw/
蔚藍文化出版股份有限公司
110408 臺北市信義區基隆路 1 段 176 號 5 樓之 1 ｜ 02-22431897
臉書｜ https://www.facebook.com/AZUREPUBLISH/
讀者服務信箱｜ azurebks@gmail.com

總經銷　大和書報圖書股份有限公司
24890 新北市新莊市五工五路 2 號｜ 02-89902588

法律顧問　眾律國際法律事務所
著作權律師　范國華律師
電話｜ 02-27595585
網站｜ www.zoomlaw.net

印刷　世和印製企業有限公司

定價　新臺幣 300 元
初版一刷　2025 年 8 月

ISBN　9786267719237（平裝）
GPN　1011400646 ｜臺南文學叢書 L173 ｜局總號 2025-814

國家圖書館出版品預行編目 (CIP) 資料

司馬遷凝目注視 / 周志仁著 . -- 初版 . -- 臺南市 : 臺南市政府文化局 ; 臺北市 : 蔚藍文化出版股份有限公司 , 2025.08
面；　公分 . --（臺南作家作品集 ; 第 14 輯）
ISBN 978-626-7719-23-7(平裝)

863.57　　114008426